imaginist

想象另一种可能

理
想
国

imaginist

正常接触

王占黑 著

云南人民出版社

目 录

韦驮天

一

附近几条街遭了贼或出了人命，我敢保证，头一轮敲定的嫌疑犯里少不了我。过年前，靠西那栋楼丢了狗，民警来敲门，我说我住东头，隔着一条小马路呢。民警只问，去过吗？我点头。见过一楼的黄狗吗？我说挺凶。他又问，自己骂过什么不记得？我想起那狗朝我乱叫时，旁边还有一双半开半闭的眼睛。民警提醒我，你威胁他要吃狗肉。我说我们那人人都吃。他看了我一眼，我很想笑。要不是什么肺炎，回去吃上几顿都数不清了，谁有空背这口锅。

几天后我再去，黄狗套着新打的铁链坐在门口，紧挨穿套装睡衣的男人。他斜眼看狗，狗一个猛冲，车头倒了，地皮轰起一层灰。我捡起纸盒上楼，男人的骂声紧跟，我听不懂，倒背得下了，依样画葫芦还给他。他住的这栋，我比自己住的还熟。底楼除了他还有户老太太，家具和人一样，下雨天散出很重的霉味。二楼养泰迪，没个狗样，常被楼下那只吓到发抖。三楼窗台的仙人掌下一秒就要掉下去。四楼两扇防盗门外加装了铁门，很像监狱。五楼我不熟，总是心急略过。到了顶楼，跨过一块红地毯，再跨过一块格纹的，那姑娘东西最多，大盒小盒天天见，每次却只开一条缝，防我跟防贼似的。

我问同屋，要被发现记性这么好，会不会什么也没干就给抓进去了。小虎说，这有啥，慢慢适应，我还给当成小三呢。男的跟女的吵得正火，见我敲门喊女的名字，一口咬定女的跟我乱搞，那女的眼盯住男的，手指着我大喊，我有毛病啊，搞这种瘪三？跺着脚就开始哭，哭里带点干呕。他模仿那女人的口音和动作，叫正在吃饭的人统统笑倒，他又补一句，这种人，送我都不要。军军问，倒贴呢？小虎闭上眼，伸开胳膊说，为了钱，来吧。

屋里六人，除了我和老李，都是一个地方来的，但跑的片区不同，平时难得在路上打照面。我来头几天，每到晚上，他们总追问深圳的事，赚得多吗，对人好吗。我说不出，他们就跟着叹气。军军说，好就不会走了。老李说，出了村口，哪都一样。他年纪最大，有家有室，据说还做过生意，赔了血本。老李开了头，几个人就开始瞎聊，一开始总聊不顺心的事，工资欠了，被同乡骗了。慢慢也讲到些好的，认识的女孩，老板的八卦，附近新开的家乡风味快餐。一说这些，屋里笑着笑着，慢慢就起了呼声。好事容易发梦，老家的人都这么说。

刚来那阵特别难，打电话总被挂掉，又不敢学别人放下就走，只好一遍遍打。有个姑娘接了，我说送货，她问，那怎么显示房产中介，还广东的？我说不好意思，刚转行。她笑了，说现在经济是不景气，又提醒我赶紧换本地号码，你早被几十个人标记成骚扰电话啦。我听了挺高兴，于是问，你是304吗，能不能下来一趟。她说稍等，我给你开门禁。我央她，实在跑不动了。她问我大不大，我说挺薄，大概是本书。那放信箱吧，说完她就挂了。第二天我收到通知，自己因为拒绝上门被投诉了。

小虎说，别往心里去，投诉是个玄学，跟你干好干坏没关系。我慢慢体会到他的意思。比如你很热情，却吃尽对方冷脸，你收一收热情，对方觉得你不够微笑服务。你想帮忙搬进去，人怕你藏坏心，你不帮，又怪你服务不到位。反正事情总是从你想不到的方面展开。我的床位靠窗朝上，和对门的厨卫挨着。那晚，女人哐哐敲门，咬定我打手电偷看她洗澡。我解释说，躺着看手机，是有点亮。她不信，喊男人出来，男人一出来，老人小孩也跟着出来，吵了几句，女人拿起电话就要报警。小虎骂，我们群租，你们一家五口就他妈不是？三个数字将要按下，老李回来了。他把大伙推进门，拉下电闸，眼底一片漆黑，外面的骂声渐渐停下。我突然觉得自己的房间很大，大到像小时候的夜晚，跑不到尽头，只识得出田间各种动静。对门重新放洗澡水了，楼上把小孩骂哭了，我的窗外是雨，雨里是唰——唰的大马路，大马路上方是唰——唰——唰的高架。地面，汽车和水打群架。以前我最喜欢，觉得这是城里才有的声音，发动机去掉日夜的差别，也去掉无聊，可现在，我又觉得没法去掉了。直到有人砰一声撞了床脚，老李才想起推闸，一开灯，几只蟑螂吓得满地乱窜。老李说，咱这是蟑螂窝，老鼠洞。六个人赶紧学蟑螂爬回床铺，重新灭灯。小虎搓着被撞疼的膝盖讲，要说刚才没起一了百了的杀心，也是句瞎话了。军军讲，没办法，老家十套房，换这里一套，咋比？祝家大哥对堂弟说，我是真想回了。

那晚聊到最后，老李放了句怪话，他说，老李不好过了。具体的他不展开，也没人问。老李又说，哥几个手头还行？还是没人回话。我不知道别人是睡了还是装的，反正我刚来，松不开这个手。过了几天，老李搬出去了，说是夜里看仓库，多挣一份，床位会转租给同乡。谁想到年底，那病突然闹大了，想出的出不来，想回的回不去，再没人接手他的床位。我们就把空酒瓶放过去了，晾不干的裤头放过去了，不知道我们床底的蟑螂有没有跟着过去。

二

年头上，网吧老板撑不下去了，往门口贴了张告示：全场包房，免费上网，点饮料送零食。底下一行小字：早八点到晚八点。祝大哥看了很兴奋，说有暖气有宽带，还图啥？为了多占便宜，我们一下班饿着肚子就去。人确实少得像包场，老板随手一挥，就算量过了体温，其实他挥的是空调遥控板，但暖气没开。相互理解噢，他说，不通风要吃罚款的噢。我们一人点一杯最便宜的柠檬水，酸得倒牙。送的零食不好吃，但多吃也能顶饱。我觉得冷，跟老板要热水，老板说，维生素都破坏掉了，还怎么防病毒？祝家兄弟倒是热血沸腾，一开机就往死里敲。老板斜着眼骂，小兄弟是证券交易所过来的啊？他俩扣着耳机毫无反应。我打不动，说实话，我是冲着按摩椅来的，按得浑身发痒，模模糊糊就想起全智贤那天在小公园问我的好多问题。她两只手往胸前一碰，歪头冲我笑。我说不行，多少年没写过作文了。她很激动，说我手写我口，能讲就能写！磕磕巴巴聊完两回，我没问她采访成了没，她也没问我写了什么。但她的表情总让我想起一个做传销的老乡，好像你只要去买彩票，就必定会发财。果然，天一黑，人就容易胡思乱想，我撒了泡尿，回来也开始敲键盘。祝大哥伸头喊我，玩啥呢，一起啊。我假装扣住耳机不理他。刚开了个头，想不好存哪，就贴QQ空间，仅自己可见。我一上线，“奔驰的宝马”也上线了。两个月了，盘子没回过我一条微信。好在从学会用QQ起，我俩就互相设置了隐身可见。我抖了抖他的窗户。隔五分钟，“奔驰的宝马”发来一个咧嘴笑。

你在哪？我问。

你在哪？他反问。

还能在哪，你跑了，猪奶奶的儿子天天来闹，老大说，你们要不去把人摆平了，要不提着张玉盘来见我，两件事都做不到，老大就把你带进去的兄弟全开了。

妈的老狗，盘子问，那你，现在还行?

我把盘子喝完酒最爱唱的一句还给他，论成败，人生豪迈，大不了从头再来。

也对，大学生嘛，机会多的是。他发来一个坏笑。

盘子一向这样，用得上我，就说我是大学生，用不上了，就到处拆我墙，说什么野鸡大专不如不读。其实盘子心里觉得哪都不算大学，只有他妹妹的江西师范才是正宗老牌。他说，我妹是大学，你是学院，能一样?我没话说，自己也从不觉得那个在我毕业后突然升格的学校和我有什么关系，反正啥也没教，啥也没会。毕业那年冬天，也是在 QQ 上，我跟盘子抱怨起步不顺。盘子问，你学的啥?我把求职常用的套话说了一遍。听不懂，简单点。我说，就是做买卖。那好办，来跟我干。我说，凭啥?盘子甩出年终奖之后，我辞掉在省城刚找的工作，退了合租的房子去深圳找他。

整整一夜的上铺，我像个死人躺在棺材板里，不吃不尿，盯着天花板反复想盘子说过的话。他说上学就不该是个义务的事，一百个人浪费青春写考卷，出一个人才，剩下九十九个都是炮灰。也就你傻，他骂，一路陪到底，你他妈就是个顶级炮灰。盘子初中没毕业就出来了，各行各业都混过，按他的话，闯社会才算真活着，所以他比我多活了五六年。我还记得盘子最后一次被老师批评是在历史课上。点着书上带四个蛤蟆的什么仪，盘子告诉全班，假的，测不了地震。老师来气了。盘子说，不信你上网查。老师骂，天天就知道去网吧，有本事你造一个我看看。第二天盘子没来，有人说他真去造什么仪了。我下一次联系上他，他说自己在省城了，叫我去玩。后来是武汉，长沙，广州，每次都叫我去玩。他从不问我在哪，在干吗，单说他自己的事，不分好坏。一开始我挺委屈没机会开口，仔细想想，自己实在也没啥可说。有一天我在学校食堂边吃边看电视，正放到家属探监，突然明白了我和盘子就隔着那扇透明玻璃窗，我坐里面，盘子每隔一段时间坐到对面给我打电话，五分钟，十分钟，打完，拍拍屁股走人。过去的事都过去了，火车到站，我复活了。

在深圳见到盘子，他晒黑了，但西装笔挺，脸也尖了，不像个盘子。他说，放心，好做得很，这一片都是我们永新帮的。我看了看问，哪片？他身后一头是特别洋气的楼，正门高得吓人，棕榈树以下全部用大理石柱子支着，天上才是一户一户的大阳台。另一头电线扎堆，掉漆发黄，窗和窗不留缝隙。两头接着，没给彼此留一点面了。盘子展开双臂说，都算，一片是理想，一片是现实。我盯着现实看了好久，南方日头毒，晕乎乎的，总觉得回到了老家。你别看不起，盘子说，手上有自建房的，才真住得起那头。说完，他帮我把行李提了上去。从底楼起，一模一样的白衬衫挂满了走廊，我想起拥挤的镇中宿舍，积了多少届男学生的汗臭和脚臭，熏到让人失去意识。盘子喊我一块住顶楼，说上天台抽烟舒服。我不抽，只跟着去吹吹风，确实舒服。之后一年，我常去天台发呆，看一头的矮房子像依次推倒的骨牌，平躺在地上，被远处的塔吊围过来吃了个精光。我穿着西装从这头出来，去那头给人提包、开门，看他们穿着一身短打上车、下车，戴墨镜、摘墨镜。我问盘子，人家都不讲究，咱们穿这么正式干吗？盘子笑道，别说短裤，人家一条底裤都比你全身贵。后来盘子因为当面开这种玩笑得罪了短裤，连带我一同被调到关外了。但我们仍住这，仍在天台上看高房子起，矮房子退。盘子说，韦明，对不住啊，拖累你干大事业了。我说，我也干不成大的。盘子就骂我格局小，没劲。那你能干多大？我问。他光笑笑。当时我没想过，半年后会再次被盘子连累，甚至丢了工作。

我问盘子，你和猪奶奶去哪了？

尊敬点，叫朱阿姨。

你把朱阿姨藏哪了？

她是她，我是我，你别乱说。

猪奶奶是盘子最后一个客户。进店万事不问，背一只布袋坐下就哭。这样的老人我在罗湖见过太多了，被子女冷落或吵了架，赌气就要卖房，最后总会被哄着抬着劝回去。可猪奶奶不一样，她坐了好几回都没子女来收场，别人就以为她和店里起了纠纷，客户不高兴，老大也不高兴。这个烫手山芋，被盘子暗地里握住了，他在天台拍我肩，兄弟，看好喽。房子挂出去之后，盘子情愿每天陪着猪奶奶进进出出。没想到她对买家挑三拣四，前后拖了小半年，这事还是悬着，有人就说猪奶奶不诚心，耗下去没意思。我也劝盘子，不是你教的吗，别在一棵树上吊死。盘子一边答应，一边跟猪奶奶打持久战。总算到年底，猪奶奶出手了，一切顺利。忙完那个双休，盘子没来上班。第二天，还是没来。我想起那节历史课，就猜他不会回来了。直到猪奶奶儿子出现在店里，所有人吓了一跳，他竟不是为房，是来找猪奶奶这个人。有人便说，盘子早就看上了猪奶奶的钱，放长线钓大鱼。也有人说是猪奶奶看上盘子了，用钱诱惑他私奔。最吓人的说法是盘子杀人灭口，携款潜逃了。就算当真，他携的也是猪奶奶的款，店里的钱，盘子一分没动，连年终奖都不要了。

那你俩为啥同时不见了，我问。

她拿了钱，环游世界去了。

你陪着？

我游一小块世界不行吗？

你哪来的钱？

过户前一天，朱姨叫我陪她上山走走。到了我才知道，她是来挑墓地的。我想，钱多也不能这么花啊，不跟老头合葬，非要买块新的。朱姨说，小张啊，我一出手，儿子恨死我，以后两块墓碑并排，他们擦老头的，不擦我的，我可有面子？我点点头，她想的也有道理。回来路上，她又说，小张啊，我是不打算告诉他们了。以后清明冬至，你来山上看看我，可好？我吓死，觉得眼前就是个鬼了，赶紧说我以后要回老家去。她说，放心，山路迢迢，不能白欠人情。就预付了我十年的差旅费。

他连发了好几行字，我只关心一点，预付多少？

他又发来一串零。

十万扫个墓？这钱太好赚了。

用真心换真心，你不懂。

真心你还拿死人钱旅游。

你别管，以后我加倍赚回来。

我只好换个话题，问他在哪旅游，到处都隔离呢。盘子说他在欧洲小镇。我第一反应是我们以前卖过的一个中档楼盘，分成好几期，有米兰小镇、约克小镇、佛罗伦萨小镇，听起来贵气，其实地皮都是给外资轮胎厂糟蹋过的。我就问，哪一期？

放你的屁，我在意大利呢。他发来两张照片，一张斜塔，一张城堡。确实像洋人住的，他们的宅基地和我们的差不多大，但楼看着特别结实。我就说，回来给我带点纪念品。

现在不是闹病吗，不好回。盘子说。

也对，回来就是送死。

地球村一家人，这病迟早从这村传到那村去。说完，盘子的头像就变灰了。

我看着他发的照片，想到猪奶奶和盘子的脸，忽然有点蒙。如果盘子没走，我没被拖累，按这几个月的行情，店里恐怕也发不起工资了。这就对了，一切都是定好了的，一切是从猪奶奶开始的。我决定把刚写的那段开头全删了，从猪奶奶第一次来店里写起。写到盘子陪她看墓，快八点了，我把手边最后一点吃喝解决掉，拍了拍旁边两位。祝家兄弟死活不肯撒手，说一把，再玩一把。又看了眼前台，老板朝我嘿嘿一笑。我只好跟着留下，顺便开始想后面的故事：猪奶奶通过养老院告诉盘子自己病危，盘子因为在国外错过了最后一面，又遵守约定去给猪奶奶扫墓，越想越顺，越想越激动。我的最后一句只有一行：猪奶奶临死前说，卖房是她一生中最正确的决定。我看着这一句，眼前出现全智贤歪头冲我笑的样子，我也跟着笑了。

三

网吧的告示有一块悄悄在变，从免费变半价，再变到八折的时候，祝家大哥说，这病好得差不多了吧？他和堂弟不再去了，我们几个人又回到下班吃鸡的日子。得知盘子在意大利之后没几天，我就听说这病也跟着杀到意大利了，盘子好像是提过一嘴，谁想能有这么快。我给他发了好几条消息，都没回音，新闻里管那边叫人间地狱，我有点怕他是不是已经下地狱了。

回了没？

注意安全啊。

欧洲小镇是没电还是没网？

……

记不记得全智贤？不是隔壁班班花，是深圳那个，她知道你和猪奶奶的事了。

就这样，我每天挂着QQ，其实是为了一件事，又不知怎么开口。我编的故事，全智贤特别喜欢，还说要采访盘子。我一边苦等盘子，一边又怕他上线。盘子肯定会先骂我，敢拿你哥开涮？然后问，采访给钱吗？他会发挥得比我更感天动地，叫全智贤听得一把鼻涕一把泪，接着登报纸，上电视，被猪奶奶的儿子追着打。可他的头像总是灰色的，一个站在保时捷前面比手势的微胖男人，车是新楼盘地下停车场见到的，照是我拍的，“奔驰的宝马”这个网名是他自己取的，七八年没换过。我越看越觉得这是一幅遗像，他大概早就病死在欧洲小镇了。

盘子应该还记得隔壁班班花，以前我们去网吧看野蛮女友，一致觉得她和全智贤特别像，主要是瘦高个和长头发，背面看一模一样，正面转过来，班花的皮肤要黑很多。我说，当然是全智贤更好看。盘子说，你不懂，黑里俏，全智贤要有她这么黑，还不如她一半好看呢。但盘子肯定想不起深圳的全智贤了。谁，有这个人吗？他会这么回我。也许我们和全智贤在同一栋楼的那几分钟里，盘子根本就没留意。

那天我们和客户约大堂见，我盯着电梯间，盘子在接电话。看到全智贤走出来，我一惊，拿胳膊肘戳盘子，他点点头。我吃不准他懂我意思没，继续戳，他瞪了我一眼，背过身去。这时全智贤刷完卡，头发一甩，从我面前大步走过，像极了电影里的野蛮女友，而且和班花不同，她主要就胜在皮肤白。我看着她出旋转门，等了会儿车，小腿白白的，头颈白白的，很快离开了。我正要回头跟盘子说这事，发现他已经在给客户递名片了，也是个白白的年轻女人，反复抱怨上一任中介回消息太慢。盘子说，放心，到小张这，绝不再让您多等一秒。他给客户叫了辆出租，我们骑电瓶车在后面追。我发现在深圳这种常年暴晒的地方，皮白的只有两种人，一种是刚从北面来的，一种是习惯坐办公室和打车的。

在上海碰到全智贤，我一眼就认出来了。她住在黄狗前一栋的六楼，刚搬完家，敞着门，周围摆着一堆废纸，大部分被雨水泡湿了。她绑了毛巾那么厚的发箍，坐在地上拆箱子，屋里乱七八糟。签收后，她叫我帮忙抬进客厅，我不懂冬天为什么要买冰柜。后面连着几天都有她的大件。收件人是一个很长的英文名，我怕念错了出丑，只能喊 601。她答应得很快，照例请我搬进去。她在家常穿一身运动服，绑着头发还是像全智贤，但不野蛮，很有礼貌。她总跟我说不好意思，刚来，要置办的有点多，还给我瓶装水喝。我不懂这有啥不好意思，跑一趟多一单，要是人人都不好意思，我就喝西北风去了。等安顿得差不多，走道清空，她摆出一块黑猫地毯，还挂了带猫的门环，我去得就少了。好几次骑到黄狗楼下，我总觉得全智贤会从对面阳台看到我，就尽量对它和那男人客气一点。走到顶层，我忍不住停下来看全智贤的阳台，楼间距近，好像一脚就能跨过去。她不像别人，红红绿绿，什么都往外晒。她的窗帘是一层纱，有时看不见，有时又看得见了，白天也亮着灯，是那种不晃眼的橘黄色。还有一只猫，乌黑的，绕着床走来走去。全智贤不适合住在这里，她家应该有电梯，就像她不应该被晒黑一样。

后来全智贤经常找我，每回约好时间，像客户约看房一样严格。她要寄书，一本一个地方，到哪的都有，寄件人还是那个长长的英文名。我明白，她找我只是图我单价便宜。有一次我到早了，闲着无聊，就开始看地上的废纸，大概是书上剪下来的，读着费劲。她从楼下冲上来，跟我道歉，说路上堵了。见我手里拿的，就要送我一本。我说不了，你老板得罚你。她笑，这我自己做的。我问，你自己当老板？倒也不算，几个朋友一起弄的，她说。我接过来，假装翻了几页，什么也没看进去，就记得最后一页底下印着那个很长的英文名。回到宿舍，我把书放枕边，没看半页就睡着了，放久了，不知怎么就不见了，它再出现，已经在老李那堆满杂物的床上了。

我能找你做个简单的采访吗？全智贤说，可以在我家，也可以在小公园，随你。那天下很大的雨，地面积水厉害，我骑过去，浇别人一腿的泥。到傍晚，雨渐渐停下，竟然还出太阳了。我收完她的包裹，正准备撤，西面的光线斜穿过楼道照进她的门，落到墙上、地上，也是一片橘黄。当时她是这么说的，我想知道这段时间不同行业的人是怎么度过的，你愿意参与进来吗？

我一口回绝。理由是我刚从深圳过来，不了解。我不是故意这么说的。虽然每次见面我都很想提深圳，但除了喊601和收钱，我什么都说不出口。

全智贤立刻拍手，她一激动就爱拍手。巧了，我也刚从深圳来！那你能谈谈对那边物流业的观察吗？

听我疙疙瘩瘩交代完，全智贤说，其实我和你差不多。我吓了一跳。她说，我之前在画廊，别看好像很高级，工资可低了，卖画可比卖房难多了，有钱人都知道买房来保资产，买藏品的人却很少，收当代艺术的就更少了，就算有，也是些暴发户，根本不识货。她叉着手斜眼看着门框，好像门框就是暴发户一样。我现在辞了，接点民间机构的项目来做，自由多了，她朝我笑。我不懂什么机构，但听到她说卖画和卖房差不多，也跟着笑。

我坐进软皮沙发，脚埋在长毛毯子里，眼神埋在脚里，怕一走神，气味就漏出来了。全智贤坐在茶几对面，问了我很多问题，除开年龄、籍贯，我紧张得啥也答不上。全智贤说，没关系，我先说，再换你说。那只黑猫从房间钻出来，绕着我的脚打转，也埋进毯子里。从她的话里，我才知道我俩算同乡，年纪差不多，也知道了我们的距离不出三代。她家是从她爷爷辈开始出来做工的，我从我自己开始，然后她去读比盘子他妹更正宗的大学，我呢，顶级炮灰。没准我小时候回去祭祖还见过你呢！她讲话的时候眼睛死死盯住我，好像硬要我给点什么反应，可我一心在想要不要提写字楼的事。我说，你在深圳的时候……她就讲了很多深圳的不好，画廊的不好，又讲上海的好，我跟着摇头，点头，但实际上，我觉不出这两个地方有什么差别。聊到最近，她突然变严肃了，掏出纸和笔问，你有没有在工作期间被认为可能携带病毒而遭受身体或精神上的歧视？如果病毒被证明可以由非生物作为载体来传播，你会出于安全考虑放弃这份工作吗？她的句子总是很长很绕，叫我反应很久。而我的，总是短得叫她接不住：没有。不会。直到楼下电瓶车拉响警报，我起身要走。她说，等你空了，我们去小公园再聊一次吧。她主动加了我的微信，你叫韦明？我点头。我看到她还是那个英文名，后面跟了个铃铛的图案。她说，我叫陈佳龄，佳人的佳，年龄的龄，叫我杰奎琳就行。我读不出，觉得绕口。下楼之后，我把备注改成了全智贤。

四

礼拜六晚上我迟到了。全智贤给的地址在市区老洋房，一栋好几户，特别难找。我下班晚，心又急，敲错了门，被捧着饭碗的老人骂来骂去。空兜了好几圈，她竟然主动打过来，说怕我迷路，在大门口接。我只好从边门绕出去，假装刚从主路下来，一拐弯，她在路边朝我挥手。全智贤散开头发，毛衣罩住纸片一样薄的身形，比在家更好看些，和在深圳比，又显得随便很多。她问我最近忙不忙，口罩够不够，我说，挺忙，挺够。还没想好要问她点什么，就到了。这栋我明明是路过了的，一楼墙上挂着遗照，家具老旧。没想到爬进三层，却是个新鲜毛坯，一盏吊灯，墙壁雪白，显得中间更大。有个留长发的小伙贴着墙讲话，其他人散在周围，坐桌上的，躺地上的，啥样都有。全智贤拨开门口的人头，对我说，随便坐。

前一晚，我把全智贤发来的微信给同屋念了一遍。祝家兄弟忙着吃鸡，顾不上听，光说好好，去去。军军冲我问，参加啥工作？我答不上。小虎说，谁关心工作不工作，你就说全智贤好不好看吧？军军说，都叫全智贤了，还能不好看？这话把小虎逗乐了，他拍拍我肩，无论何时何地，兄弟，记住一点，美女邀约，错过必悔。

比起是谁叫我去的，好像没人关心我为什么会被叫去，直到我主动坦白是因为写了篇作文。祝大哥从床上弹起来，啥，你还有这特长？我说，什么特长，就是和你们去网吧头一天无聊写的。小虎朝上铺大喊，比比看看，人家上网干啥，你俩上网干啥。上铺一阵乱笑。

我突然很想老李，这种时候，他会拍拍我说，怕啥子，去就是了。他的口吻总能给我底气。老李走了这么久，丝毫没有要回来的意思。我不敢主动联系他，前去打个招呼，如果得来一句，老李苦啊，就又卡在要不要借钱的尴尬上了。有时我经过老李的床铺，随口提起，不知他最近咋样，没人接话。我有点怀疑在我住进来之前，老李是不是和其他人发生过什么，还是老李有什么见不得人的秘密，他们都见过了，我还没有。我能做的就是定期处理掉他床上的酒瓶子，等他介绍的小老乡进来住，实际上，等来的只有下一批空酒瓶。

我死活睡不着，起来走走，不知不觉又到小公园，野猫正在上回全智贤找我聊天的亭子里打架。聊完那次，她没再喊我去收件，我们只在微信上联系过两回，一回是我把猪奶奶的故事发给她看，她问能不能采访盘子。第二回就是她邀请我参加什么工作，最后一行写着，一定要来噢！这中间十来天，盘子还是没有消息。我问过其他老乡，他们都说不知道。我自从转行，也和他们没什么联系了。主动跳出老乡圈的老乡，等于部队里出了个叛徒。但我就是不想在老乡圈里待了。全智贤也问过我，是什么促使你对工作和生活做出如此巨大的改变？句子还是很绕，我还是说不上。她安慰道，我懂，说不上来想干什么，想想自己不想干什么就好了。我嘴上没应，心里却明白了，盘子领我进的门，我是真不愿再往里走了。大概是这样，我才对盘子的不告而别始终怨不起来。

夜里的小区静得吓人，肺炎把老的小的关在家里，路上空空荡荡。我没戴口罩，头一回觉得城里的树还挺好闻，像地里的新菜。亮灯的房间不多了，我挨个看，回想哪一间住的人叫什么，买过什么，但很难想起他们的表情，大多数人并不抬头，更多人连门都不开。我走到大黄狗那，椅子空着，它在底下瞌睡，发现我了，没叫，也没往前冲。于是我不再怕。上一次它为什么要跑？比起我，它是不是更怕那个给它上锁的男人。转头看对面六楼，橘黄色的灯还亮着，全智贤应该在准备明天的事吧，她的计划里，明天也会有我。这时窗开了，我看到两只手挂在外面，一手拿着易拉罐，另一手半弯曲，时不时往罐里抖动。烟会落下，她的目光不会，我知道她在看天，就不再怕看她。窗户重新合上的时候，我决定去答应她的邀请。

睡前，我又给盘子发了一条：全智贤跟你一样，喜欢在顶楼抽烟。

依然没人回应。

往上翻三页都是我的话。再往上是盘子的 QQ 签名：我们不一样，每个人都有不同的境遇。我忍不住唱起来。去年盘子老爱在天台放这首歌，前面死活不动，等了好久，终于等到这句高潮，一嗓子吼出来，非要学尾巴上那个沙沙的嗓音，像汪峰，挺苦涩。可汪峰应该过得一点也不苦吧，他比我、盘子、老李，还有那只大黄狗，比我们所有人都过得美，他才是真的不一样，想着想着，我睡着了。

五

屋里的人要说时髦，我欣赏不来，要说像流氓，细看又挺斯文，一身工装的不像汽修工，裹长布的也不像和尚，总之就是挺少见的。有的女人剃寸头，男人耳环比脸大，一眼望去，瘦的特瘦，胖的特胖，放在老家走，估计会被当吸毒鬼看。反倒是全智贤，我从没想过她会在人堆里显得这么普通，一身黑，眼前就有好几个。长发小伙说的什么我没听进，扫了眼幕布，第一行就叫我倒吸口气。原来全智贤发我的消息里，不是参加工作，后头还有个“坊”字，我愣是给看漏了。正巧她带个蒲团坐过来，我问，这是要干啥？她拍拍我肩，别紧张，瞎聊呢。

长发小伙下去之后，一个穿背心的姑娘上来，我替她冷。她讲自己去了个什么地方，待了多久，认识了几个本地人。她后头是一个厚嘴唇姑娘，嘴唇涂成茄子色，上下两片一翻，显得更厚。接着就是全智贤。她在吊灯底下特别白，连头发尾上都反着白光。挺惭愧，她说，虽然是我发起的工作坊，效率却很低，每天都在荒废——说着就去抓自己的长发，往头顶上一掀，像一层浪——不过我请到一位朋友。人群中突然出现了呼喊，像祝家兄弟打到兴头上那种，吓我一跳。全智贤说，我常常觉得我是多余的加工者，但他不是，让自己为自己说话，才是真的，可贵的。她看向我，我模模糊糊瞥见墙上印着“猪奶奶”三个字，脑壳一阵发烫，只觉得她的话让我难过。我并没有让自己为自己说话，我替盘子和猪奶奶说了，说的还是瞎话，可盘子现在在哪，是死是活，我都不知道，我把两边的人都辜负了，什么也说不出。只剩四面的声音将我围住。

猪奶奶是得什么病去世的？

她儿子会不会追讨剩下的扫墓钱?

盘子过得好吗?

你是怎么把人写活的?

想了半天，我回了一句，他们就是活人啊。

四面都笑了。我有点慌，第一反应是怕屋里动静太大，楼下的人上来敲门投诉。吊灯好烫，要把我的羽绒服烧起来了，我只能靠开小差去除紧张，眼前是几排书架、一些酒瓶，墙上贴着画和纸，随后，我的思绪被一些声音打断。

有个人抢着发言，什么老龄化我来不及听，只盯着他像非洲人一样的小辫，包在红头巾里。一个女的带头谈深圳的房市，以前地区老大过来开会也爱说这些。还有个满胳膊龙虎花纹的小伙问我最近缺不缺人，他也想来干。我说我转行了。大家的兴趣就一下子从猪奶奶和盘子转移到我身上，我的工资、房租，和全智贤一样，他们什么都想知道。叫我从哪说起，平时在宿舍倒头就睡，睡醒再干，没人聊这些，要真聊到，恐怕就像老李那样，走到绝路了。吊灯越来越烫，他们的口气让我觉得自己不是满大街来去的电瓶车，倒是花大价钱从外地运过来的熊猫。

全智贤给我找了个台阶，她说，没关系，你不想答，也可以问问。

我就问，你们这么多人，平时住得下?

花胳膊小伙给我讲了一个叫生活实验室的东西。我一听是群租房，赶紧劝他们防着点邻居。他解释说，也不是全住，所谓实验，就是大家轮着来这里共同生活，看看能产生什么样的可能性。

可能性，我和军军他们一起住几个月了，产生了多少空瓶。我没再问，也没回应，因为发现大家并不在乎我说了什么或是没说，好像只要我人在就够了，也许我和他们已经产生了什么可能性。很快，有人开始放音乐，大家慢慢散开，又聚成一垛一垛，各自谈着什么，也有人躺在角落看书，玩手机，模仿猴子从这头爬到那头，底下一阵呼喊。我看了看窗外，并没有人投诉。

全智贤和我并排坐，问盘子怎么样了，我说他忙，还没消息。她突然说，其实我帮你想了个笔名，特别符合你的名字和职业。我说我用不上。怎么用不上？你得继续写，大家都等着看呢！她用力拍了一下手，我愣住，想起前几天网吧门口的优惠海报已经撕掉了。全智贤说，你知道韦驮天吗？我摇头。她解释说，相传韦驮天健步如飞，就是菩萨里的飞毛腿。我说，但我主要费的是电瓶，不是腿。

怎么不是！有调查说，你们这行攒的里程，一年就能轻轻松松绕地球一圈。她很激动，手机屏幕一亮，那上面，我的名字已经是韦驮天了。我有点不好意思。想跟她说我也给她取了个名字，叫全智贤，但还是没敢说。只好岔开去问，这实验室怎么交租？

我当二房东，跟几个发起人分摊。其他人量力而为。

你不住这？

我白天经常过来，就当是个工位。

那你要交两份租？

羊毛出在羊身上。她笑。

我顺口说起祝家兄弟想去网吧占便宜，结果给老板送钱的事。全智贤大叫，超时不提醒是商业欺诈！下次喊我，我帮他们讨回来！我看着她说，你又不认识。她说，年轻人要互帮互助嘛。我想，她要是见过祝家兄弟那副死活不肯走的样子，就帮不下手了。

临走，屋里已经有人在打呼噜了。全智贤问我要不要住下，我说不了，得回。她说那正好，我坐你车？我立刻摇手，只有一个头盔，不够罚的。话脱落口，觉得自己是脑门被驴踢了，这么晚，哪来的交警。全智贤倒没生气，点了点头，先出去了，我只好推着车护送。一路上，我俩一前一后，三米两米地隔着，搞得我像个跟踪狂。

全智贤走在前面，背着双手，一双皮靴踩得腾腾响。她说，你知道吗，我租下来办的第一场是女性谈心会。我没听懂。

比如女性在工作中被吃了豆腐，可以来这里诉苦，寻求帮助。她回头看我一眼，当然，男性也可以。我点点头。

她继续说，我在深圳那会儿，无处可说，只好自己忍着，忍久了，习惯了，就变得全是我的错了。

她用一个背影给我讲她的故事，冷静得不像在讲自己，也不像是跟我说，更像电视主持人在分析什么案子。她说，一味顺从，难免会产生斯德哥尔摩式的依赖，我非常厌恶当时的自己总是妥协，去配合迈克，在配合中，我成了迫害我自己的帮凶。

我听得云里雾里。听了好几百米路才大概明白，是那个叫迈克的老板看上她了，总找她，她不敢得罪，就尽量顺着，结果被老板娘当着全办公室打了耳光。停了几米，她又说，相处久了，有时竟觉得迈克是个不错的伴侣，你说奇不奇怪?

你喜欢你老板?我问了一句。

全智贤停下，回头看着我说，假如你的老板喜欢你，他必须先摆脱作为你老板的身份，然后摆脱已婚的身份，明白吗?

我没当过女的，也没当过老板，更没结过婚，不知道说啥好。突然感觉离她有点远了，就推着车一路小跑往前追几米，又不敢追得太近。

我们之间始终存在着不平等，迈克利用他的职权接近我，引诱我，然后按他的想法塑造我，我甚至来不及意识到他最开始的举动是一种侵犯。全智贤的语速越来越快，步子也变急了，皮靴的响声却轻得几乎听不见，像踩在泥里。她说，事情公开后，迈克被调走了，白天上班，同事躲着她，背地里说她不要脸，过河拆桥。她一夜夜睡不着，看过病，吃过药，最后狠了心辞职，搬家。

你猜怎么样，她回头笑，我把自己从自己的世界里扔出去啦。

我听得愣住，回过神来，已经落在十米开外了。我想起以前店里来过一个四川姑娘叫小崔，个子不高，长得挺好看，老大到哪都喊她跟着。不知怎么，小崔跟一个叫小厉的小伙子好上，老大二话不说就把小厉开了。小崔说，你这是公报私仇！老大又把小崔开了。他在会上说，以后不招女的了，招一个，乱一窝，军心不稳。可没多久他又招了一个小李，还是让到处跟着。小李和全智贤一样，后来被老大媳妇扇了耳光，我和盘子都看见了。对这件事，盘子说，扇的又不是老大，老大怎么会长记性？后头又补了一句，这个小李也不是什么好果子。

我想把这些告诉全智贤，她却戴上口罩，朝我挥挥手，先走啦，咱们殊途同归！

看着她的背影慢慢变小，消失在地铁站，我心里难受极了。她笑得那么响，好像前面那些话完全没说过一样，轻轻松松。我很后悔，非常后悔，恨不得抽自己一个大嘴巴，这时候就算不为自己，也该陪她回家的。我只能骑得飞快，像她说的韦驮天那么快，想象地底下有那么一列车，开得跟我一样快，快到全智贤的头发都飞起来了。她说过，我的电瓶车可以绕地球一圈，其实我绕半圈就够了，省下的电用来载她。她会说，兜一圈，韦明，再兜一圈！兜到天亮吧！

骑到小区附近，我停下，想看看她进门，但她迟迟没出现，是到得比我早吗，还是从别的门进去了。我想起花胳膊的话，我和全智贤之间产生了很多可能性。

六

那天之后，我被拉进一个叫生活实验室的群，百来号人，每天往里头发各种文章，底下大段大段的回复，你来我往，看着费脑。也有发号召捐款的，我见他们情愿掏钱给陌生人，心里挺佩服。毕竟我连同屋都借不出手。可有时，我又觉得他们太闲了，啥都管，啥都能扯上半天，还光打字，不动嘴。

军军一口咬定我这是被传销组织盯上了。他说，一间毛坯房，里面住很多人，定期碰头，还轮着发言，不是窝点能是啥？他劝我少去，还提醒我，美女就是专门派出去发展下线的，千万别上当。小虎却说，上当那也是韦明占便宜多。他只关心我和全智贤的进展，礼拜六那晚我回屋，别人都睡了，就他还在床上支着手机。我一开门，他笑嘻嘻问，回挺早？还当你不回了呢。我没说话，小虎就拿电筒照我脸，老弟别伤心，万事开头难。

开完头，我很久没再见全智贤，但每天夜里都会去看那个橘黄色的房间。这成了我的习惯，也是大黄的。我一到那，它就站起来摇尾巴，大概是说，你可来了。我坐下，开始值我的夜班。全智贤说过，自己最近闭关工作，叫我有空也多写点，大家都等着看呢。我不知道这个大家是谁，实验室里的，还是微信群里的，一想到要被好多人大段大段地评论，我心里就发毛。从小最怕被老师喊到黑板上去做题，每一步都有人盯着，写错一步，来不及擦，底下就有动静了，那动静能让我慌到忘记下一步。我还是喜欢在暗处看全智贤做题，她适合上黑板，日光灯照下来，全班在底下望着她的背影，白的腿，长的头发，细手指头流出好看的粉笔字。做累了就打开阳台窗户，烟升上去，灰掉进看不见的草丛里。我拍拍大黄，好看不？大黄舔了舔舌头。我笑它，你这个舔狗。它又识相地趴下了，留我继续望着。六楼在树顶，也在半空，天气好的时候，六楼会住进云里，月亮绕着它走，我觉得自己在看一幅画。等画里黑了灯，画外也自动散了，我俩总能打出很好的配合。这是我和大黄的秘密，不是和全智贤的。小虎却搞错了。他说，兄弟可以啊，天天约会，当心身体。我没理。他又说，累了找我当替身啊，不收费。我想着小虎和大黄并排坐在楼下的呆样子，忍不住笑。

看久了，我好像发现一件事，全智贤开窗前十有八九是在打电话。她走来走去，在不算宽的阳台两端，几秒就是一个来回。走快了，头发在她背上跳起来。有时又低头，几分钟，半小时，一动不动。挂掉电话，她会贴墙站一会儿，或走到窗边，一团雾从她嘴里慢慢游出来，散了，散开了，我看不清她的表情。我拍拍大黄，你说，是迈克打来的吗？大黄瞥了我一眼，把脸搁在地上。是我管太多了。

躺在床上，我总忍不住去想全智贤在地铁站说过的话，关于她和迈克，我有没有听漏什么，听错什么，翻来覆去想她那些长长的句子，皮靴在地上腾腾响，真是怪了，脑子里出现的却不是她，而是小崔和小李。她俩后来去哪了，怎么过的，我没处问。员工一离店就要退工作群，这是规矩。离开群，就是离开原来的世界，我忘不掉全智贤最后那句话。老大把小崔和小李从他的世界扔出去了，她俩要上哪把自己捡回来呢？我想到了小厉。

我能来上海多亏了小厉。以前我俩宿舍近，经常一起点外卖。他和盘子不对付，盘子笑他结巴，见面就劝他转行，他觉得盘子瞧不起人，和我搭伙倒没啥问题。每回我去他屋吃饭，他就跟我聊老家亲戚，报菜名似的，这个在义乌，那个在桂林，他说全村都跑出来打工了，老人小孩不长眼，地就被村干部拿去卖了，大家越发不愿回。小厉来深圳是不想投奔亲戚，自己闯闯，没想到就闯出了事。盘子说，动小崔，就是在太岁头上动土，他不走谁走？我接不上话。走前那个早晨，我送小厉去火车站，他拍拍我，没事，以后来上海记得找我。他说自己有个姐夫在浦东盘了间水果店，打算去搭把手。后来我也退群了，找不到工作，随口跟他提了一句，他还真给了个电话号码。对方说要，我就来了。

其实我来这么久还没见过小厉，上海太大了，他说自己在什么思凡小区，我一查，都快到机场了，电瓶车骑到半路就得没电吧。但他也没主动喊我过去，只在微信上问过一句，这活还行？我说还行，就没联系了，平时只在朋友圈点点赞表示谢意。他除了发他姐生的大胖儿子，还喜欢发一个姑娘的背影，和小崔一样，绑半高马尾，看来是有新对象了。说真的，小厉除了结巴，长得还不赖，有点像《爱情公寓》里那个谁，曾小贤。

关于小崔的去向，我主动问了一嘴。没想到小厉说，那个婊子，两面通吃，还提她干吗？想想也对，小厉是因为小崔丢的饭碗，不好受。等我说起小崔也丢了饭碗，他说，丢就丢吧，这天底下还能少老板不成？我就没法往下问了。至于后来的小李，我更不知道找谁问起。其实我从没跟她说过话，只记得小李爱涂大红嘴唇，下巴尖尖的，笑起来更尖，锥子一样。当时盘子说，多少人倾家荡产去削脸，你看看她，命多好。我就给盘子发了一句，有小崔和小李的消息不？

盘子照例没有回我。听说国外满地闹病呢，飞机也不让飞了，是不是上网也不让上了？盘子同小崔和小李一样，彻底从原来的世界消失了。

我又去过一趟网吧。全智贤催我了，她不光说大家等着看，她还说，我也等着看呢。我立刻感到自己被叫到黑板上去写题了，可她就坐在下面啊，我必须好好表现。全智贤说，这次谈谈你自己？我努力了，去总站揽货，去总站交货，真想不出自己有什么可讲，但讲到别人，我突然又会了。

小崔刚来的时候染了个黄毛，被老大批评了。第二天一头黑发，看起来精神极了。她脸圆，话多，爱喝什么带盖奶茶，没事总来男宿舍串门。一见到有人点麻辣香锅就高兴得哇哇大叫，上手抓着吃，吃到拼命哈气，就往小厉怀里钻。我到今天也搞不清她先和小厉好上的，还是先和老大。反正小厉一走，她跟老大顶嘴，从头到尾没哭过，我挺佩服。写到被老大开除，我想着她能去找小厉，小厉能像劝我一样劝小崔来上海，换个行业，在麻辣香锅店收个银之类的，一天见一面，小厉下了班就去店里，剩的料炒在一块肯定很香。小崔大概会有个想法，过年跟小厉回趟家。小厉说回什么回，见见我姐我姐夫就行。他那个大胖侄子应该会喜欢小崔。我这么想着，突然就很难过，在小厉那，小崔早就不是小崔了，是狗娘养的婊子。在老大那，她连婊子都不算。奇怪的是，写完之后，我就不怎么想小崔了，好像把她安顿下，我就不用再惦记什么了。这样一来，我和小厉，和老大，根本没什么区别。

出于公平，我也想这样安顿小李，可我对她的了解实在太少了，只记得她长得好，和小崔不一样，是那种成熟的好，深眼窝，波浪卷，老板就爱找她说话。直到小李被老大媳妇扇耳光，我才听说她还没满二十。但小李不太跟我们搭话，平时坐在工位上化化妆，没事就往外跑。被打那天，老大一声不吭，店里人装没看到，谁也没留意她什么时候走的。她一走，几个人又笑说，小李的心思从来就没在房子上。我突然觉得小李就是全智贤了，拼命想办法改写后面的事，可就是怎么也想不出让谁去帮，到哪一步上去帮，仿佛是个死局。越到这，我就越后悔那天晚上没载全智贤回家。如果可以的话，我想让小李也去实验室，参加全智贤第一回办的那个谈心会，大家吐吐苦水，也许都能好受一点。可我不能。我只能把小李删了，留下小崔的故事，想了想，在标题下面加上韦驮天三个字，发给全智贤。脑子里还是她那句，我也等着看呢。

七

最近全智贤看上去有点累，她说给自己布置了太多任务，忙到天天都按美国时间走。我在心里点头，最近夜班值得越来越晚，白天看到大黄，它也困得扒不开眼。全智贤问，一切都好？我想了想，还是说了个好。她转身去冰柜拿啤酒给我，我不要，她说得也对，晚上再喝，一定要到啊，有神秘嘉宾！我那时想，如果这嘉宾能揣着六百块钱来就好了。

前一周我吃到一个罚款，说是送错了。核对下来，地址明明没错啊。小虎说，没错就对了，这单子不是你送错了，是人家寄件的根本就没写对。我说那奇怪了，寄件人写错，投诉我干啥。军军大嚷，说他也碰到过这种倒霉事情，收件人没收到，去找寄件人，寄件人二话不说找客服，客服就默认是他送错了，直接扣他钱。

不对啊，我问，那搞错的收件人呢？不是自己名字也敢收？

怎么不对，小虎说，谁不想白占？换你你不要？

我回不上话。一下罚三百，白做多少单，妈的。

军军说，涨价了，上回我罚的二百五。

没办法，谁都不认错，咱就给一顺手推出去了。祝家堂弟插嘴。

办法也不是没有。小虎支了一招，他让我打给真收件人，好好卖一顿惨，对方一听，良心过不去，多少愿意赔点。我不信，他说真的，你虎哥就这么干过，罚两百五说五百，还翻倍净赚呢。

卖惨真管用？

信哥的，别手软，小虎拍拍我。

第二天大早，我跑去错的地址敲门。那女的一开门就蒙上口罩，皱着个眉，怪我没找她签字，现在东西已经拆了，好坏她不负责。我问用了没，她连盒子往门口一扔，里面是个手机壳，没钻没膜，我气得胸闷。就为这个，白白掏了三百。我忍住，给那女的道了歉，找了个干净纸盒包上，送到新站点去。然后提一口气打给收件人，告诉对方东西还在，按新地址发过去了，最迟隔天能到。疙疙瘩瘩一讲，刚提到罚款，还没开数呢，对方说，叫我赔？你行。就挂了。我突然有一点后悔。

下班后我跟小虎讲，他立刻问我，男的女的，我说男的。他说那没办法，男的心肠硬，这单只能自己吃进了。他就讲起上回那个女客户，支着细喉咙反复道歉，说自己负罪感太强了，打完钱还发短信问，收到了吗？小虎说，我就是人太好了，当时要说没收到，那女的估计还能再打五百过来。屋里都听乐了，我们聊到最后，结论是这世上凡人太多，菩萨太少。小虎撞上了女菩萨，是他的运气，我只能自认倒霉。

谁想隔出一天，我又吃进一个投诉，说是私下联系客户进行交易，再扣三百。小虎大骂，什么狗逼，不赔就算了，还反咬一口？军军说，看来小虎这招用的人太多，早就被识破了。

我无话可说，东西是我送的，电话是我打的，能怪谁，非要怪，就怪那个死不认错的寄件人。可单子是深圳来的，我上哪找去，生平第一次这么恨深圳。它害我丢了上一份工作，又丢了六百块钱。六百块一个手机壳，绝对是我送过最贵的礼。人为什么要给手机安壳，给狗穿鞋？把不是人的东西按人来打扮，又把人自己打扮得不像个人，我想来想去，一想到接下来几天干的活都交了罚款，就浑身没劲。

我想过再去一趟网吧，像安顿小崔那样好好安顿自己，最好把这事忘了。可我才发现，故事放到自己身上是失灵的，再怎么让那个男的赔偿，女的道歉，钱都不会再回来了，编排得越好，我心里越难受。小崔要是看到我给她安的那些情节，也会难受吧。夜里我照常去全智贤楼下值班，她睡得越来越晚了，电话也越打越久。大黄用眼皮告诉我，兄弟撑不住了，先睡了。我抬头看橘黄色的光，想着前一天接电话的要是她，会不会跟小虎的女客户一样大方。可她要真愿意给，我拿得下手？这时我收到一条微信，全智贤说，礼拜六下了班记得来工作坊啊，老地方见！后面跟着两个月亮。我们的聊天记录里，上一条是她竖了三个大拇指，再往上是我发给她的小崔的故事，恨不能撤回来。如果可以再写，我想写小崔看到这个故事，把我臭骂了一顿。她说你韦明算什么东西，小厉又算什么东西，她身后是小轿车、大别墅，还有自己开的麻辣香锅店。如果可以，我还想写“奔驰的宝马”终于上线了，他抖了抖我的窗口，发来一个咧嘴笑。

八

老李的床架被挪了个角，蟑螂冲出来，空酒瓶倒了一地，像被打中的保龄球，有人扒着墙缝找东西。我说，老李回来了啊。他背对我没起身，只问见没见过一本白簿子。我摇头，他就让我看看我那边墙缝里有没有。我只好拉开自己的床架，又是蟑螂。小虎他们坐在对面，拼命给我打手势。这时我才闻出屋里有股血腥味，望过去，老李手上腿上全是血，半边脸肿得发青。

老李说，莫上火，先帮老李找找病卡。

找到了也不能当钱花，我说，先去医院吧。

我想送他，可刚从生活实验室回来，车还在楼下充电。小虎掏出钥匙扔给我说，赶紧的。骑到半路，老李拍拍我，韦明，还是算了嘛。我说不够我借。他顿住，转口问我最近过得好不好。六百块钱的事，我忍住了，又转回去问他是怎么弄的。他说，只听轰的一声，一看，屋顶全垮身上来了。老子只当做梦回老家，拱起灰喊，地震了，兄弟伙快跑。喊到半天，想起仓库里再没第二个活人。老李一边讲，一边疼得啊啊乱叫。

我想起他送货的那片，仓库借在一间废弃菜场里，附近小区刚搬空，肺炎来了，一时拆不掉，公司就占了个便宜盘下来。我去过一回，帮忙送棉被，打开门，里头又高又深，大小纸箱堆满。老李值夜班，四面透风，一张行军床安在传送带中间。他说，你看这屋头大不大？大字的回声在房梁上撞来撞去，我接不上话。他拍拍我，韦明，趁年轻多存钱，莫学老李。

我说，再忍忍，手疼就架我背上，快到了。他架上去，路坑里一颠，又滑下来，叫得更凶。我一时想不好该骑快点还是慢点。

几个急诊护士要来架我，我一看，才知道自己背后全是血了。这个这个，别救错了。我刚喊完，老李软成一条从后座滑出，虚得张不了口。他冲我对口型，几个数字。我拿过他兜里的卡，一刷，真不知道他那两份工都打到哪去了。造影室关门，我在外头等，身上血淋淋的，把同一条长凳上的人都吓走了，我只想躺下来睡会。小虎发消息问，人挂没？我骂他嘴贱。他说行，行，没挂就好，老李还欠着我和祝家哥俩每人千把块钱呢。

手机显示，全智贤也给我打过两个语音电话。我没空回。隔了一会，她又打来了。怎么先走了，她问，莫教授还想找你说话呢。

一听莫教授我就来气。

你还好吗，有什么难事一定要跟我们说。

听到这个“我们”，我更难受了，“我们”里除了她，有那个莫教授吗，还是红头巾。我没答话，她却听出了电话外头的动静，问，你在医院？

我说，同屋给房梁压了，我刚送到。

全智贤问完地址就挂了电话。

那天晚上去实验室，来的人里有新面孔，仔细看，是打扮和上回不同了。红头巾换了块绿的戴，小辫子还在。他夸我写得好，走上去在韦驮天的正字底下加了一横，后头几个人又走上去把新的正字补全了。花胳膊戳戳我说，还是你厉害。我却老走神，全智贤身边多了一个男的。那男的长得太像老大了，有肚子，戴帽子，掀开看，发量估计也差不多。我才想起她说过要来一个神秘嘉宾。她管那人叫莫教授，陪着进出，不时递纸笔，拿手贴耳朵讲话。等所有人画完正字，莫教授开口了，嘴皮子很快。听下来，他一般是先说一句好话，不好的地方再按一二三四点这么列下去。周围人边听边记，等他说完，再回应一二三四点。全智贤站他边上，一身长袖长裙捂得严实，就是领口有点低，莫教授一抬头，我就知道他看的哪里。最后他提到小崔的故事，全智贤说，我们大家最喜欢这篇，您觉得呢？

莫教授摘下眼镜擦了擦，说韦驮天这个笔名起得好，谁起的？听完，夸了一顿全智贤。然后他说起一些别的，什么当保姆的写她打过工的富人家里，说了一堆，又回过头讲，小韦写小崔，是一种内部风景，写另一个世界，才能展示真正的差别。希望小韦能写写客户，展示不同的风景。一提客户我就来气，什么内外的，跟他有什么关系，真写了我就能从客户那里要回六百块钱吗，还是从他那里拿？白干一天，火急火燎骑过来，也没和全智贤说上几句，我越想越没劲，趁他还在啰嗦就先溜了。回头想想，要不是走得早，我大概就和老李错过了。他找不到病卡，把床架推回去，又往仓库里去了。

医院人挺多，都挤在发热门诊那块，我这静悄悄，白的灯，白的墙。夜里没法去全智贤楼下值班了，不知道大黄睡了没。这一晚的事情多到我想不过来。菜场塌了，老李真的欠了同屋很多钱，神秘嘉宾一点不神秘，那六百块的罚款也还没补完。这算不算不同的风景。我打了个喷嚏，气味隔着布反弹回来，才发现自己的口罩戴了很久了。

全智贤和花胳膊到的时候，老李刚从急救室出来。他仰着头，吊起一手一脚发火：老子还在仓库？护士解释，住院部没床位了，先在走廊里睡一晚，等明天手术。我问，明天能住上？她往前一指，看不见这么多人在等位啊？我转头，两面全是带轮子的病床，上面躺一个，底下倒头睡着好几个。

老李央她，小妹，止个痛好不？护士没理，只关照做完固定不好乱动，就走开了。

固啥子定，都是骗钱。

他在床上挣来挣去，我按不住，花胳膊两手一抻，老李动不了了。前前后后打听完一遍，全智贤问，告诉家人没？

我说打过电话，小女儿明天从杭州来。

公司怎么没人来？

忙着抢救呢，老李说。

救谁？

货。

买过保险没？

老李摇头。

全智贤告诉老李，缴完费各种单子都要留着，出院先开工伤证明，再去找公司赔偿。老李问，找哪个？她说，谁给你开的工资就找谁。又补了一句，要到医药费先别急着走，别忘了再要一次性补助。老李问，要好多？她说，几天送不了货，就要几天带薪病假。老李问，要这么多，他们会不会不要我？花胳膊说，那就申请劳动仲裁，看他们敢不敢不要。老李一听，咧嘴笑了。他挪了挪屁股，拉住那条满是花纹的粗胳膊前前后后地摇，像在甩面团。

聊了一会儿，老李说，韦明，你这朋友是记者？他们摇头，我也摇头。这话我听着有点别扭，老李眼里，全智贤和花胳膊是我朋友。可上厕所的时候花胳膊也对我说，放心，我们一定帮你朋友讨回公道。我想起在深圳那会儿，买主和卖主总觉得我吃了对方的回扣，合着伙要坑自己，好像我往哪边多站一步，都是不小心露了马脚。

等老李睡下，快三点了。全智贤问，这会儿不会有交警了吧？我一下不困了，只想朝天大叫，原来人倒霉到极点还真会转运。赔了六百块，又垫了大几千医药费，最后用上小虎的电瓶车载全智贤回家了。我说我衣服脏。她说没事，按住我的肩坐上来，朝花胳膊挥了挥手。

下半夜的马路真宽啊，我转进机动车道，笔直朝前，再不怕颠着后座。三月的风吹上来叫人清醒，但不发抖，我从没觉得电瓶车这么轻过。从后视镜看，全智贤的头发已经吹开了，像一棵横过来的树。她扯下口罩带子，脸陷在头盔里，小小的，眼眯成两条缝。她说，你发现没，人类隔离在家，地球连空气都变好了。我仔细闻，觉得背上的血腥味正在冲散。我想骑得慢一点，再慢一点。可她一拉住我的腰，我又想骑得更快，快到把所有的东西都抛在后面，只剩我和她两个人往前。

全智贤说，莫教授说的话你别往心里去，想写什么就写什么，这是你的自由。

全智贤说，小崔是个勇敢的人，她值得幸福，我很羡慕。如果有机会见面，我想抱一抱她。

全智贤说，老李要是有什么问题，你随时联系我。

全智贤说，你说巧不巧，我们在老家不认识，深圳不认识，在上海倒成了朋友。

这句话不知炸出我什么胆子，我回了一句，你要有什么问题，也可以随时给我说。

全智贤说，我的问题，就是太缺少像你这样的朋友啦！

她大笑起来，笑得整条马路都听得见，笑得我的笑也淹没在她的笑里。

我放她在她家楼下，天快亮了。自己兜了一圈，又转回到对面那栋。大黄还没睡，我打远灯照它，它站起来，冲我摇尾巴。这个早上，我们俩，还有小虎那部快要没电的电瓶车，一起看六楼亮起橘黄色的灯光，很快又暗下了。我拍拍大黄，兄弟，今天没有逃班。它舔了舔嘴巴。

九

全智贤去仓库拍了照片，等老李开完刀，又去了好几趟医院，像采访我那样采访他。全智贤说，有多少间仓库，就有多少个老李，我们不能坐视不理。她和花胳膊把写完的文章发到群里，大段大段的讨论很快起来了。一看没签劳动合同，有人就要帮老李讨回公道，有人说拆迁的安全隐患太大，得赶紧封起来，也有人一心想去网上曝光，打热线，非逼公司出面不可。但没人提过捐款。我大概明白了，天灾靠献爱心，人祸就是冤有头债有主。花胳膊在群里发号召，公司一天不作为，我们就一天不停止发声。他把这叫作老李事件，吓我一跳，还以为是老李干了什么坏事。但我看到好多不认识的人大骂我们经理，还把他手机号码公布到群里，又觉得挺解气的，早知道这样，我也把六百块钱的事大大方方说出来。

老李却打电话给我，跟你那些朋友讲，莫搞了，再搞老李没得活路了。他说公司答应给报医药费，也让继续值夜班，他够了。刚挂掉又补了一个，叫我转告全智贤，别再来找他，也别去找经理了。

我打给全智贤，她很生气。老李怎么可以妥协！她气得一口噎住，顿了很久，好像我必须代替老李做出一点什么反应才行。

我只好说，老李讲了，活是老乡介绍的，这样搞下去，老乡没面子，他也不好做。

全智贤说，经理就是想利用老乡的人情把事故压下去，听他就上当了，我们要做的就是从老李开始，联合所有老乡，把这个安全隐患彻底解决掉。

老李不会答应的，我劝她。

你有没有想过，一个看仓库的老李没合同，就有多少个看仓库的老李没合同。今天你运气好，砸了个骨折，明天要是砸出人命呢，再严重点，整片着火了呢，你还能不要赔偿？全智贤又在电话那头激动得拍手了。她说，韦明，我不知道经理给老李做了什么思想工作，但你必须把这些道理跟老李讲清楚，这绝不是他一个人的事。

我听蒙了，觉得全智贤句句在理，转头又打给老李。老李说，臭讲了，她是要害我，不是要帮我。你再劝我，也是害我。最后他问我，韦明，你到底和她好还是和老李好？

来来回回传了几趟话，我找不着北了。谁开口，我认谁对，两边都开口，我就犯头昏。我觉得自己是仓库正朝南那扇锈掉的大铁门，全智贤在外头砸，叫老李开开，老李坐在里头，叫全智贤滚。他们的话像一重一重浪冲过来，劲道大得很，漫过头顶，浇了个透，又甩下我朝前去了。事情搞成这样，我想退，就必须站个边。可我不仅没吃过哪头的回扣，连自己垫的钱都没拿回来。小虎比我还急，总叫我去催他那两千块，生怕老李借着骨折的由头赖掉了，我怎么问得出口。

出院第三天，老李打电话叫我下了班来趟仓库。我走进去，砸掉的那块顶棚已经补上了，接口处透着风。他一只脚缩在屁股底下，另一只搁在装家电的大纸箱上，附近堆满了收来的废品，正好架起拐杖。我笑他，真有贼来，你还能做啥？他拿嘴咬开酒瓶盖头，说老子喊都能把人喊怕喽。我问，干喝？老李说，喊你来，不会亏待你。很快，小女婿就带着小女儿做好的饭菜过来了。老李叫他坐下一块吃。小女婿说，我走了，圆圆明天也走，屋头娃哭呢。老李说，好，莫管我。

仓库里又只剩我们两个。小女婿走前门没关紧，风往里灌，老李正对着风口坐。我起身，他拉住我笑，开着好，再出事跑得快。我们各空一瓶，老李说起他家的事，三个女儿，一个在老家，两个在外头，都要养娃，不到万一不敢麻烦。他还说如果早几年碰到我，肯定找我做女婿。我想起小崔，直说川妹子不敢要。老李说，啥子不敢，我叫你要，你必须要。然后又问，韦明，你和那个小陈是哪样认得的？

我开不了口。

老李说，莫想太多，老李同你，在她那里是一样的。

我接不上话，出去补了趟酒，回来再喝，一上头就讲了罚六百块钱的事，心里不服。老李说，花钱买教训，不分大小，买了就要记得，莫像老李，吃过又忘。于是说起自己欠了小虎他们不少钱。我说，我都晓得。他说，你晓不得，我还欠到公司一笔。才说起自己年头上从宿舍搬出来，是老乡做的担保，公司预付了三个月工资。我问，又做什么亏本生意了？他甩手，莫问了。

再干一瓶，饭盒里只剩油到发亮的辣子。老李放下筷说，韦明，肉有肉的命，辣子有辣子的命，小陈要搞她的事，我管不到，莫搞到老李身上来。公司的钱，老李不能再要了，晓得不？

我也放下了筷。

我劝你也少和他们来往，好好攒钱，命由天管，别的莫想，晓得不？

我点头，喝完最后一个瓶底，起身告诉他不早了，回去睡一会，夜里还要值班。

小伙子莫拼命，身体要紧。转口又跟我打探，你那边一个夜班好多钱？

不要钱，我说，看老乡面上接的活。

他大笑，一瘸一拐送我到门口，说谢谢我，还要我转告全智贤和花胳膊，谢谢他们，这事就到这了。我拍他的肩叫他放心。

全智贤阳台没亮灯的第一晚，老李突然回了趟宿舍，石膏已经拆了，胳肢窝里还夹着那副拐杖。他把行李收好，打电话喊小女婿接。我问去哪，我帮你搬。他说，回老家。然后从裤兜里掏出一叠包口罩的透明袋子，给了我们一人一只，我那只最厚。老李说，拿去买酒喝，莫亏待自己。我们谁也没接话。电话再响，他走了，我们谁也没送。小虎说，真够要脸的，还钱还不忘嘴上占一份便宜。军军高兴死了，说借出去太久，收回来倒像是马路上捡的。我感觉不太好，总觉得老李专程来一趟，是从此两清的意思了。他是被公司赶走的，还是自己要走，我不知道。老李走前什么也没跟我说，一定是觉得我出卖他了。原来就算站定了边，还是会被当成吃了对手的回扣。我数了数，老李还上的，刚好比我垫出的多了六百。来不及了，老李给了我回扣，再也不会相信我了。这是他想送我的教训。

手机显示，“奔驰的宝马”突然上线，是这天夜里两点多的事。盘子跳过我前面发过的几十条消息，只问了一句，能借多少？

当时我还没睡，走到大黄那，它朝我叫了几声，我抬头，才发现六楼没亮。黑的房间，和黑色的天连成一片，我看不见。可能她要晚回，也可能是早睡了吧，我猜了很多，等了很久，窗帘一直没有拉开。我想问问她怎么了，打了几个字又不敢发送，划着划着就没电了。再开机，盘子的头像已经灰了。

我回盘子，你要多少？他没反应。

他是不是缺钱买票，天上飞的，海里游的，听说现在回来的票哪个都不好买。想到老李刚还的那笔钱，我又问盘子，打你支付宝？他还是没反应。第二天，第三天，全智贤的房间也还是没亮。我去过一趟仓库，行军床还在，值班的人换了。我问，老李怎么走的？他说，啥哩。听口音不是老乡。我突然觉得坏透了，明明过了冬，病也快闹完了，所有人却都出了问题。我搞不清问题的出现是不是都和我有关，只明白自己一个也解决不了。想了很久，我决定拿出一半的钱给盘子打过去，告诉他，你先用着，不够再说。好像这样一来，我就算解决掉了一个，心里能好受点。

十

路上的人变多了，老头老太整天赤着一张脸进进出出，几个月不见，总觉得像换了一批。但熟悉的声音又回来了，小孩子怪叫，聊天的人在太阳底下大笑，马路上的电驴飞来飞去，再不刹车是收不住了。有时忘了戴口罩，客户不嫌，我就知道一切在变回原样。有时天热起来，我是真的戴不住了，路上蒸出一脸汗，我拿口罩一擦，顺手扔掉了。

机动车道又堵上了，头上按喇叭，后面放臭屁。想起全智贤说，人不出门空气会变好，确实有道理。我运气差，回回卡死在转弯口子上，前面是条河，水太急，想冲冲不出去，四面停满了跟我一样停脚发愣的野生动物。大绿灯跳了，小绿灯还没，有一个心急的突然从后面蹿上来，超过我，又压线冲出去。开到半路，他回头喊什么，我听不清，第二声更大，韦驮天！我伸头看，竟然是花胳膊。他那两道粗壮的龙虎花纹支在满满当当的纸箱外面，龙头歪歪扭扭。我还没来得及说个花字，交警吹哨了。花胳膊大喊，总站见！轻轻擦过一辆转弯的公交，已经冲到河对岸了。像一个信号，身边的车一下都冲出去了，好像冲进机动车的灰尘里，自己也就成了机动车。马路当中一片混乱。我必须加入，必须跟上，哆嗦半步，前面就又多了一条河。

刚进站点，我就见花胳膊蹲在卡车旁边抽烟。我说，你还真来干了。

上岗三天，两张罚单已经吃好了，你说怎么办吧。他大笑起来，两条胳膊架在膝盖上直直地晃。我也笑。

走，吃饭去。花胳膊兜住我的肩。我说斜对面弄堂里有家面店，交完货的都去。他说太好了，我得常来。刚坐下，他就问了我好多问题，怎么签单，怎么记楼号，怎么对付挂电话的人。我问，你也要采访？

采什么访，我是来学本事的。

没啥本事，送多了就会了。我把小虎跟我说过的话转给他。

花胳膊说，那行，以后常联系，就要加我微信。自从全智贤把我踢出群聊，我好久没见到这个狗熊头像了。他说，熊宇晨，叫我小熊就行。那你怎么不在胳膊上文个熊？

我问。小熊大笑。他大概是我见过的人里嘴巴最大的，一咧能笑到耳根边上去。不过他的牙很白很齐，再大也不算难看。

我想到老李那个床铺还空着，就问他住哪。他说，自家。我心头一愣。本地人送货不算头回见，但很少会来我们这种杂牌军。花胳膊说，穷人哪里都一样。你老家一百万就能买大平层了吧，我二十多年还在跟爸妈挤阁楼呢。我接不上话，他就给我形容他家有多小，木板一隔二，他的床大概就两张吃饭桌子这么宽，小便用痰盂，大便去路口。比画了半天，他又说，这也没什么，我不住，别人照样住，我的愿望是所有人都过得好。

花胳膊说话的样子让我想起全智贤，点头，摇头，眼睛一会盯人，一会朝天，总叫我以为自己背后还站着很多人，他们都支着耳朵听呢。全智贤喜欢拍手，花胳膊喜欢把两手摊开，摊得越开，他嗓门就越大，等到把手交叉收回胸口的时候，他突然问我，你有老李的消息吗？我感觉背后的听众一下子消失了。

我摇头。老李走后，我没找过他，他也没找过我。我们就算是断了。和全智贤，也断了。

弄成这样，确实有点对不起他。花胳膊点了根烟，一边抽一边挑碗里的辣子。

他主动提起老李，说老李事件给他很多反思，才决定自己上工体验一下。这中间有很多话我听不太明白，只能低头嗦面。花胳膊好像发现了我的不专心，急忙停下筷说，对，这是问题的另一面，我要向你表达自己，就要用你能理解的方式来表达。

你要什么？我也停下筷。

意思是我要帮助老李，就得先从老李的角度考虑事情，你懂吗？

我点头。心想，这怎么不懂，如果大家都早点懂，我也用不着转来转去地带话了，那么老李还在仓库待着，手脚也好得差不多了。可一想到全智贤，我又不懂了。挑完辣子，花胳膊也开始嗦面，我没敢开口打听全智贤的事。只跟他说，抓紧吃，八点收仓，一会来的人更多。

花胳膊说，实验室没了，你晓得吧。

我摇头。

群聊也是那会解散的，不然我早就联系你了。

我突然松了一口气，原来全智贤没赶我走。问起原因，花胳膊讲，那天房东突然回国，说自己两个月没收到房租了，全智贤却说早都按时交了，两个人怎么都联系不到中介，房东就下了死命令，三天拿不到赶人。

我问，哪天？

老李走前一天，花胳膊说，估计房东也不是缺钱，就是看国外不好了，特地跑回来保命的，这件事嘛，算个由头。

我不关心房东，只着急问，后来呢？

我和杰奎琳只顾忙着老李的事，哪里管得上，就想着先拖几天，谁知道房东手段这么狠，三天还没到，她趁人不在直接把锁换了，大家的东西都当成抵押扣在里面呢。

没人管？

谁来管？中介这种时候跑路，肯定是资金链断了，你应该比我懂啊。

我点点头，可我从没想过全智贤和花胳膊也会碰到这种问题。以前有一阵，老大天天喊着做大做强，要所有人出去刷业绩。盘子负责找客户，我负责做材料，两套证件一拍，一传，万事大吉，可我心里总是过不去。盘子说，这有啥，都是小活，等调回去赚暴发户的钱，用不着你来手软。他心里总是想着那些大的。

我心头一紧，问花胳膊，你们不会也是贷款的吧？

他说，我也才知道，签的是长租合同，杰奎琳不声不响背了大几万在自己身上。两头窟窿怎么填？我跟几个发起人私下商量，众筹也好，借款也好，要保住实验室，总得先找个别的地方落脚。结果有人不肯出力，还骂杰奎琳拖累集体，她气死，说看错了这帮人，直接把实验室解散了。我劝她，老李的事先放一放，管好你自己。她不肯，一头堵你们经理，一头到处找和自己一样遭遇的租客和房东，要他们联合起来去网上曝光维权，忙得团团转。可谁能想到，一件都没解决，她自己倒先跑了，你说说看，这事还讲得清吗？

……去哪了？

天晓得，他说，反正几件事一搞，大家也累了，散就散了吧。

吃完，花胳膊站在外面抽烟，很快认识了附近过来的同行。和全智贤一样，他喜欢说话，会说话，这样的本事我没有，只能在旁边站着，慢慢消化先前的话。原来老李的仓库、生活实验室，还有全智贤的房间是一起消失的，这么坏的事情，我却觉出前所未有的放松。太好了，她没恨我，也没觉得我站到了她的对面。如果那几天我主动问起，她愿意把这些事情说给我听吗？反正我愿意把老李还我的钱都借给她。这样一来，我大概就顾不上盘子那头了。像是定死的，人一次只能解决一个问题。可按花胳膊的说法，钱根本就解决不了问题。

连着几个礼拜，花胳膊下了班就来找我，或是吃饭，或是吃完跟我回屋，一待就是一晚上。小虎爱跟他聊天，有问必答，他早就想要个本地朋友，最好是能带他认识本地女孩的那种。军军他们倒没啥兴趣，自顾玩手游。花胳膊说，早晓得你有兴趣，当时和韦明一起来实验室多好。小虎斜着眼说，韦明才不会带我去，他盯准那一个，舍不得介绍给我呢。我白他一眼，花胳膊大笑。我顺口问了一句，你跟陈佳龄很熟吗？第一次从自己嘴里听到这个名字，我心头一哆嗦。花胳膊也愣住了，你是说杰奎琳？我点头。花胳膊说，她来上海之后我们才认识的。

从花胳膊嘴里，我渐渐拼凑出老李走之前的事。全智贤跑遍了附近仓库，拟好合同，要经理盖章发给所有工人。经理到处躲，她就连夜堵在公司门口等。第二天大早，全智贤逮着经理的车死活不放，车里下来两个男的，架住她直接关进办公室。

要不是我正好给她打电话，真不敢想要出什么事。花胳膊说。

小虎大喊，这美女和老李什么关系啊，往上赶命呢，不是我说，老李也太不识趣了。他明明没见过全智贤，却比我更想知道她的事。

花胳膊说，老李的事两头碰壁，我吃不消，杰奎琳硬要上，我算服气。可实验室出了问题，大家都在想办法帮忙，她自己倒一走了之，算什么意思？我想不通，前几天才听人家讲，她身上还有别的事呢，深圳那边有个老板为她离婚了。想想也对，有了老板，几万块还算什么。

小虎来劲了，拼命打听深圳老板的事。我不再问，跟花胳膊说，晚了就睡下吧。自己出去值班了。

橘黄色的灯很久没再亮过。我发现自己早就习惯了那一片黑，大黄也习惯了。坐在楼下的全部时间我都用来回想，从在深圳的写字楼起，把见过的每一面都想一遍，像放电影，一点也舍不得快进。看着看着，花胳膊突然说了一句，深圳有个老板为她离婚了，电影就结束了。我只好从头来过，随便从哪一段看起，地铁站，阳台，医院，小公园，最后总能连成一个圆。如果有办法，我想把电影的结尾留到老李受伤的头天夜里，我把全智贤送到楼下，她捋了捋头发，摘下头盔还我，说谢谢。我说，你帮了大忙，应该谢你。她说，真的，是我谢你，有一句话叫他人即地狱，你知道吗，我觉得他人反而是天堂，如果活在只有自己的世界里，我怕我一天也活不下去。

我反应不过来。但她就是这么好，不用我回什么，自己先开口了。她说，放心，我很好，你也很好，回头见！就上楼去了。

现在她好不好，我没法问，能做的就是想，想一个全智贤的故事，关于她从深圳离开就再没回去过，关于她见到了另一个故事里的小崔，还上去拥抱了小崔，关于她在阳台上冲我大喊，韦明，去兜一圈吗！然后灭了灯，踩着腾腾的皮靴下楼来。可我没法写，对全智贤来讲，最好的故事是没有故事。她回去了，回到迈克的世界里，一切都会往好了走，那个叫迈克的没害过她，那个叫迈克的心里还有她。

花胳膊来我屋住的那晚，说自己在筹划一件事，要我们帮忙。他说，如果成功，能涨价。表情严肃得吓人。小虎问，涨多少？他说，目前的诉求是一单涨一块，不行的话也可以谈，五毛保底。我问，要是五毛也不成呢？他没开口。小虎看了看我，问，吃不了兜着走？他还是没开口。我愣住了。花胳膊说，你们还有别的退路吗？

我不知道什么算退路，找新的活，换地方，还是回老家？我想到了盘子，钱早就打过去了，他还是没再联系我。盘子退到哪去了，可以靠我给的那笔钱稍微往前挪几步吗？

我看着花胳膊，他的眼睛细长，上面凸起，和眉毛一样是小山的形状。他盯死我，好像要把我吸到眉眼间那条缝里去。我看到了，他是有退路的，他有那个挤得要死的阁楼，没准明天就成了拆二代。我一下想到了老李，老李请我吃辣子鸡，我们喝酒，老李说，老李和你，在他们那里是一样的。

于是我说，帮不了你。

几天后，军军下班回来说，知道不，好几个人被开了。祝家大哥说，不老实呗。小虎冲着我大吼，你看看！这种孙子以后别往屋带。我点开那个狗熊头像，想不好要发一句什么过去。我想，要从他的角度为他考虑，还是什么都不说来的好。这是他教我的，也是他想要的。

十一

久不联系的小厉突然给我转了一条消息。我打开，是一个多月前的新闻。世界之窗重新开园的时候，里面抓出三个白吃白住的流浪汉。厕所堵了，便利机敲碎了，连树都砍下来烤火了，人被警察摁着脖子出来，头发胡子乱七八糟粘在脸上。小厉说，哈哈，他也有今天。我仔细看了那三个人，右边那个长得矮，头倒挺大。我说，是有点像盘子。小厉说，错不了。我把照片放大，看了很久，那人不抬头，我也没法一口咬死。

新闻里写，这三人互相不认识，混进来的日子也分前后，第一个刚来深圳就碰到肺炎，打不上工，干脆就住下了，第二个赌钱输了精光，欠下一身债，第三个才来没几天，和老婆吵架，再不肯回家了。底下的留言半骂半夸，有人说隔离太闷，也想去公园住几天，有人认出吵架那个是住华侨城的，说什么土豪来自家后花园体验生活，那条评论得了几百个赞。我忙给盘子发消息，你在哪？没有回音。我打给那个一直不通的号码，停机了。打去老家，大姑骂，自己不晓得回，还有面子问别人呐，就开始讲我爸被银器店女人骗钱的事。我听不下去，刚挂掉，小厉又发来消息，说她姐隔壁的送水站转让，问我要不要盘下来一起搞。我没回。

点开支付宝，我才发现打给盘子的那笔钱早退回来了，原来他的账号因为失信被封了。我愣住，一下回到网吧那晚，盘子给我发照片，好看的房子，好看的塔，四下无人。头几天他应该过得挺开心，想吃就吃，想睡就睡，真去意大利旅游大概也就这样吧。刚到深圳那会，盘子就提过好几次要带我去世界之窗见见世面，我说，人挤人，没意思。盘子说，这不是玩，是业务学习。后来听他和客户天南海北地套近乎，我大概明白了一些。可人家见的真货，你见的假货，我笑他。他却教育我，进了手机，真假都一样。我翻出盘子发在 QQ 上的那两张照片，放大了看，斜塔后面模模糊糊有些山，山上长着些没建完的楼。这时小厉又发消息来，别怕，迪士尼就在边上，做不下去，咱们也进去躲一阵。后面跟着两个坏笑。我没回，送货去了。跑完两圈，我又收到一条消息，是全智贤的。

天黑得越来越迟了，五点半，太阳刚卡进窗口。全智贤贴着门框站在阴里，一件宽松睡裙，显得人更单薄。长头发没了，细脖颈上面一张光秃秃的脸，鼻子眼睛都大得吓人，我差点没认出来。她开口第一句是对不起，第二句是上次给你和老李添麻烦了，声音一句比一句轻。我摇头。她又问，老李好吗？

老李走的时候，都能自己提热水壶了。我举起一只手比画了一下。

全智贤笑起来，没再问什么。楼下的油锅开了，香味飘上来，我们就这么在她家门口干站了好久。从突然收到消息到面对面，前后不过半小时，我什么都来不及想。和从前一样，她定下寄件的时间，后面跟一杯热茶的表情。好像这句话不变，中间那些消失的空缺就真的消失了。全智贤还站在六楼最里面，脚下是毛毯，背后是橘黄色的光，只是长得不像全智贤了，倒像电影里的外星人。我看她两手空空，就问，要寄什么？

她突然回过神，拍一下手，又转回屋去。隔了一会，她捧着一些衣服出来，有的拆了，有的还在透明袋子里，我看了看，大部分是男士衬衫。

帮我寄给永新县的韦明！她歪头朝我笑。

我不肯要。她说留着，没准以后能用上。我说，你这是盼我再回去做中介呢。她把身体矮下去，你再不拿我可捧不住啦。我还是没伸手。

都是新的，或者我熨一下再给你？

我低头看她裙边露出的半截小腿，细得跟树枝一样，底下又被长袜子割断了半截。我猜她有点着急，有点下不来台。可我就是说不出话，也恨自己说不出话。

我不是补偿，你别误会了，再见到你真的很高兴。她的喉咙发抖，我没敢抬头。

以后你要有什么问题，还是可以随时联系我，她说。

我点点头，接不上自己该说的那句。可她又抢先开口了，我要有问题，也可以找你，对吗？

我答不上。

韦明，等你空了，我们再去小公园聊聊天好吗？

我抬头看，她的眼睛像化了的蜡烛油。

之后好几天，全智贤没再联系我。橘黄色的灯一直亮着，白天夜里都亮，窗帘却拉得很死，我看过去，像一个着了火的房间。她很少在阳台上走来走去了，那只猫也没再出现。只有过了十二点，她抽得凶，隔一会儿就要开窗，火势从窗口慢慢飘出去。有一次她刚点着就把烟头拧在易拉罐里，关了窗，再没打开。还有一次，她突然把易拉罐扔出去了，掉进草丛里，一点动静也没有。

我想找花胳膊打听一下，可自从被开除，他再没找过我。我突然发现所有人都可以想来就来，想走就走，只有我不行。我总是等，从小就会等，等下课，等毕业，等盘子上线，等全智贤定个时间喊我上门收件。谁找我就过去，不找，我继续等。这样说来，小厉再问起一次合伙的事，我估计就答应下了。哪里干活不是干呢。但全智贤回来了，我从没想过要等她回来。一定是出什么事了，这些事我想不出来，就像我知道她在房间里，可她在做什么，我一点也不知道。春天以后，坐在楼下的时间走得越来越快，有时候天要亮了，我还是不想回去。我想再多等一会，等那些我不知道的事情自己出来。

那些衣服我还是收下了，拿回屋，小虎抢着挑了好几件，有一件蓝的当晚就穿着睡了，军军笑他干瘪，穿着像个贼。他说上网查过了，这牌子打完折还要千把块呢，不穿白不穿。我说，都假货，老乡淘汰的。祝家兄弟一听，懒得爬下床凑热闹了。我把剩下的堆在老李床铺上，没再动过。小虎问，真没人要，那我拿去卖了？他看我，我没点头，也没摇头。不出一个礼拜，老李的床铺空了。

这天我下班，床上多出一件白衬衫，再一看，屋里四人穿着不同色的衬衫。小虎笑嘻嘻说，够意思吧，卖剩几件，留给兄弟。他叫我穿上，我套了一下，他说，挺像个人啊！再搞副眼镜，什么女的对付不了。我刚要脱，祝大哥说，别呀，难得一块出去，就这件。说着就拉我走。五个人三辆车，前前后后骑在路上，我才知道他们有老乡刚从深圳过来，三男两女，要去接风。军军很激动，告诉我有一个是班花。小虎坐他后面喊，初中长得好，谁知道现在成啥样？军军骂，那你找自己同学去。我只有小学同学，更不知成啥样了。小虎说完，先带头笑了。到烧烤摊，我见到那两个女孩，一个细长眼竹竿身材，一个圆脸圆眼，很难说到底哪个更像班花。但军军喜欢的肯定是第二个，他坐她旁边，不说话，来一盘递上一串。

小虎吹了几瓶就现原形了，满口胡话，拿签筒当话筒，一遍遍跟自己喊，再来一首，再来一首！他唱歌的样子叫我想起盘子，也是人来疯，自己桌闹完去闹隔壁桌，逮着人问，信不信，兄弟我十年内必将实现人生目标。房价变，盘子的目标也跟着变。最早是在深圳买房，后来变成东莞，去年他说，要回老家拆了重盖，盖个五层带阳光房的。那一阵他老去盐田赌钱，夜里回得晚，要么大半夜拉我下楼，说想吃啥随便点，要么躺着，躺到店长一个电话从床上骂起来。我知道他要面子，从来只报喜。是输到什么地步才会躲进世界之窗，我想不出。有个老乡也喝大了，哭哭骂骂，说龙岗的电子厂倒了一大片，老板跑路，半年结了二百五。小虎说，怕啥，搂着他就开始唱“看成败，人生豪迈，只不过是从头再来”。我突然有点分不清小虎和盘子了，也分不清自己是在上海还是深圳。反正五月的晚上已经觉不出冷。军军和圆脸女孩并排坐着，祝家兄弟在旁边开黑，剩下的喝成一片，我不知道该冲谁，只好冲着端烤盘走过来的小妹说了一句，我先走了。

骑到楼下，全智贤的房间暗着。我问大黄，她睡了？大黄趴着不动，一只眼皮往上挑。仔细看，六楼窗户开着，她站在那，手里没拿罐头。火星起了，又灭了，起了，又灭了，我站起来，才看见那火星直直地朝手臂钻进去了，像拧一个螺丝钉，越拧越紧。我想不出办法，急得拼命拍大黄屁股，它吓醒，大叫，叫得地上天上都是回声，打雷一样。远近好几户人家亮灯了，他们起身开窗，骂人，再砰地关上，我听到全智贤的窗也在各种杂音里砰了一声。橘黄色的灯又亮了。我坐下来，衬衫领子上沾了一脖子的汗，大黄趴在地上喘，肚皮烫得要命。想了很久，我给全智贤发了一句，盘子有消息了。

她很快回我，小公园见?

我看了看手机，已经一点了。

十二

我在小公园等到一点半，没人来。走回楼下，灯还亮着。手机里有一条新消息，全智贤说，我在家，你可以过来吗?

监控头看着我，我不敢看它，夜里上楼，整个人紧张到忘记呼吸。 路闷头直冲，顺着六楼门缝里漏出的那束光钻进去，光突然灭了。我被一只手捉住，然后是另一只手，她黏住我，从头到脚黏住我，像一只细小的蜘蛛在我的身上织网，我摸到一丝，就扯出一片。她慢慢变重了，贴住我，要我也贴住她，我抱着她模模糊糊往里走，小腿被地上的杂物反复磕到，很疼，像摸着石头过小溪，可身上还是因为玩水而觉得快活。一个再熟悉不过的，做了无数遍的梦，终于又做了一遍。地板真冷，冷得我后背汗毛都竖起来了，很快，我又觉得热，热到汗掉下来，把地板都化暖了。猫叫了，猫叫得又细又很响，我听到猫在叫，身上更热了，它抓我，挠我，咬我，叫我什么都忘了。

橘黄色的灯像日头晒，我睁开眼，没有猫，也没有小溪。地上是外卖盒子，纸箱散乱堆着，屋里同搬进来那天一样乱。全智贤穿了一件到大腿的吊带裙，薄得不像个人。灯光底下的她，脸是黄的，身体是黄的。她从我身上坐起来，笑了一下，牙也是黄的，嘴里一股酒气。

你穿这件还挺好看的，她说。

我想起自己身上还套着她送的衬衫，低头看，纽扣全开着。都是白衬衫，我也觉出这件和盘子给的那些不一样。不一样在哪，我说不上。人和人还长得差不多呢，也分老板和员工，债主和欠债的，别说是件衣服。

全智贤从纸箱之间跨出去，往冰柜里取一瓶洋酒，放到茶几上，倒给自己。旁边的易拉罐里，烟灰已经积到凹槽口了。我们并排坐下，我不再有紧张的感觉。她说，你怎么来了？我说，你叫我来的。她说，噢，是吗，就开始笑。一抬手，烟印子在胳膊上明晃晃两排，像和尚头顶的疤。我看着她，确定她是醉了，醉到记不得刚才做了什么，也认不出面前的人到底是谁。我四下找了找，房间里没有黑猫。沉默了一阵，我说，我有盘子的消息了。

全智贤好像一下醒了，从沙发上跳起来，走吧，我们去见他。

我拉住她，她轻得一下就被扳回沙发里了。

想了很久的话终于要说了，我把自己所知道的真实情况全部说了一遍。说真话比说瞎话难多了，盘子也好，小崔也好，把谁的事摊开来讲一遍，就是跟着谁前前后后再去吃一遍苦。这回，我吃了很多很多苦，脑壳发胀，讲完又一下子放松了。可我不敢看全智贤，一眼都不敢。

我听到她喘了一口很长很长的气，又像从前那样拍了下手。韦明，你也帮我造一个故事吧，她说，造一个比现在的我好得多的，行不行?

我抬头看她，她也看我。

你知道吗，真假一点都不重要，没骗你，一点也不重要。全智贤一边笑一边掉眼泪，好像已经看到了我给她编的故事一样，好像这个故事就长在我的脸上一样。

我说不出话来。只记得她说过要抱一下小崔，现在，我想抱一下她，可我怎么也伸不开手。我们挨得多近啊，我才明白去抱她和先前同她躺在地板上完全是两回事，一件是真，一件是假，假的一闭眼就成真了，真的却不行，我怕灯亮着的时候，她会把酒瓶摔到地上，叫我滚。

我只好岔开去说，小厉是真的，他就在上海，最近还找我合伙开店。

你也要走了？她的口气好像屋里刚走了一个人，叫我不敢点头。

全智贤顿了一下，又问，韦明，你想象过自己的未来吗？五年，十年后？她的声音有点发抖。

我摇头。

明年？

我还是摇头。就算是明天，后天，去小厉那里之后的某天，我也一点都想不出。

我想象了无数次，全智贤说，我的未来只有一条路了。

迈……？我用光自己身上全部力气问出这个名字，一下被她打住了。

她给我讲了个故事，火车上有个女的，跟别人哭自己过得差，别人问为什么，她说因为嫁了个老头子。后来老头子死了，她还是哭，别人问，她说因为又嫁了个老头子。全智贤说，以前我以为选择权就在她手里，是她自己不要，后来以为在老头子手里，现在才知道，都不是的，这列车里，谁也没有选择的权利。

我没听懂。

她又说，往后我就住深圳了，等疫情过去，可能要去国外了。

我突然想起花胳膊，就问，别的不管了吗？

全智贤总是知道我要问什么，她说，实验失败啦。说完，把杯子里的酒连着冰块都吞了下去。

全智贤又开一瓶。她说，今天不喝，明天也带不走，是不是？她拿出一个新杯子，为我倒酒，当时那张脸一点不红，也不发黄了，灯照下来，单是白得吓人。

她开始收拾东西，叫我把这样拿过去，那样拿过去，刚封上，又要拆开，说这个不带了，那个也不带。来来去去几回，她好像真的累了，瘫在地上，又突然弹起来，冲进厕所。我听到她说，我晕车，开窗，快去开窗。很快，我听到一阵一阵用力的呕吐。

我走去阳台开窗，窗框里填满了烟屁股。原来夜里的楼下是这样的，一个全黑的死角，没有路灯，没有对面楼下的破沙发，电瓶车刚好被树冠挡住了，我找了很久，没找到大黄。它不存在，我也就不存在。我回头问，猫呢？

跑了。全智贤说，韦明，我们也跑吧。

她走进房间，往吊带裙外面套上一件很长的羽绒服，整个人都陷了进去。

电瓶车只剩最后一点电了。全智贤坐上来，我问，去哪，她说，随便去哪。路上安静，风往耳两边跑，她揽住我的腰，侧着头贴住我后背，我们谁也没开口。直到一个拐弯，车从小路上了大路，全智贤说，韦明，兜到天亮吧！我听了，只想尽力骑得更快，可刚过一个红绿灯，车就没电了。我下来推，她朝前走，没摘头盔，我想到第一次去实验室的那个夜晚。

这次她没穿那双走路很响的皮靴，只有一双拖鞋，显得脚脖子特别细，一拧就断。她走在前面，一句话也没，口袋里揣着一罐啤酒，不喝，细细碎碎地用手捏出响动。

爱一个人和爱所有人，哪个难？

全智贤的声音被头盔罩住。她回头，停下来看我。我只好也停住车子，不动。

那一个人，算在所有人里面吗？我问。

她抬起头大笑，反问我，所有人里面，能算上自己吗？

我们的话怪得很，像一把硬币从兜里掉出来，落地的时间全都没商量好，叮咚咚叮，一个也拾不起。

全智贤继续朝前走了。她说，以前我觉得爱一个人特别苦，我就想，那爱所有人吧，把一个人忘掉，去爱所有人。可所有人拆开来，还是一个人，爱太苦了。我又不是菩萨，又不是基督，我什么也不是。

全智贤的步子越来越慢，我追上去，才发现她是闭着眼睛边走边说的。但她好像感觉到我追上来了，从袖子里伸出一截手指，扶住车龙头，和我并排走着。路上没人，灯照下来，和房间里的光一模一样。全智贤说了好多话，她那些不太好懂的长短句子被牢牢闷死在头盔里，它们积成水汽，黏在壁上慢慢变厚，叫我看不清她的脸。

全智贤说，老李出事前一天，我都下定决心了，安眠药就在床边放着。可我回到家，洗完澡，躺下，想到你，想到老李还要做手术，我就跟自己说，大家都等着呢，你不能跑。

全智贤说，玩过那个游戏吗，鳄鱼的牙齿，一共十来颗，总有一颗是要夹手指的。我知道只有一颗，其他都很安全，概率多高啊，超过百分之九十呢，可我还是紧张，每一步都要怕得要死。你知道吗，心里只想着那百分之十，渐渐会忘了剩下的九十。最可怕的是，走着走着，那百分之十就变成了九十。

全智贤说，想要救谁？太可笑了。

全智贤说，我热得前面的路都看不清了。顶着那只雾蒙蒙的头盔，她转了个身，把另一只袖子里的手指也伸到车龙头上。

全智贤说，韦明，天不会亮了，我们回吧。

我把全智贤送到楼下，她摘下头盔，说了句晚安。我听见她上一楼、二楼，忽然停住了。接着是一阵很急的步子。她冲下来，回到我面前。我明白她是害怕一个人待着。不知哪里来的勇气，我拉着她往对面那栋楼走去。

几步路的距离，忽然变得很远，以前我和盘子在网吧看电影，从开头直接拉到中间，总得熬过一个长长的缓冲。在缓冲里，我不说话，也不回头看她。她很轻，被我牵着，几乎要飞起来。大黄还没睡，它站起来盯着全智贤看，想吼，又好像忽然认得了，把声音咽回去。全智贤摸了摸它，然后坐了下来。我抬头看六楼的阳台，觉得从这到那有一架梯子，我走上去，现在她走下来了。

她说，韦明，说说你自己的事吧。

我不知道说什么。她就问我爸妈、兄弟姐妹，小时候和长大以后的事。她问什么，我答什么。我大概是头一回说这么多话，也是头一回集中想起来这么多和自己有关的事。我妈在邻村高速被大货车撞死之后，我爸跟好多女的谈过，没一个走到头的。大姑说，不冲着结婚就别糟蹋钱了。他听不进，背了债不算，前年还被女的前夫打成骨折，在家躺了三个月。大姑身体不好，姑丈出去打工后没再回来，人人都知道他在外面有家了，我弟出去之后也住他那，可大姑就是不信。她还有个女儿，和我同年，嫁得早，三年生了两个，第二个女孩送给亲戚，发大水那年放在桶里冲走了。八岁之前，我跟奶奶过，奶奶跟我最亲，她一只眼睛看不见，手脚却特别快，说吃什么就做什么，说去哪就去哪，她也叫我这么活，可我总是慢慢吞吞，不像她。小学四年级吧，我跳得高，差点被市体校的人选走，可我爸说，跳再高能跳一辈子？拦下我不让去。有一天我和盘子走了一下午到镇上买计算器，累得要死，他说不想回了，我说不行，我们商量不好，我就先走了，到家十点多，被我爸打了一顿。第二天我在学校碰到盘子，他说自己在歌厅包间里睡了一觉，早上五点搭的顺风车回。他骂我傻。我等于一天挨了两顿。盘子走后，班上来过一个很漂亮的语文老师，她夸我作文写得好，但她只待一学期就走，拍了很多照片，说会寄给我们，最后谁也没收到。这件事我想告诉盘子，总找不到机会说。大学头一年，同宿舍有人上吊了，我跟他不熟，只知道是北方来的，年纪大，高复三年，半蒙半骗到我们这，撑了几个月，还是没撑住。刚到深圳那会儿，我也被骗过，同楼有个老乡拉住我吐了一堆苦水，当场打下欠条，我掏完五百块，就再没见过他。盘子说，这年头还有傻逼信借条？那天我站在天台上，很想我奶奶。我就这么一直说，一直说，觉得自己好像骑在一条路上，一条笔直往回的路，每个口子都站着一个我，每个我都为自己按下绿灯。我的后座是全智贤，她有时笑，有时只听，不说，我知道她一直都在。听着听着，她靠着我，好像睡着了。

我听见她说，韦明，我们回老家吧。

十三

我在电话里说，不去了，想回老家。小厉骂，有啥想不开的？我只好告诉他，经理说最近缺人手，不让走。让不让凭啥他说了算？小厉叫我别信，谁的屁股谁擦，韦明，你听我的，直接撤就行。我没再回，他就一天一个电话来催。我问同屋，小虎说，有这好事干吗不去，比跑腿强多了。军军还问我能不能带他一起走。花胳膊出事之后，单价没涨，每个人头上派的活反倒更沉了。祝家兄弟到处托人找路子，听说搬家比送货能赚，一天苦两趟，忍忍也就到手了，他们打算试试。我还在拖，白天干活，夜里值班，橘黄色的灯照常亮着。总想着哪天一抬头，房间黑了，她走了，我也就情愿走。可全智贤没走，也没再找过我。好几次送完五楼的货，我想再往上，最后还是没敢。

没想到小厉直接来找我了，他借了姐夫的车，拉我兜一圈，最后进了一家鸡公煲。他说从浦东过来费多少油钱，又说自己宁可不要老乡也要找我，还问我会不会记账，想不想学驾照什么的。我发觉他比在深圳那会老成很多，开口前总要先假笑一声，哈的时候像盘子，哼的时候，又更像老大一点。我们吃完，他结了账，我答应下周就过去。小厉拍拍我，说他女朋友厂子里有好几个女的，长得不错，人也好。他朝我笑，我也朝他笑。出了门，小厉问，搭我车走？我说不了，还得去值夜班。他说，往后咱们半天赚的，比你白班夜班加起来都多。

我走回楼下，大黄朝我摇尾巴。那天，就是在这里，我说着自己的事，全智贤靠着我睡着了。天快亮时，她睁开眼问，几点？我说，你大概睡了三个钟头。她激动得掉出眼泪来，说自己可能有两年没睡得这么好了。两手一拍，歪头跟我说谢谢，又冲着大黄谢一遍，沙发谢一遍。转身的时候，羽绒服兜里的啤酒滚到地上，大黄一口叼住，她笑起来。然后问我，你睡了没？我点点头，她说那就好，不然我耽误你上班了。我送她到楼下，又回宿舍充完电，直接揽货去了。

其实那天我一夜没睡，倒也觉不出困，脑子里翻来翻去全是她说的那句话。韦明，我们回老家吧。她大概说完就忘了，可我就是忍不住要往下想。全智贤睡了多久，我就对着那个漆黑的阳台想了多久。我看到我们回老家前先去找盘子了，中山、东莞，还去了趟深圳店里，幸好门店没撤，我跟以前的同事打听小崔的消息，她还在广东，具体没人知道。全智贤说，我们得找到她，还叫我打电话去探探老李过得好不好。我却跟她说，如果在深圳总让你想到以前那些掉眼泪的事，我们马上就走。她笑得好开心。我还看到自己把大黄放了，它的锁链太紧，第一回解不开，第二回我提前买了一把菜刀，磨利了带上。夜里动作不能太慢，两刀，最多三刀，砍断，随它去哪里。可它一直跟着我，我只好让它坐车篮里，像挑一根扁担，大黄在前，全智贤在后面。想着想着，天就亮了，全智贤醒来，没再问我可不可以给她造个故事，她的酒劲退了。现在我不用造了，我只想再见她一面，至于见了要说什么，我想了一夜也没想好。

太阳出来，小学开门了，量体温的队伍在外面排得老长老长。我经过，机器也对着我叫了一声，三十六度八。天气很好，每天都比前一天再暖和一点，仔细想想，半年快过去了。按全智贤的说法，我起码已经绕过了半个地球，现在我就要骑到终点。和平常一样，先去总站，再从东门开始，往西门去，像在老家浇肥种地，一块挨着一块，整整齐齐。好几次路过大黄，它和那个老男人并排坐着，翻着眼皮，有气无力叫了两声。我知道它在表演，它肯定也知道我不会怪它。但我特意绕开了大黄前面那栋，准备留到最后再去。下午五点，小学关门的时候，太阳转到西面了，所有朝西的墙都在发亮，五楼以上还没来得及收的衣服和被子也在空中发亮。它们是在等太阳落下，还是希望它别落下，我不知道。那件白衬衫，我穿了一礼拜还在身上，它原本在谁的身上，我也不想知道。

最后一趟了，我的车越来越轻。有人打电话来，我就回复他们，等会儿让别人代收，还告诉两个长得有点像我奶奶的女人，以后不来了。一个问，调到哪个小区去了？另一个笑了一下，什么也没说。天黑之前的最后一块地是留给全智贤的，今天没有她的件，送完三楼和五楼，我就上去敲她的门，把另一个号码留给她，告诉她，以后要寄件就找这个人。如果她问去哪，我就把小厉的地址给她。她不问，我就再补一句，你什么时候走。如果她不在。如果她说，韦明，我们回老家吧。

我越想越紧张，总觉得自己还没准备好，就去小公园坐了会。小孩在这里练跳绳，练跳远，大人一走远，就蹲下来拔野草，玩野猫。有人挂出的被子忘了收，被猫抓破了棉絮。有人早上来不及扔垃圾，又怕罚款，就藏在被子后面的树丛里，一个白天过去，馊味止不住地往外蹿。我看着附近的人、来来往往的车，觉得这些都很好，好就好在，他们就要和我没关系了。那么我和全智贤也没关系了。我想起花胳膊说过什么可能性，眼皮突然一跳，只要有那一种可能，我就回。

我把要说的话在心里默了三遍，然后起身，踢开电瓶车的撑脚。突然听到不远处有一记沉闷的响动，接着是一声尖叫，空气都被吓散了，很多人开始跟着喊叫。我听到大黄在吼，从没听过它像这样子吼，一声连着一声，吼到喉咙都哑了。有人循着响声跑过去，也有人捂着小孩的眼睛从那里跑出来。很快，救护车的声音起了，我看到身边所有人都在往同一个方向去，小公园一下空了。就在那，我得去种我的最后一块地了，可我手心里全是汗，往脸上一撸，眼睛鼻子也全是汗。下雨了吗，好久没下过雨了，雨打在小区那些破破烂烂的阳台顶棚上，声音好大，我找不到去那栋楼的路了。我从没想过这种可能。

站了很久，有人走回来了。一个问，男的女的？另一个说，脸朝下，看不清。一个说，算那部别克触霉头，蛮新的。我提起车头，掉转身，决定往小区外面驶去。纸箱掉下来，就不去捡了，我只想快，快点，要骑得像韦驮天一样快，快到听不见所有这些动静，快到回去昨天、前天，快到我一闭上眼，我们就回了老家。

我听到全智贤从我的肩头醒过来，她双手一拍，朝我笑，韦明，我们到了。

2020 年 12 月

清水，又见清水

一

一件事情要坏到不能再坏的份上，必须做到每一步都走错，这是有难度的，同所有本事一样，需要被慢慢发掘、培养和锻炼出来。在这方面，李清水觉得自己绝对属于那种既有过人天赋，又不断努力突破的黄金种子选手。

当时她一边叫车一边下楼，快到酒店大堂时，线上排序由第十五位朝前移动了一位，地图显示，此处到她家的路上已有超过五段开始飘红，颜色渐趋深暗，像中老年人狭窄又僵硬的血管，随时可能栓塞或溢裂。李清水滑掉屏幕，在离自己最近的两个地铁站之间犹豫了一秒，决定放弃更近的静安寺，考虑到地下走道太长太绕了，一站换乘又不值当，如果骑车直冲下一站，或许能节省更多时间——她全部的努力只是为了以尽可能快的速度到家，确切地说，是到家门口的蔬菜店。一样东西要来的时候，总有另外几样会随之消失，这种关系首先适用于人和人的感情，偶尔也适用于极端天气和粮食。

走完前两段斑马线，一分半钟过去了，颈动脉莫名蹿了几下，李清水感到，事情似乎开始往她再熟悉不过的方向去了。果然，她发现自己忘了预先观察好马路对面共享单车的数量，目之所及的唯一一部，就在第二段红灯跳绿灯的瞬间被一个穿汗背心的老男人骑走了。往前五十米，颗粒无收，直到在临近路口的电线杆处发现一部半躺半倚的绿车，车身很脏，坐垫有点瘪，看起来很久没人用过。李清水决定冒险扶起来，还行，刹车是好的，链条也是好的，只需费点气力把坐垫调整到配适自己的高度。这种绿车，李清水不常骑，这意味着她需要单独支付一笔费用了，但她情愿。就在蹬腿出发的关头，手机响了，李清水点开那条该死的消息提醒才意识到，几分钟前自己滑掉叫车软件的动作只是个单方面的决定，订单根本没有被取消，一辆网约车已在两点五公里之外候命了。六个红绿灯，八分钟，她看了看驾驶员的星级评分和证件照，又看了看自己的包，前几年大火的云朵包，此时更像一摊烂泥，正正好好陷进脏得要死的前车篮里。她决定花五块钱撤回订单，理由是：其他。不能犹豫，不要犹豫，她告诉自己，就按刚才的想法来。

这部车显然不太好骑，踩一圈嘎吱两下，令她想起那种手脚最懒却喊得最响的同事。刚拐出去，李清水接连在道边看见几辆她最常骑的蓝车，松快的小蓝车，办了月卡的小蓝车，啊，就是这样，这熟悉的挫败感。她皱了皱鼻头，还是决定不换了。然而接下来几乎是每五十米吃一张红牌，李清水被堵死在一群骂骂咧咧的外卖员中间，心里也开始暴躁起来，市区的红绿灯到底算什么东西，装得比垃圾桶还多，连交警都他妈比垃圾桶多。挂着大包小包的电瓶车渐渐从她视线内移出，他们或是趁乱冲向机动车道，或是急转弯，李清水骑出去几米才明白，前方道路因为修下水管临时被封了。来不及了，如果不想原路退回，只能借势转入步行道。很快，她被一大拨刚从写字楼涌出来的白领拖累了速度，无奈跳下来推行，像过障碍物般甩掉一个又一个漂亮的背影。在CBD上班的人就是不一样，考究的包，考究的伞，无论打扮成什么风格都经得起溯源和细品，脚步出奇一致地快到带风，脸上却不见丝毫焦急——礼拜五的傍晚，没有任何事值得为之焦急。李清水很想就地把车扔了，在同方向的流动中，他们都是轻快灵敏的鱼，偏偏自己身上缠着一片人类扔进海里的废金属，负重前行。忍忍吧，地铁口就在眼前了。可是半秒钟，离锁车真的就差那么半秒钟，一个晒得漆黑的穿橙马甲的男人走过来通知她，这面不让停，他正把车一部部搬到对面的步行道上。李清水跟在橙马甲身后，等绿灯，过马路，把车推到他规定的位置停好，几个动作下来，她离地铁口愈发远了。这一次她成了逆行的鱼，迎面而来的下班潮愈发汹涌，几乎所有人都等着抢她和橙马甲手里的车。也是好笑，她从那边骑过来要停在这头，而他们从这头取了车要推到那边才能骑，没有谁是容易的。这么想的时候，为了方便一个女孩抽出她想要的车，李清水主动把自己那部靠边挪了挪。嘶，脚踝被踏板精准击中，她的尖叫和女孩的车开锁成功的动静几乎同时发出，但尖叫声淹没其中，连她自己都难以分辨。今天没穿袜子，今天是这礼拜唯一没穿袜子的一天，考虑到傍晚要下暴雨就穿了凉鞋，可这会儿明明还是很晒。面对强烈的疼痛，李清水选择无视，因为站着转身同时低头的动作难度有点大。更要紧的是，她仍然相信自己离最初制定的目标只差一步了，尽管整个过程比计划慢了大约十分钟。十分钟，足够她从静安寺的地下宇宙穿梭到站台了。李清水挎上包，开始朝地铁口狂奔，她要夺回最后的几分钟，也就是从静安寺开往下一站的时间。她拼了命地跑，跟正在另外两个决定里认真执行计划的李清水比赛，只有赢下她们，从静安寺站出发的她和刚坐进网约车的她，哪怕赢下一秒，李清水心里才能好受一点。自我安慰的力量是强大的，她会出于自己至少走对了一步而感到无比激动，因为这一步也意味着她没有错失全部。

然而懊悔感还是不可遏制地涌上来了，从电扶梯的人群中一路往下挤到出口时，自静安寺开来的那班车亮起了红灯，并迅速在她面前合上了大门。它朝前了，带着一群因为挤上了车而面目轻松的人离开，留她愣在那里，挡住身后所有准备出电梯的人。行动宣告失败。李清水傻傻站在原地，感到空洞的轨道上刮起一阵很大的风，是那列车厢留下的无尽嘲笑。为什么要比呢，为什么要跟自己过不去。李清水这时才真正觉出来自脚踝的疼痛，她走到角落，把右脚搭在墙面上勉强回身去看，不见伤口，只有一团溢出来的血，它们在外围凝结成一个小小的血球，当小球承受不住下一次出血所带来的分量时，就冲破形状，化成一道厚厚的血柱淌下来，印进了凉鞋里。嘶，李清水企图从包里掏出点什么来急救，好极了，就是这种感觉，什么都掏不出来，连纸巾也刚好用完了最后一张。李清水气笑了，她知道自己又一次在这场名为“做什么都不对”的考试中顺利拿下了满分。

二

大约三小时前，李清水坐在漕河泾的办公室里，看看手机，看看窗外，等礼拜五的最后一段不自由被耗尽，一切将从今晚重新开始。手上还剩一点点活，但她不打算收尾了，万一组长问起来，就求饶说来不及，能不能周末带回去弄，实则拖到礼拜一继续。更何况，她赌组长也没这个心思来抓进度了，组长甚至放任离她最近的几排同事大声聊了半个多钟头，最夸张的一位即使跑去前台填快递单，也要隔着感应门喊进来。这让饭后强忍住咖啡冲动的李清水始终无法从犯困升级为瞌睡，她只是越发清晰地认定，六一八期间在小毛推荐下买的降噪耳机纯属于智商税。

方便面。

一位女同事正在大声宣读从网上搜来的必备物资清单，每读一项，她就停顿一会儿，像是特意留出空隙等其他人展开详细讨论。

方便面肯定是要的。

管什么用，万一停电，热水到哪里去弄。

那你说买什么？

买现成的，面包，饼干，沙琪玛。

这种话绝对不能叫我儿子听到，否则肯定要拉我去囤薯片了。

沙琪玛这么黏牙，谁要吃啊。

我老公和公公还叫我多买点口罩，你们说男的是不是脑子有毛病，一天到晚口罩口罩，口罩能吃啊。

李清水一想到张生，就多少能明白那位同事的家人几分。自去年年初以来，总有些性格过于谨慎的人已经对个人防护形成了肌肉记忆。每次李清水划着手机随口提起，哪哪又在打折了，家里有什么要买的吗，张生脱口而出就是那两样，好像它们比饮用水和卫生纸还要紧。有时她奋起反击，消毒水能喝啊？口罩能擦屁股？张生就说，都买，都买。李清水一度觉得，她家储藏室里那满满五格的口罩大概这辈子都用不完了，张生却唯恐不够，总想再囤。后来她才知道，刚恢复上班的那半年里，张生即使在办公室也从不摘口罩。所以当他看到李清水光着一副面孔下楼倒垃圾或买早饭时，总要情绪激动地抗议她使他所有的努力付之一炬。张生恼怒地挥舞着食指，你这个人，就是我整个防疫计划里最大的漏洞。李清水听得笑出声来。

一位男同事突然打岔说，我早上出来，在菜鸟驿站看到一箱东西，哎，清单上肯定没有的，你们猜猜看。这位同事一向喜欢以刁钻的角度，尤其是男女私事来讲段子，以博取全办公室的笑声。李清水甚至怀疑，他是不是每天都在通勤路上琢磨这些有用没用的小东西，并期待着从女同事的积极反馈中获取他在家中早已得不到的存在感。

大家很认真地开始竞猜。

雨披？

不对。

帐篷？

错。

收音机？

再猜。

李清水从出题人逐渐走歪的嘴角弧度里看到了计划顺利进行的得意，也明白他正在暗中寻求一个所有选手脑力枯竭又对答案拉满期待的弦上时刻，以便一把抓住全办公室的眼球并放出大招。

就在最后一位参赛者给出毫无想象力的作答后，他发话了，以一种精心酝酿过的平静口气，譬如往水里扔一颗极小的石子，故意去匹配那将要爆发的剧烈反应。

一次性内裤。他说。

空气凝固了半秒，随后，办公室的湖水被接连激起了十几道晕子，大大小小。笑点低的同事疯狂拍打着桌面，完全失去了叫停自己的能力。李清水探出头，往组长的座位瞄了一眼，她接了个电话，急急忙忙从乱成一团的现场冲出去了。再看那位男同事，捧起茶杯，静静享受着全场观众此刻的表演。李清水觉得他有一种神奇的本领，明明是一次性内裤逗笑了大家，他却能将之百分百转化为自己的功劳。这可怜的得意。转念一想，又挺理解的，成年人谁不是靠那么点屁大的事撑过一天又一天呢，恭喜他，今天没白活，明天的盼头也提前到位了。

有人紧接着说，我就不必买了，万一没得换，直接上我女儿的尿不湿，反正双十一囤多了。

那位男同事又扔下一颗石子，他站起来说，这辈子要用完的话，你和你老公肯定逃不掉要生二胎了。办公室再度掀翻一片水波。

李清水对于这个封闭空间内极速变动着的聊天氛围感到一丝不适。五分钟前不是还在说北方城市的水灾吗，一场突如其来的大雨让很多人困在下班的地铁里，还有很多人被困在下班的隧道里，这让另一些室外没下雨又好端端坐在室内的人莫名感到紧张。开车的人表示不想开车了，坐地铁的人说那我也不敢坐地铁呀，极端天气引发的恐慌从几千公里之外蔓延过来，谁也无心上班，好像一旦走出写字楼，大家就会立刻陷入那场要命的雨里。不过大家所想的也就此为止了，李清水见怪不怪，她发觉办公室聊天无论在哪里都符合这样一套通用模式：起初有个谁带着崩溃的语气宣布一条刚从网上看来的热搜消息，民航坠毁了，明星出轨了，街头遭无差别袭击了，众人的第一反应是不敢相信，随后快速将自己代入其中，开始焦虑假期还要不要出游，小孩能不能独自乘公交，老公的聊天记录里有什么异常可以拿出来侦查一番，最后，却总会因为一两个擦边的玩笑而出离紧张。李清水大概总结出这样一个不太经得起推敲的逻辑：事情既然还没到自己头上，就体会不了它到自己头上的感觉，那么就索性相信它永远不会到自己头上。顶着这种侥幸，再危险的话题也总有办法被消解。防灾物资清单简单过完一遍后，办公室达成的共识是，无论囤什么，必须尽早尽快，听说傍晚就要起风了。有位女同事后悔不迭，说昨晚没提前下单实属大意，今天必须要抓住最后的机会。她打电话给在家带小孩的父母，仔细关照，查漏补缺，其他人也开始相互分享购物车。有好事者往工作群转来一个小视频，说是他丈母娘刚发到家人群的，点开看，菜市场如同过年，摊位被人头层层围住，谁也听不清谁在喊什么。很快有个女孩惊呼，××也断货啦。大家纷纷转向别的网购平台。

李清水直到这时才算被卷入集体情绪之中，她想起这个礼拜负责做饭的是自己。果然，事情唯有亲自代入后才能成立，她为自己逃不出这个规律而略感失望。原则上两天买一次菜，昨晚加班，她和张生各自在外面解决。李清水明白，张生即使早下班，也不会主动问一句要不要帮忙。在他眼里，他们是两个不同组的值日生，永远只在自己的包干区内劳动。李清水这组很少在网上买菜，主要是觉得价格虚高，她还是习惯光顾家附近的门面，同几个老板都很熟了。大门右转出去，一排很整齐，蔬菜店两家，一家南方人开的，一家北方人开的，总是后者更便宜，但两家生意倒差不多。接着是肉店、水产店、熟食店、果饮店，和向来冷冷清清的国营便利店。小区里的人但凡不是太讲究，日常就靠这一排供应商养活着。李清水按从下到上的顺序回想了家里冰箱的每一格，还好，冷冻肉和生馄饨都有一些，于是给最常去的菜店发了消息，没有回应。她点开看了一眼老板的朋友圈，不知是不是手抖，照片里每个人的面目都仓促到模糊。李清水有点急了，今天一定要早回，为了接下来两天的伙食保障，也为了在和张生面对面足不出户的这两天里，自己不至于因为值日生没做到位而被他反复唠叨。

几乎就在组长接完电话推门进来的同时，小老板也拖着行李箱进来了。此前大家都从助理那听说，受北方水灾牵连，西北过来的交通线路断了，加上台风要来，上海这边也预备停收航班了，小老板这一滞留，多半是要到下周。可他偏偏福大命大，赶着最后一班飞过来了，家也没回，把行李像战利品一样拖进办公室，并通知所有人十分钟后开会。像一次针对流言的打击报复，一个噩梦的开始。谁心里都有数，小老板一开会就停不下来。说是说合伙人，手里没什么实权，平时最喜欢的事情，一是展示他那些五颜六色的定制西装，二就是开务虚会。表达能力又不行，讲什么都跑题，跑完绕不回来，拖到七点八点是常有的事。连那位段子手男同事都调侃过，这老哥是来演电视剧的，但不配合他又不行，公司的业务，大半靠他家里带资源。通知一出，有人提前收包，有人开始寻找充电宝，绝望之神敲门的时候，那些积压在办公室上空的热门话题，总是会蹑手蹑脚地识相离场。

李清水的怨气并没有那么大，她甚至觉得这一切来得很合理，台风，囤粮，周五下午，临时开会，所有元素都不妙得恰到好处，一个走向失控的开场，失控的趋势难以阻挡。隐隐意识到这点后，她撇了撇嘴角，准备带上电脑去会议室。

组长突然拦住了她，看来组长也知道这个会要开很久了。她说，去帮我送一下，快。搞不清是第几次了，组长私下派李清水去儿子学校送药，送作业本，送去少年宫上暑期衔接班，两小时后再接回来。每次组长她妈临时出了点问题，组长就派她去跑腿。李清水一度想不通，自己入职前的日子里，这些烂屁股都是谁在负责擦。直到她无意中在厕所听同事提起，组长刚好是半年前离的婚，儿子抚养权判给她了。组长说，下课之前务必送到。李清水点点头，衔接班的作息她熟得能背下来，奇怪的是，男孩的脸却记不住，只怪他长得一点不像他妈，还很少抬头，一副过早迈入叛逆期的样子。仅有的几次交流，一是去送数学考试用的量角器。对方说，谁叫你来的，我不会借？李清水愣住，她习惯了职场上那些被笑容掩藏好的冷漠和不屑，很久没被这么直白粗暴地对待了。真像个卑微的家奴。但相比于愤怒，那时的李清水反而被某种更大的困惑覆盖了，她想不通，组长为什么要争取抚养权。还有一次去送作业本，刚好是体育课，李清水站在栏杆外，看到男孩躲进角落找一个女孩聊天，聊着聊着，女孩拉住他的手就往自己校服拉链里放。这是小学毕业班的孩子？她第一反应是躲起来，防止被男孩发现自己旁观了这一幕。好像比起他，李清水才是那个为之害怕和心虚的人，那一瞬间，她觉得自己甚至不配做个成年人。

当然，组长也深知需要布置一点出外勤的表面任务，以便稍后在会上跟领导交代。她简单和李清水对了一下手里的活，企图找出可循之机。李清水主动提醒她，下周在嘉里中心有个路演。组长立即反应过来，关照她去盯一下场地和物料，有什么缺的发在大群里，让酒店的人去办。她的意思很清楚，绝不允许对方横插一脚把皮球踢回来，拿钱办事，能推就推最好。李清水也很满意这个安排，去完这两处，理论上的下班时间差不多就到了。这是她和另一个留下来开会的自己之间的无声博弈。她收拾好东西，把组长留下的文件塞进信封，放进包里最隐蔽的夹层。但难说是为了二次确认还是出于好奇，李清水在电梯里又拿出来看了一眼，内容简单，字迹工整。我保证孩子林邱志昊今后不在网上抄袭作文范文，家长将从严看管，做好诚信教育，下不为例。最后一行，组长的名字写得清清楚楚，邱易欣。李清水想象不出，组长写下这句话时，脸上的表情是什么样的。也许当所有人都被一次性内裤逗得死去活来那会儿，组长却正为如何组织好这些场面话而错过了。

想到这里，李清水深信组长需要这个玩笑，她真心祈祷那个男同事能自信到再讲一遍，让组长的今天也有一点活头。

三

每过一站，李清水就忍不住看一眼手机。工作群毫无动静，她猜不出是因为会议没结束，还是大家早已在疯狂采购的路上了。平时下班后，组长往群里扔东西，所有人都选择装死，第二天打完卡再陆续回复收到。一到开会时段，又总有人假借做笔记私下干活，习惯性地发群后紧急撤回，暴露了自己的行动。这些那些，李清水至今还没看到，这意味着她无法被动获悉这次临时的外派到底算不算得胜，她好想知道答案，真的好想。

李清水看着半路上来的白领，哪怕是穿一身运动衣也显得体面、大方，神情中透露出一丝旁若无人的沉静和优越，再看自己的短袖、半裙、露趾凉鞋，和鞋底快要干掉的血迹，如果没有一个答案，从漕河泾跑到市中心，再从市中心跑回闵行，她说不出这样费劲的路线有什么意义。可是赢了另一个时空里的自己又有什么意义？李清水想来想去，最后只剩下一个解释，我活得越来越像她了。母亲去世六年，能想起她的时刻变得越来越少。老李再婚后似乎过得比从前更如意，自己结婚也快五年了，这个世界上没有人需要她，也不必再想起她。偶尔在路上看见一只不肯走远的小狗，或是捡起别人落在共享单车里的遮阳伞，李清水心头一惊，是你吗，是你吗。除此之外，她的生活早已和母亲没有任何联系。唯独在这种时刻，李清水发现自己正拼了命去争一口无关紧要的气，这样奇怪，又这样熟悉，才不得不意识到自己身体里的母亲从未消失，她不安分，她总是试图往上钻，这个令李清水想尽办法逃离的人，此刻分明就要冲出喉咙口了。

手机震了一下，李清水立即点开，第一条却是张生。排在我前面的人临时取消床位了，他说，今晚轮到我去住院。紧跟着发来一个企鹅跳跃的表情。

李清水问，那人干吗取消？

不清楚，反正医院刚通知，九点之前到。他又补上一句，今天早点吃饭。

看到这几个字，李清水急了。现在五点半，地铁还有九站，出站十分钟，骑车二十分钟，到家怎么也得一小时以后了。她回复说，临时出了个外勤，这会儿还在市区。按灭手机，继续盯紧每一拨刚进车厢的人，她生怕见到谁手里提着把湿漉漉的伞。一旦下雨，接下来的走向就更难顺畅了。

张生问，那，在外面吃？

李清水说好。她心里想的是直接去地铁口商场的生鲜超市采购一波，吃完饭打车回去，省得到家门口才发现已被抢空。

两个人约定地点后，张生突然又问，你早上拿出来的那包是什么?

什么?

水池里的，尼龙袋扎得蛮紧。

李清水像是突然被戳了一记额头，整个人清醒过来。早上出门前一秒，她想起厨房的湿垃圾。当时张生还没走，正在卫生间苦苦修行。她确定他不会倒，他还喜欢反过来劝她，不要浪费啊，满了再倒。可李清水受不了窗口的小飞虫。她穿着鞋走进去拿，几乎是转身那一瞬间，目光落到日历上的小红圈，她惊呼了一下。于是用另一只手打开冰箱，从冷冻区取出一包排骨放进水池。厨房窗户靠北，自然解冻起来很慢，不过一个白天也足够了。然而白天尚未结束，李清水竟已完全想不起这件事了。现在如果有人告诉她，这其实发生在她大学毕业头一年的独租房里，李清水也会相信的。一天，或者说仅仅一个下午，从大雨到台风，公司到学校，远近大小的碎片穿越无数个路口，把自己那一念之间的动作冲得片甲不留。她自知再度走到了必将引向困境的路口。她敢打赌，此时只要做出一个决定，那个决定就会成为错误，相反地，如果她因为害怕错误而故意选择了另一个，另一个也将不可避免地走向错误。过往的经验让她相信，选择一旦经她之手变成事实，事实就会令人伤心。但在离家越来越近的地铁上，李清水没有任何办法逃避做出选择。

她回张生，哦，本来想晚上喝排骨汤的。

那就在家吃吧，张生说，我妈上次拿来的干姜放在哪一格，我还有两站，到了先弄起来。

李清水松了一口气，有人代她做出选择，她万分感激。好像在江面的绳索上突然被托了一把，否则，自己就要绝望到松手掉下去了。常常是这样一丁点的拯救，让她觉得自己的婚姻生活还不算无可忍受。尽管她知道，张生之所以愿意主动帮忙，到底还是为了能早点吃完出门。但这都是可理解的，谁没有一点私心呢。就在两个人商量住院的时候，张生问，你说我要不要带家里的枕头过去睡？李清水立刻回复，不必了吧。她心里想的是如果下大雨，那么张生第二天带回来的枕头就要重新洗晒了。她讨厌做这些西西弗斯式的家务活，但相比起来，她还是更讨厌自己的枕头旁边有一只闻起来潮乎乎的枕头。不得不承认，这些年来，母亲留给她的对日照和干燥的执念，从来没有褪去。

张生比李清水大，实足三十六了，还在两个人刚认识时的那间公司上班，还在原来的岗位。去年大裁员差点裁到张生头上，李清水几次他劝出去找找机会，他却因为最终逃过一劫而愈发笃定起来。事实上，自从两年前得过一次尿结石，张生很少熬夜看球了，成天最关心的就是自己的身体，几天跑一次街道卫生院，动不动就去大三甲排队报到。最近他常说夜里胸闷气短，开窗开空调也没用，一路从心内科看到神经内科再到呼吸科，实在找不出原因，医生就建议住院做一次完整的睡眠监测，也包括一次二十四小时动态心电图。张生对此充满期待，像在身体力行地解一道难题，总算被启发了新的思路。拿号苦等一个多月，没想到会在台风即将登陆的傍晚被临时通知入院。张生说，我去买张彩票算了。李清水却反复提醒他，前面那个人是不是出于天气考虑才取消的。张生毫不介意。显然，他觉得什么都比不上尽快完成这次检查来得要紧。

张生发来一张单人间的照片，说是网上找的，他仍然对医院过于扁平的枕头表示担忧。李清水笑出了声，她已经能想象这样一幅画面，张生因为害怕睡不着浪费了体检的钱而真的彻夜失眠——这绝对是张生身上会发生的事。譬如他去医院，如果查出了什么和自己预料中差不多的问题，就会异常兴奋，如愿以偿这个词，竟然可以被人用在看病这种事上。李清水觉得，这是张生独有的喜剧天赋。她自己则刚好相反，事与愿违对她而言才是最灵验的，李清水早就习惯了一切都跟自己反着来，甚至逼迫自己率先去想某个她不愿看到的结果。两个人不温不火地在同一口锅里煮了这么多年，达成的最高默契大概就是生育，抱着放过彼此一马的心态，谁都不曾主动提起。在张生父母或同龄朋友面前，他们对这件事的口径从来都比别的更为一致。久而久之，就鲜有人再问及了。

张生开始在对话框罗列自己要带去过夜的东西，耳塞，眼罩，睡衣，枕头，水杯，看到扑克牌和速效救心丸，李清水按灭了手机。她对此毫无情绪波动，哪怕张生想把半个家都搬过去，她也没有反对意见。一旦想到能独自度过今晚，什么条件她都答应。西瓜，啤酒，来伊份的鸭胗和卤藕，她也暗暗写起了自己的清单。这时，一张突然被扔进群的会议PPT给了李清水迟来的答案，她笑了，尽管她在心里努力阻止自己把这种毫无必要的胜利视为一种胜利。不得不说，趋势是一种玄学，这以后，一切又开始变得容易。

出了站，天还是一片光亮，六点的太阳能把人晒晕，但云走得快了，风里夹着温润的水汽。李清水扫开一部蓝车，地心引力正从她身上慢慢褪去。舒适的风，舒适的路面温度，舒适的坐垫和踏板，她突然觉得不必赶时间了，吃什么也不重要，自己可以就这么一直骑下去，不停蔬菜店，也不停家门口，一路骑过闵行、松江，骑到星星出来，或者任由台风带她到什么陌生的地方去。这样不切实际的幻想，李清水很多年没有过了。前方是桥，她索性站起来飞快地蹬，松开手刹，再随下坡飞快地撞进风的网袋。她甚至感受不到来自脚踝的疼痛了，身体每个部位都像刚睡醒一样，兴奋地试图挑战自己的极限。极限，她想，就是不停穿越在意外的痛苦和快乐之间。

唯一的停顿，是她接到了一个陌生号码的来电。对方问，那个女的说什么了？李清水愣了一下，才想起因为接送的关系，她曾给组长儿子留过自己的号码。下午去送家长保证书时，李清水并没有亲眼见到林邱志昊，是一个自称语文老师的年轻女人来校门口交接的，并未提起什么。起初李清水有点不安，她发消息给组长，组长说，对，就是她。李清水才放心离开。李清水问，怎么了，志昊，回家没？对方还是那句，那女的跟你说什么了？李清水告诉他，什么也没说。但这句话一出口，她自己也感到不太可信，“什么也没说”就像一个典型的撒谎范例，充满欲盖弥彰的气味。于是她又补了两个字，真的。听起来仍然像假的。对方不答，留给李清水一段赌气的忙音。她停好车，买完菜，提着大包小包拐进小区，到家再打回给那个陌生号码时，对方不接了。李清水忽然有点醒悟，又有点糊涂了，她搞不懂，语文老师，母亲，和母亲手底下的小职员，对一个青春期男孩而言，到底谁才是“那个女的”。

四

从北窗望出去，天是均匀的浅蓝色，云越积越厚，却丝毫不影响它们滑行的速度。每沥净一只碗，李清水放进高处的橱柜，就会看到窗口的云又换了一种形状，蓝白分明，像假的，让她想起多年前和张生去澳门旅游时那座不夜城的天花板。可惜窗太窄了，伸头望一眼，并不见月亮的踪迹。擦去水迹，整个大理石台面上只剩一口汤锅。她朝卧室喊，汤快好了。卧室没有回应。今天的晚饭是两个简单的蔬菜和一份楼下买的熟食，吃完，张生进屋收拾东西。李清水摘下橡胶手套，按储藏期限把新放入冰箱的食物又理了一遍，像在检阅自己的部队，内心充满了安全感。一切就绪，等喝完排骨汤，张生出门，她的夜晚就降临了。

老李发来一条消息，在看吗？快开始啦。

他拍了段小视频过来，茶水、瓜果、电视机、小胡阿姨的半片裙摆，还有自己那永远粘在镜头一角的莽撞的手指印。李清水打开电视，也拍了一张回过去。画面中反复出现汗水和火焰。火焰占据整个屏幕时，汤锅跳停了，李清水又朝里屋喊了一声，没有反应。她走进去，发现张生趴在床边睡着了，鼾声轻微，五六只大小不一的枕头被均匀铺开，都是他平日里为不同睡姿准备的。上班背的电脑包和小号登机箱散在地上，大概还没从张生手下决出胜负。李清水以更轻微的步幅走过去拉窗帘。风不大，吹上来冰冰凉。南边的天和北边分明是两个世界，深邃幽暗，又隐约透出点日光折射的橘粉色。月亮圆得惊人，动起来像幻灯片里的效果，置于底层，置于顶层，在流云之间来回穿插。李清水看到对面的人家也在洗碗，屏幕也闪着亮光。她走出去，把电视调到无声。

已经有人开始表演了，舞台昏暗，李清水看不清他们在演什么，只觉得怪压抑的。很快，烟火从四面飞升，天彻底亮了。她正要拿手机，小毛发来一条消息，看到我们没？你左我右！就在最后那排观众席上！

李清水抬头，远处的空座位被分区画上颜色后，看起来真的如同坐得满满当当。她拍下最高处的一抹白，示意小毛，找到了。从小就这样，小毛喜欢跟她玩这个游戏，她也总是全力配合。软抄簿的封面上有两只卡通动物，小毛说，你左我右。CD 店海报上站着几个男明星，小毛说，暴龙归我，仔仔给你。在商场碰到两个老太太手挽手逛文胸店，小毛问，选豹纹的是你还是我？李清水说，也就你从小爱穿花的。那行吧，小毛说。就这样约好了彼此的晚年图案。在这项对号入座的秘密游戏里，她们从来都严肃认真，并乐在其中。

这次李清水说，带望远镜没，给我用一下。

啊，好像落在酒店了。

李清水发去一个鄙视的表情包。

看比赛那天一定记得带！小毛发来一个奸笑。

李清水有点想哭，三年了，最初的计划不断被推翻，两个人见面的机会也越来越少。还好，游戏还在，游戏永远不会被时间、距离或意外击碎，即便她们当中有一个人提前死去。类似的假想，小毛早在初中毕业那年就做过了。当时她坐上欢乐谷的跳楼机，把书包交给不敢上来玩的李清水，左右两个侧兜里分别是可乐和雪碧。小毛说，如果我死了，你想选哪个都行，别忘了，另一瓶要洒给我。结果她从跳楼机上下来，一口气喝完了全部。

有一部电视剧，讲三个快奔三的小姐妹约好在东京奥运之前脱单。小毛推荐李清水看的时候，小孩都快三岁了，李清水也新婚不久。两个人想来想去，三十大关眼看就闯过去了，桃花运也无福消受了，不如约定去旅游吧。当时小毛以自己的血泪史告诫李清水，知道这意味着什么吗？要么立刻怀孕，要么两年后再生，小孩两岁以内你根本别想走开，更别幻想带着出去玩！她的苦口婆心被李清水一个白眼轻松击退，甚至还被反将一军，李清水说，上有老下有小的人，最好不要临时掉链子。小毛拍胸脯保证不会，还说小孩一送去幼儿园，自己就解放了，她打算重新找个班上，借机远离婆婆退休后的无死角陪伴。

两人分头负责一部分攻略，默契十足，只是一到门票抽签环节，事情就乱套了。每人限选三个，李清水想看体操、跳水和花样游泳，小毛却想试试铁人三项和现代五项。理由很简单，好不容易去一趟，得用最少的钱看最多的项目才能值回本。李清水笑，就怕选手还没比完，观众席先有妇女活活累死了。小毛仍坚持要这么做。搞来搞去，谁也没能说服谁，干脆赌气各看各的。结果签一出来，全军覆没。李清水问，日本有黄牛吗？小毛说，不看了，去逛街不好吗。没想到二轮补抽环节，小毛人品爆发，直接抽到了开幕式。贵是贵了点，两个人咬咬牙，还是舍不得浪费这个机会，索性提前一年把计划敲定，订好酒店和机票，剩下的事，就是为了这个目标努力攒钱。

那年最后一次见是冬天。小毛突然来了上海，电话里，她说自己在陆家嘴开了间三千多一晚的套房，叫李清水过来开开眼。两个人喊了一桌子外卖，吃吃喝喝着，小毛就开始哭，说过不下去，真的过不下去了。李清水不知道劝什么，也不知道要从哪里问起，只好抱着小毛，由她哭，哭到睡着为止。第二天小毛起得很早，李清水醒来时，小毛已经从江对岸的老街买来了她一直想吃的网红葱油饼。两个人躺在床上点播了几集没头没尾的国产综艺，前台来电话了，小毛泡完澡，拖着行李箱下去退房。李清水请了假送她到火车站，一路上小毛和驾驶员东拉西扯，就是没给李清水插嘴的机会。进站前，小毛终于开口，开幕式留给你和张生，我就不去啦。李清水吓了一跳。小毛笑嘻嘻讲，我这趟来，就算旅游过了。一个月后，新型流行病开始蔓延，三个月后，奥运宣布延期。李清水眼见自己账户里多出一笔接一笔的退款，心里说不清是高兴还是难过。张生却说，蛮好，几个月房贷到位了。小毛也发消息来，天不绝我，明年还有机会。李清水那时才知道，小毛同老公吵到离家出走的那一阵，不巧发现自己怀上二胎了。回去之后，她老老实实在家养胎，直到秋天生下了老二。满月当日，李清水赶回老家看她，小毛一边哺乳老二,一边在视频通话里关照老大钢琴课不许偷懒。她觉得小毛胖了不少，严格来说是肿了。腿是肿的，脸是肿的，李清水吃不准，眼睛是不是也因为频繁起夜而显得过分红肿。两个人在房间里一度没话讲。小毛突然开口，怎么样，选一个带走，我大你小，还是我小你大？那是唯一一次在代入游戏里，李清水见到小毛一副想哭哭不出的样子。她说，还是带你走吧。小毛不再说话。往后，小毛开始操心老大幼升小的事，两个人见面总在手机里，聊起法令纹的遮法，老二长得更像谁，时下大火的女性向电视剧，只是谁都没再提起过旅游的事。李清水也是前不久收拾抽屉时才发现，自己的签证已经过期了。

张生慌慌张张跑出来，见李清水躺在沙发上看电视，一下来气了，为什么不叫醒我？李清水回头瞄了眼挂钟，还早呢，喝了汤走也来得及。说完起身往厕所去。不是吃的问题啊，张生的口气里充满了懊悔和焦虑，是我现在睡了，晚上还怎么睡得着？李清水笑得差点没力气推门，这次检查给他的心理压力实在太大了。她说，等会帮你那碗汤里放粒安眠药？张生不理，生气之余，仍不忘关照李清水别冲马桶，他也要去。节水这件事，在家里大概比省垃圾袋还要高出一个级别。李清水从厨房盛出清汤和排骨各一碗，撒了点小葱和胡椒，等张生过来一起吃。每当值日生快要卸任时，她就如同看到了刑满释放的曙光，对任何事都充满了仁慈之心。

张生边吃边看手机，似乎直到这一刻才想起关心台风。他去储藏室兜了一圈，严正指出值日生没有囤够干粮，应急果腹的那种。李清水说，那我明天买吧。张生满脸不情愿，改口讲，算了，还是我来，省得你又乱买。李清水向来喜欢吃卤味和腌制品，张生对此的态度是，家里的癌细胞积得比窗框中间的灰还多。

随便，都行。李清水此刻的心思全不在台风上，电视里出现一些画质模糊的影像，鲜花，自行车，欢呼的人群。旁白解释，这片土地上一次迎来奥运五环是在一九六四年。听到这个数字，李清水心头一跳。

她问张生，你妈是哪一年生的？

张生说，不知道，反正是属牛的。

李清水在心里算了算，比母亲大四岁。她没再说下去，默默舀了一勺往嘴里送。

张生只当她是为了旅游的事，安慰道，电视里看看不也蛮好，你想我们以前去五月天演唱会，坐在后面就是个瞎子，还不如万体馆旁边的人站在自家阳台上来得有劲呢。

出于某种好心，张生也开始把目光放在电视上。他说，这个人怎么可以摘口罩，想害死谁啊。这个国家才来几个人？运动服也太老气了。他笑得很大声，好像忘了几分钟前台风和枕头带来的烦恼。李清水明白他是故意的，故意点评每一样出现在他视线里的东西，故意想办法扭转气氛，却几度让场面更加尴尬，李清水不由想起他们刚认识的日子。我没事，她说，你可以去洗澡了。

洗漱完，张生还是想不好带哪个枕头。李清水说，点兵点将吧。张生犹豫了一会儿说，你点。李清水闭上眼睛从房门走到床边，随手抓起一只往外扔，睁开眼时，张生刚好接住了。因为够小，他正把它往电脑包里塞，像一个提前收拾书包的小学生，会竞选劳动委员或纪律委员的那种老实人。张生一边弄，一边对枕头说着“派你出来你就要争口气”“晚上表现好一点”之类的话。李清水突然觉得眼前这个人也没什么不好，甚至乐于看到他倒霉的样子——事情总分好坏两面，也许正因为张生只关心自己，他反而很少有对别人生气的时候。李清水几乎能想见明天到家后，张生坐进沙发跟自己生闷气的场景。

八点半，李清水洗掉最后几只碗，汤锅里还剩不尴不尬的一个底。她问，再来半碗吗？屋里没有回应。原来张生已经出门了。同每个工作日的早晨一样，两个人并没有走前和对方打招呼的习惯。常常是一眨眼的工夫，李清水发现，家里只剩下一个人了。

严格来说，李清水更愿意相信此刻家里没有人。张生去医院了，而她正在两千公里之外的奥运主场馆，旁边坐着没生过二胎的小毛，世界上也不存在什么突发流行病。今天是她们抵达的第二晚，小毛已经忍不住和儿子通了好几次电话，李清水也习惯性地给张生和老李报过平安。两个人吃吃逛逛，打算买到什么票就看什么比赛，看不懂就跟着观众席瞎叫。小毛会大肆点评路上来来去去的异国男性，也会因为一点小事用老家话和李清水当街大吵起来。她还很困惑，日本人也太喜欢戴口罩了吧，不嫌热吗。一切都是那么真实。李清水发消息过去，等会儿散场去哪逛，六本木？小毛没有回。她想起来，老二要睡了，小毛也必须陪着睡了。

五

漫长的入场式仍在继续。一面国旗由男女两位旗手握住，说是分工合作，团结友好，看起来却总有那么一点像在暗中抢夺，这让李清水无法不往婚姻的方向去想。世界上怎么会有这么多国家，看着看着，她在惊讶的同时又有点失去耐心了。如果一个国家是一天，有的声势浩大，有的却不值一提，即便不小心被翻开查阅，恐怕也找不出曾发生过什么的痕迹，李清水觉得，这样的日子在她生命里比比皆是。

人的寿命如果能以奥运周期来划分，至多不过是十几二十来届。这样一想，李清水已经是八朝元老了。一路倒推，五年前的夏天，母亲的病已拖到了无计可施的晚期，她一面跑老家医院，一面同张生办婚房的贷款手续，来来去去，再忙没有。再往前四年，大学毕业，刚找到工作就被宿管要求立刻撤离，仓促之下租了套超出预算的一室户，蚂蚁搬家，真真切切体会到独自求生的难处。她还记得卧室里有房东留下的几样旧家电，半夜失眠的时候，想看看地球另一端的实况比赛，可惜来不及开通有线电视了。几天后，早出晚归的日子正式进入循环。那间屋子，往后再回想起来，好像只有日光灯、泡面、卫生间滴滴答答的水龙头，和只能靠自言自语打破的沉默。再往前推，她突然意识到，自己上一次看开幕式已经是十二年前了。严格来说，她只看到了一头一尾。当时李清水刚收到录取通知书，一个再快乐没有的暑假。条件好的同学都和家人去北京了，李清水并不奢想。和大部分邻居一样，那天一家三口吃过饭，打开电视坐定。毫无预兆地，母亲和老李吵了起来。一怒之下，母亲掀翻了桌板，瓜果撒落一地。老李摔门而出，李清水哭着跟出去找人，在几乎空掉的夏夜街头兜兜转转无果，竟也萌生了就此离家的念头。回来的时候，电视里已经在放东道主代表团入场了。她看见那火红的方阵前面，老李和母亲安坐在沙发两端，桌上摆着各自的茶杯。

老李说，清清回来啦，正好看姚明噢。他的口气，仿佛什么都没发生过，仿佛全家人同楼上楼下一样，开开心心观赏了整个节目。再往前的事，李清水想不起了。像在一片海里，只有二〇〇八年那个伤心的夏天凝成一座冰川露出海面，带着难以被日光融化的尖顶。现在好了，她想，太平了，三个人在三个不同的地方，老李的沙发上坐着不比母亲那样暴躁易怒的伴侣，自己也安安静静地待在属于自己的家，母亲呢，她飘进哪片云里，和谁在一起。电视里依然时不时穿插着一九六四年的记忆，李清水好想和老李说会话，毕竟，这世上没有第三个人可以聊起母亲的事了。可是要怎么开口，你还记得母亲的年纪吗？母亲活到今年刚好几岁了。她开不了口，无论如何都开不了。

三年前和小毛达成约定后，二〇二〇这个年份对李清水来说就有了无比重要的意义。从前不是没钱就是没时间，这次总该实现了吧。她甚至在办完签证后提前决定好了，来年六月辞职，出去疯玩两个礼拜，回来再重新投简历。管他呢，母亲去世后，再没有谁在乎她找什么样的工作，自己就像小时候玩的跳棋里的一颗玻璃弹珠，哪里都卡得进去，但就是哪里也不想久待。自去年冬天流行病暴发，李清水的担忧从未停止过，本着一贯的反向保护思路，她拼命在心里呼喊，没戏了，没戏了，尽管这根本无法阻挡自己那被囚禁起来的真实心声疯狂窜动着。终于，一个个突发消息从遥远的地方接连传来，它们带给她的打击，老实说，比眼见一个已经足够庞大的数字日复一日地膨胀来得更为痛苦。她知道这太自私了，但她就是顾不上什么个人或全人类的安危，离计划中的日子越近，她就越迫切地想要达成自己的心愿。这个心愿，长久以来如同漂浮在海面上的一只气球，远远的，就在那，既然看得见，她想，再坚持一下也就可以游到了。至于为什么一定要游到，她说不清，只能这样解释，她的视线范围内没有别的不是海水的东西了。她想游过去抓住它，哪怕抓住一会儿也好。在那短短的一会儿里，她也许会因为身体靠住气球而感到无比放松，也许会直接崩溃大哭。无论如何，她疏忽了，气球和她一样，也是随着海水的流动而动的。

李清水不得不接受计划流产的事实，毕竟这太符合她事与愿违的人生定律了，但此时，她却无法停止羡慕电视里那些陌生面孔的笑容。张生曾这样挖苦她，你去查一下冷门项目，最好是新出来的那种，现在开始练，进国家队还来得及。当时李清水干了几个月又辞职了，想不好下一步怎么走。张生就怂恿她去考裁判证，他说，目标不要太高远，争取去大赛当个助理就行，助理不行，就去当球童。李清水觉得他所有的话不仅不能宽慰到自己，反而一再让她看清他的高高挂起。那段时间，她每天早晚都会出去跑步，一来是为了逃避负面情绪的上涌，二来，也借此尽可能远离和张生共处的那间小小的屋子。四十平真的太小了。两个人低头不见抬头见，在无处可去的日子里，这几乎令人崩溃。这一点，李清水觉得自己所在的小区家家如此。她曾听见对面楼的小孩被父母轮流痛骂，这些常常发生在早晚，几乎是半睡半醒之中，她听到小孩撕心裂肺地哭，撕心裂肺地求饶。作为成年人，李清水早已架不住这样的苦，甚至替他产生了再骂就把命还回去的冲动。但小孩并不会，他哭过，又好了，随时准备再哭。李清水真想带他一起出去跑步，也许勾勾手，咬咬牙，两个人就都不回来了。

李清水擅长跑步。在迄今为止的人生中，她离体育竞技最近的一次是小学四年级下半学期。当时全班在操场上测四百米，李清水看到两个陌生男人站在栅栏边围观，随后招呼体育老师过去聊了几句。体育老师回来，又招呼她们几个个子高的女孩站成一排，跑一圈障碍赛。最终，她和另一个女孩各拿到一张表格。交掉之后，体育老师关照她们礼拜六上午去市体校报到。李清水这才明白，那两个人是来选女足后备队的。到了又是一堆体测，测完又拿到一张表格。新表格的内容是一次暑期训练营，学员要去附近一个小镇上封闭式培训两周，优胜者方可入选市体校少年队。母亲一看自费，就说不必去了，已经花钱买了双钉鞋，踢个几天再落选，双份钱丢水里了。老李却说，试试看呀，万一清清能选上，往后就归国家出钱培养了。母亲说，你觉得好，这五百块你出。老李说，家里样样归你管，我一个男的口袋里连一张毛都掏不出，还有啥面孔。母亲说，口气真大，你挣得出几个五百的工资？两个人就这样吵起来了，那场面，李清水再熟悉不过。她有点后悔在饭桌上拿出这张表格。说实在的，一天下来，自己对足球毫无感觉，如果踢球就是在烈日底下跑来跑去兜圈子的话，那么她也并不怎么喜欢，更何况，她真的觉得双星牌钉鞋太丑了，丑到她一下课就想脱掉塞进尼龙袋里。那个暑期训练营，李清水最后还是去了，母亲授意老李，让他带着李清水去祖父家讨的钱。她说，万一你们李家出了个孙雯，是你们自己的福气。那是李清水第一次离家这么远，也是第一次每天都盼着吃饭，训练真的太苦了。她很高兴自己没被选上，又很难过回来之后，所有见到她的人都惊呼她晒黑了。迎来五年级的李清水，成了一根又黑又瘦的竹竿，更没想到的是，那时出类拔萃的一米六五，在下一个夏天迎来初潮之后，就立刻放慢了增长速度。成年后的李清水勉强一米六六，皮肤的色号依旧停留在小学四年级的那个暑假，她讨厌回想起那个暑假。除非是这样失落的时刻，李清水才会允许自己即兴发挥一下，比如，当年真的坚持踢下去，会不会已经踢进了眼前这个耀眼的几百人方阵里。对于永远无法相见的另一个自己，李清水总是比对眼前的这个乐观得多，也充满信心得多。这是一种战术，也是一丝希望。

但并不是所有运动员都能拥有足够量的运气。前几天，李清水听到办公室不知是谁说起一桩搞笑新闻，有个练举重的非洲小伙到都到了，临时因为排名变动而失去了参赛资格，大家都为他感到遗憾。事情的后续却是，他不甘心空手而归，干脆任性一回，留下一张纸条就此消失在异国的人群中了。大家又改口骂他千里投毒，不讲道理。隔出两天，办公室再聊起来，最新消息是他的肤色太过好认，已经被警察找到了，准备遣送回国。得知他留下来是为了打工养活老家正怀着孕的妻子和几个孩子，大家又纷纷表示同情。这种时候，段子手男同事必定不会缺席。他说，按照剧情的逻辑，下一集就是被中国网友拍到他在广州三元里做起了外贸皮包批发生意，全场十分配合地大笑起来。出于好奇，李清水也上网搜了一下，但她并未从照片里看出她所预想他的那种绝望，黑黝黝的脸，平静的眼神，任何情绪都被口罩禁止了表演。按首字母排序，李清水算了算，这个叫乌干达的国家好像早已出过场了，怎么毫无印象，是来的人太少，还是根本没被好好介绍。她暗暗希望那个小伙子正在回家的飞机上，最好是因为旅途漫长而睡着了，就此错过同伴们挥着国旗出场的画面，那么他心里多少也能好受一点。

李清水估计，看完中国代表团，老李就要关电视睡觉了。他现在不打麻将，每天醒来就陪小胡阿姨去公园练剑，变得健康又平静。她故意给老李发消息说，姚明来了。

老李拍了一张照片过来说，今年是朱婷。

李清水回，下一届是老李。

老李发来一个笑脸说，老李小李一道举。

李清水有些释然，她知道老李这话的意思，多少是想到过母亲了。从前母亲总是这样，明明是其中一个惹她生气，她却坚决要把父女俩打成犯罪团伙，她说，老李小李没一个扶得起，老李小李一道气死我。

六

李清水醒来时，电视里反复播放着那几个体育赞助商的广告。看来已经结束了。总是这样，她总是莫名其妙地错过自己苦心等候的东西，有时是一趟列车，有时是该下的车站，这次是点火仪式和最后开幕的烟花。李清水隐约记得自己上一回睁眼时，电视里有位优雅的女士在致辞，身后还是那块硕大的背景板。在这之前，她和老李说完话，也有点困了，下意识朝卧室喊了几声，没人回应。差点又忘记张生已经出门了。她给他发一条消息，到了吗？张生回过来一张照片，窄窄的床，窄窄的窗，上面放着李清水点兵点将的枕头，环境看起来比网上的图更干净，也更安宁一些。

淋湿没？她问。

不下雨。

那就好。

明天见。张生发来一个小熊盖被子的表情，李清水觉得自己也被盖上了那条被子。漫长的一天下来，她累了。体育代表团一个接一个挥着小旗子从眼前走过，像极了自己快入睡时那些纷纷扬扬的乱心思。她看见镜头扫到一块巨大的背景板，上面写着 Tokyo 2020，时间恍惚了。大概就是这样。

此后一段时间，李清水好像做了些含混不清的梦，顺序捋不出了，可以确定的是，在梦里，自己也同此刻一样平躺在沙发上。张生在屋里走来走去，一会儿说电脑包不见了，要出去找，一会儿又说要下楼采购应急的干粮。李清水劝他，太晚了，明天再去吧。张生说，不行，台风就要来了。反反复复就是这些对话。在睡着之前，在过去无数个白天和夜晚，已发生过或几近要发生的事情常常出现在梦里。碰到糟糕的部分，做梦的人会主动提醒自己，不是真的，醒来就好了，但又不自主地沉沉昏睡了过去，进入下一个相似的梦境。这种模式有点类似《盗梦空间》，只不过内容不值一提，无论在梦里还是现实，李清水所见到的都不是什么重要的场面，一晃而过，无须记忆。

张生是丢过一只电脑包。五年前的七夕，礼拜五，两个人约好下了班一起吃晚饭。李清水临时留下来加班，到的时候，饭店已经打烊了，那是她特意选的一家街边小馆子，收摊比一般商场要早很多。她看见张生独自坐在门口等位的小矮凳上，呆呆望着屋檐下的雨柱。老板说，这个小伙子轰了几次也轰不走，又可怜李清水浑身湿透，就回屋去自家冰箱拿出馅料，下了两碗菜肉大馄饨给他们吃。吃完，雨停了，两个人谢过老板，边走边聊，计划着冬天去澳门旅游的事。聊着聊着，李清水实在是太困了，干脆找个马路台阶坐下，靠着张生眯着了。突然，张生大叫一声，说搁在地上的电脑包不见了。李清水也大叫，说自己的小挎包还在他包里。张生冷静分析了一通，认定小偷拿到钱就会把包随手扔掉，于是两个人沿着街边的垃圾桶一路翻找，包没找到，倒是从中翻出一堆意想不到的物件，硬币，耳机，内裤，撕碎的考卷，同样不幸遭窃后被遗弃的公文包。李清水怂恿张生就用这个，他坚决不要。翻着翻着，天快亮了，两个人走进刚开门的地铁站，用仅有的几枚捡来的硬币买了两张票，打算坐头班车回家补觉。当时张生住在父母家，李清水和几个陌生人合租，刚好是两个方向。几乎就在李清水的车门合上之前，张生说，以后一起住吧。话落，她看到张生被留在了遥远的身后。

李清水好像还梦到电话响了，不巧，自己正在上厕所，出来接的时候，对方刚好挂断。她不确定自己有没有打回去。看了眼躺在茶几上的手机，呼吸灯并没有暗示什么。林邱志昊后来怎么样了，他会不会像负气的举重小伙一样，留下一张纸条纵身跃入人群。如果想追踪这件事，无论是为了他，为了组长，还是为了满足自己的好奇心，李清水必须主动发问。可是在下班时间打探同事家里的私事，她做不到。她也绝不想跳过组长，私自联系那个不安分的电话号码。人和人的位置就像这座城市里数不清的高架、隧道和地面马路，要找出联通彼此的途径实在太曲折了。有时候不过是办公室一道透明隔板，地铁里面对面的座位，脚尖伸出去就能够到的距离，中间却布满了危险的沟壑，一触，腿就忍不住地发软。以前李清水总觉得没什么大不了，迈过去再迈回来，甚至迈错了把腿收回来，多么轻而易举的动作，她渐渐发现自己也做不到了。这算不算生活在这里的代价。简单考虑过一番，她决定礼拜一上班后以一句“对了”开头，向组长提起傍晚的事情，或者，如果明天既没有来电也不再梦到的话，就干脆当这件事从未发生过。

走进房间，月亮不见了，天空呈大片大片的亮橘色，云吸了水涨开，变得无比蓬松，是漫画里才有的形状。李清水猜测，月亮是融化进这些白到发光的云里去了。台风还没来，四周显得异常平静。对面楼的电视机早已暗下，夜间整修队的工人出来铺排地下水管了。看样子，已是深夜了，李清水不知不觉来到了新的一天。但她拒绝查看手机或墙上的挂钟，时间一旦被放置在时间的尺度里，多少会给人带来该做点什么的焦虑。现在她只想打开家里所有的门窗，让外面的空气进来驻留一会。在台风把这个旧小区里可见的一切刮得面目全非之前，她想让家里每一样东西都获得和她同等的自然风的享受。不小心碰到阳台灯时，一只蛾子朝光束冲了过来，重重地摔在玻璃窗上。李清水习惯性地在心里问道，是你吗，是你吗。对方一动不动，李清水愿意相信它承认了。一天很快，台风走得很慢，但都和她没关系了。台风明天到，后天到，这些不再重要，重要的是，那个早就被画在日历上的小红圈，终于卸下了它长久以来的使命。一切结束了。它所守护的数字失效后，它就再也不必为了等待一切出现和目睹一切离开而饱受不确定的折磨。家里一片漆黑，好大啊，家里大得令她心满意足。在那个永不过时的对号入座的小游戏里，李清水对另一个自己说，才和小毛喝了几杯就这么嗨，手机留点电，别一会儿醉得连回酒店的路都找不到，我先睡了。

李清水再次以点兵点将的方式从床上抓起一只枕头，走进客厅，电视屏幕还亮着，好像在放之前开幕式的精彩回顾。啊，是那个带着童年记忆的人形模仿游戏，把脸和身体涂成同样的颜色，自己就成了一个灵活的组装部件。她决定好了，此刻的自己是一个纯黑的部件。于是站上沙发，松开那只不知是什么形状的枕头，将它踩到脚下，双腿一蹬，轻轻跳落进地毯里。她的双臂伸展呈V形，挺胸，背部力量从肩膀一路紧绷到手背，然后是指尖。向左，向右，昂头微笑，一次松快的下马，一个漂亮的体操谢幕礼。远处的工程队开始鼓掌，亮分。这是她第一次觉得，两个不同世界的自己可以都是快乐的。

2021 年 9 月

正常接触

一

乘务员拍拍我，我伸手给了马脸男人一巴掌，醒了。起初是个普通男人，我们面对面坐着聊天，他嘿嘿一笑，脸突然伸长就成了马，嘴套越过餐桌往我胸里埋，被我死死抵住。睁开眼，窗外雾气很重，万向轮在潮湿的地上滑来滑去，行人的面目被紧紧包裹在医用口罩里，扁平，稳妥，我还是后怕了一下，幸好这趟车的终点就是上海，否则又要多一次睡过站的经历了。最远的纪录保持在温州与福建的交界处，当时陶姐催得急，我只好临时找个旅馆住下，连夜赶工。本来打算白天四处逛逛，无奈连续出差实在太累了，睡睡醒醒，点了几顿外卖，那个叫苍南的小城，我一步也没走出去看。

前方屏幕显示晚间九点四十六分。我记得列车从郑州东开出那会儿，天还很亮，我还很清醒，计划要在接下来的几小时里过一遍录音，争取把庭审外的采集内容按时间顺序整理出来，以及，提前设好了闹钟，想在七点左右蹲一次列车落日。可惜人算不如天算，我在下一站就遭遇了出门在外最大的公敌。这使我必须一边努力辨识忽家村村民那音调诡异的方言，一边尽可能排除某位年轻女性和她两个宝贝的单词接龙所带来的干扰。郁霞是哪年嫁过来的？Tree！她在村里有什么朋友？Elephant！忽继永平时多久回来一趟？Tsunami！等一下，学龄前儿童已经接触到这种词汇了？回过神，又迷失在村民们激动而含混不清的回答里。看够了热闹，村民们各回各家，小猪佩奇出场了，佩奇和她弟弟乔治忙着踩水坑的时候，录音跳到我和忽继永在他家中的对话。我问，接下来还出去打工吗？有没有想过再婚？毫无例外，这个瘦弱的跛脚男人总是回赠我一剂简短的咳嗽和长久的沉默。我还能忆起那股沉默里混杂着稍稍冲鼻的烟味，从外院飘进来的鸡屎味，他那不知是吐烟圈还是叹气造成的微弱呼吸，以及门背后射出的，来自他母亲充满警戒的目光——是盯着我，还是自己的儿子？老年白内障患者的凝视令人无从辨认，又莫名感到心慌。我一无所获地离开忽家，天色暗落，耳边只剩下远近平房生火做饭的声响，没风的时候，整个村子好像被放进什么容器里哔哔剥剥地炙烤着，滚烫又平静。

车过徐州，宝贝们总算被佩奇全家的无聊对话放倒了，他们一消停，同车厢大部分人也安心睡了。我望着窗外持续闪过的平原，耳边是忽家村村委循环播放的防疫口号，不知怎么，脑子里又跳出郁霞那张失去表情的脸。四个小时，她穿着厚重的防护服站在庭上，一句话也没说，像是死了，又像是毫不在乎。很快，一个宝贝醒了，哭闹几句，另一个也醒了，吵着要下去吃必胜客。比萨斜塔？意大利！金字塔？埃及！头脑冷静的母亲开始借助抢答游戏转移饥饿时，我又走神了。这次我和宝贝们一同卡在了马丘比丘，焦急等待着智慧女神公布答案。这些知识同我有什么关系，两年了，地球村眼看着成了历史遗产，即便回到两年以前，它们也只和这片土地上的一撮小人发生过关系。录音忽然变响，转入一个嘈杂中带点音乐的新环境，持标准汉语的女声凑近问道，请问几位？然后是再熟悉不过的女声，刘先生订位。我吓了一跳，自己竟然在和刘松霖见面那天也开着语音备忘录，这算什么，职业惯性，还是故意留个心眼？要知道为了见他，我特意从渭南赶去郑州，这可比直奔西安飞回上海折腾多了。

我发誓，刘松霖不是我主动联系的。前天夜里他突然来了条消息，最近忙啥？平生最恨这种问题，最近是多近，几天，几个月，还是一年？模棱两可的话我懒得说，也真的没什么可说，成天忙死忙活围着热点转，转多了也明白，除了消耗自己的翅翼，苍蝇并不能为粪坑贡献一些什么。但错就错在我当时躺在县招待所的硬板床上辗转难眠，手头正缺个人解闷，老老实实回了一句，出差。在哪出？他秒回。我报了村名，谅他也认不出来。结果他说，不远，来吧，我请你吃饭。又是这句。我想起上一次碰面，也是因为在中原出差，发了个朋友圈，他刚好看到，就私信邀我去郑州玩。那是二〇一九年夏天，他订了家高档却老土的酒店，两个人一张大圆桌，冷清又尴尬。刘松霖估计没觉得，自顾自聊起他那些国企宣传科的大小八卦，又点评了一圈我压根没听说过的本地领导，和大学里一样，这个男人话痨且自我感觉良好。唯一能忍的是那张还算周正的脸，身板也练得挺厚，一看就知道工作不饱和。吃完，他问我晚上咋安排，要不要找个地方再喝一杯，我就懂了。第二天一早我赶飞机，离开房间时他还在打呼。落地后才收到一句，一路顺风，下次来再喊我啊。笑死，口气活像个牛郎。

我听到自己拉开椅子坐下，很不客气地说，咋回事，一出差就被你逮着。

派鸟盯梢了，他笑。

两年过去了，刘松霖看起来一点没变老，不知是不是白色T恤加持，肩好像还更宽了。他妈的，国企就是闲。

在那待了几天？

三天，我说。

受苦了吧，来，补一补，这家烤牛舌不错。

这次他仍旧订了老土的五星级酒店，只是具体位置改成了隐藏在中间楼层的日料屋。和之前一样，刘松霖并不追问我工作上的事，去干吗，有何进展，他对此毫不关心。这对我倒是一种难得的解放，终于不用像同陶姐或其他风尘仆仆的同行那样尽讨论些沉重的话题了。正翻着菜单，服务生递上一份酒水册子，我看也没看就要了冰可乐，刘松霖却一把拉住回撤的服务生，翻到后面几页对我说，别客气，随便点。

晚上七点，北方的太阳还没落下，桌上的蜡烛早已悄悄点上，我抬头看了他一眼，他朝我笑了笑。

怎么，我说，成天陪领导应酬没陪够？

哪能一样，领导流水换，老同学金不换。这话一听就油得很。

其实我和刘松霖算不上什么老同学，又不是一个系的。大二那年吧，他追过我室友小宝，成天不是宿舍接就是食堂等，顺带花式讨好我们这些同出进的人。结果没成，也就不再有什么交集了。重新碰面，是毕业后在另一个同学的婚礼上，我们加了微信，除开逢年过节问好，偶尔点赞，极少私聊。接着就是前年夏天的匆匆一面了，但它并未让我们在此后两年里产生更多的联络，我对刘松霖的了解同绝大部分拥有他微信的人一样，仅限于英超、健身房自拍以及他常转发的单位公众号。有时候，睡一觉就像是你买完水站在超市门口拧不开瓶盖，后面出来个人顺便帮你拧了一把，除了礼貌性地点头道谢，你不可能因此把水送给他，或者把自己送给他。

几杯下肚，刘松霖不出所料开始吐苦水，同事相处怎么难，伺候领导怎么累，每天活在假装摸鱼和寻求出头的巨大落差中，听起来像一出暗流涌动的宫斗戏。我大概懂了，在一个处处讲人情混关系的地方，这些话也只有对着我这种无关紧要的外人才能发泄出来。正好我累得说不动，一边吃，一边半听不听地点几下头。但他话里话外渐渐流露出一丝不甘，老说“要是”，要是生在省城，要是家里有人之类的。我忍不住问，你当时为什么一毕业就回去？

他顿了一下，望着窗外，突然岔开一句，你记不记得，以前学校后面有个便宜的连锁西餐？

萨莉亚，我说。

对对，我还请你们宿舍去过好几回，吃得起，随便点。

我大概明白他的意思，他想待在他的萨莉亚直到退休，我没意见，但他沿着萨莉亚的话头开始回忆上辈子的校园生活，我就有点反胃了。一个三十多岁的男人两眼放光地谈起新生演讲比赛、院系杯踢进的关键一球、图书馆收到的巧克力和表白纸条，以及某位恩师写下的“后生可畏”毕业寄语，这些屁事，我真一点也不想跟着回忆。刘松霖却刹不住车，说还是学校好，英雄不问出身，又感慨现在老了，回不去了，语气听起来跟哭似的。我只好放下筷子安慰，不老，你比上回见还年轻。他突然大笑起来，是吗！得意的样子真给我恶心坏了。可几乎就在同一瞬间，他重返那副苦情的面相，望着我说，谢谢你啊，二宝。

我愣住，多少年没听人这么叫过了。估计他是跟着我室友学的。当时小宝在宿舍年纪最小，她就叫我们大宝、二宝和三宝。我们还有个群叫天线宝宝，现在也少有水花了。我突然意识到，在这之前，无论是线上还是当面，我和刘松霖都从未叫过对方名字，一向都是你来你往的，这是最直接，也是最陌生的。

我听到一阵脚步声，应该是我带上包去了趟厕所。主要目的是补妆，死马当活马医，好歹抹点吧，我越看越觉得镜子里的自己老了，可刘松霖没有，妈的，不服。涂完口红，又擦掉一点，防止太过明显。可我这是干吗呢，在一个不重要的男人那儿找补自己的面子？走出来那几步里，我飞快想通了，管他什么想法，反正老娘先吃顿好的回回血，万一醉了，就醉着考虑。回座，我问服务生加点，烤肉确实令人满足。

很快，天暗下了，刘松霖提议去顶楼酒吧坐一会。高处的风挺凉的，吹得人太阳穴疼，无限泳池里的年轻女孩毫不畏缩地露出半截身子拍照。我喝不动了，刘松霖没怎么劝，只顾一杯接一杯灌自己，像是故意寻醉来的。他说工作没意思，活着没意思，丈人丈母瞧不上他，孩子要到第二个才跟他姓。我这才想起，去年还是前年，似乎是在朋友圈刷到过他拍女人的背影。一时间汗毛倒竖，对很多模糊的记忆感到后怕。我说，不早了，你回吧，我也得走了。刘松霖却说为我订好了房间，还要送我过去。关键时刻掉链子，我的手机录到这就没电了，但后面的事我记得很清楚，门卡一响，他满口酒气往我脸上喷，说自己就像石狮子，成天蹲在这破地方盼着我，然后嘴就贴上来了。我躲开，几乎算是推吧，手肘磕到了他下巴。刘松霖清醒过来，捋捋自己头发说，好好休息，明天醒了喊我，送你去机场。照理说，他走后，我没有理由留下来，但我肯定是疲了，意志力被酒精稀释了，突然觉得这房间真好啊，有柔软的床垫就更好了。我就这么躺下来，四周很黑很静。后半夜做了个噩梦，梦到自己半途被感染，流调曝光，网上都在骂我特意取道郑州破坏别人家庭，还扒出了我的职业，要求公司开除我。梦里的我对着刷微博刷到闪退的手机生气，一怒之下扔进了马桶。醒来，我赶紧看屏幕，除了乱七八糟的工作群聊，没有任何人找。我冲了个澡，订好最近一班机，匆匆离开。

路上刘松霖发消息来，几点走？我没回。转头却发现自己把牙套落在酒店了，赶回去拿，行程轨迹上又多一条心虚的曲线。折腾过午，航班改不了了，只好临时前往高铁站，又多一条。我发现自己总在错误的选项里做选择，结果无非是两种，遗憾或后悔，前者纯真，后者离谱，而我每次都选中了后者。

是时候补一条消息了。我说，到上海了，谢谢招待。刘松霖没回。我脑子里突然闪过一个糟糕的念头，刚才梦到的马脸男人是他吗？

无所谓了，重点不是马男，而是我不知道什么时候睡着了，错过了列车落日。可我安慰自己，应该高兴起来才对，拜这所赐，我也终于拥有了一次珍贵的遗憾。

二

过了十点，打车的队伍渐渐溢出事先架好的蛇形围栏，与此同时，所有人在另一个空间内排着看不见的队。我还是老办法，挤上地铁，坐过五站，再找个路口打车，这是从各种失败经验里总结出的最佳转换路线。但不巧是周末，又下着雨，只能做好二次等待的准备。

刚出站，陶姐给我来了个电话。两个消息，她说，你想先听哪个？陶姐总是这样，手上一双儿女，还能随时随地处于工作状态。当然，作为她的下线，我也必须随时随地应答。她常说我就像她的第三个孩子，尤其是没有摄影陪同时，一会儿不回消息就担心上了，我倒觉得自己更像她手里的一只风筝，总是飞得好好的，被以各种理由叫停、撤回。不过，当我告知她返程前要去一趟郑州，她十分默契地一整天没联络我。

与我无关的那个，我说。

没辙，都你的事。

赶紧说吧，妹妹等着你讲晚安故事。

于是我被告知了拖延半年之久的内部评定结果。不算糟，好歹从倒数第二档上升了一位。我问，一共几档来着？

十二。

难以想象在一个不到十五人的团队里，同事之间的等级搞得比印度种姓还复杂，只能说立规矩的人吃饱了撑的。但我心里还挺高兴，毕竟能多要个实习生帮忙做事了。

我准备好了，可以说坏的了。

对面没有应答。

怎么，我追问，郁霞案不能报了？

倒不是，陶姐终于开口了，是这样的，第三档的年指标比原先还多了四篇，你得加油。

操？我忍不住骂出来，这是升职该有的待遇？

陶姐叹了口气说，第三档是个坎，再往上一步，指标又降下来了。我是想帮你申请连跳的，毕竟你去年跑了不少地方，但领导那边过不了，说开了这个先例就不好收场了。你忍忍，明年就解放了。

那……底薪呢？

变化不大。

不是，陶姐，我可以选择不升吗？

对面再度失联。

我厌倦了陶姐的沉默，一旦陷入糟糕的境况，她就用沉默来中断对话，回避我，回避现实。关于什么事能做，什么不能，什么人能杠，什么人不能，陶姐心里有把端正的尺子，我明白她为我挡掉了太多办公室的麻烦，但有时，我又觉得她太能忍了。和陶姐差不多资历的那几位大爷，一年到头报一两个题就行，剩下的时间不是教训新人，就是跟新人吹嘘自己当年怎样出生入死，整个行业怎样意气风发。而我这种小卒成天在外忙得转圈，回来还要配合他们玩阶级游戏？怒火中烧的时候，我看到我叫的那部车打了个转向灯，毫不犹豫地往次干道拐过去了。

我挂掉电话追上去，冲着车里的人大喊，不是跟你提前讲好了吗，不要拐弯，不要拐弯，你一到我就上。

路口不好停，会拍到的。

半秒钟的事，大哥，我保证次次都行。

不好意思，实在不敢冒这个险。

司机靠边停进辅路，我上车，我们沿这条单行道绕一大圈，经过两个堵得要死的红绿灯，重新回到主干道时，十多分钟过去了。我真的很难受，说不清是因为这种低效率的运转、自己的计划被破坏，还是因为已经足够崩溃的工作量被强行拔高。车里的空气浑浊得令人想吐，我把车窗开到最大，雨点子横着冲进来，砸到脸上、座位上，每一下都带出结实的声响。司机没说什么，悄悄关窗，又被我无情降下。来来回回几趟，我说，你有什么好气的，还多赚了一公里。

话不要这样讲，我也是下了班出来跑单，饭都没吃。

正想还嘴，我发觉自己说完前面的话，已耗尽浑身最后一点力气，毕竟我也饿着。空气中有股渐渐凝固的臭味，不断壮大，成形，停留在我和司机的中间地带。这臭味加剧了我的负面情绪，也加剧了他的，我们都很委屈，无论如何，在一个密闭空间内，这是彼此能清晰感受到的。

车在某个路口停下了。我说，你想干吗？司机没回话。很快，两个戴鸭舌帽的女孩挥着手从马路对面跑过来，一个在前，另一个叫我往里坐坐。我才明白，自己在和陶姐通话那会儿，手忙脚乱地把拼车选项也点上了。四个人的空间满满当当，那股黑暗的臭味被迫压缩到最小，周围一下安静了，静得连彼此的呼吸都能听见。直到前排女孩接上车载蓝牙，一些简单而重复的歌词从时髦节奏里掉出来，我旁边的女孩很快跟着轻轻跺脚，哼了起来。

前排回头问，你说 Vincent 会来吗?

会吧，毛毛说他上个月就回来了。

前排笑起来，拉开遮阳板的镜子补妆。后排突然凑上去，听说 Vincent 和 Belle 好上了，不知道会不会一起来。

不是吧，Vincent 什么眼光。

他一直这样啊，来者不拒。

反正我不想见到 Belle。

我倒还挺想见见的。

看她和照片里是不是一样?

哈哈哈哈，你懂的。

她动了哪，鼻子?

还有眼角。

好吧，其实我也想，我妈不让。

正好可以问问 Belle 在哪做的。

拜托，我从九年级起就不和她说话了。

那总要跟 Vincent 聊几句吧，不然你来干吗?

有道理，可是我穿这件会不会太保守了?

还好吧，看你和谁比。

你说 Belle ?

记不记得 prom 那次?

噢对，她忘了拉礼服的侧边拉链!

两人大笑过后，前排女孩继续补妆。我瞟了一眼，大波浪，瓜子脸，后背有个爱心状的镂空设计。怎样算保守?

穿自己不喜欢的衣服，做自己做不完的工作，和不想对话的人对话？这辆车里的人大概都是吧。

女孩们率先到达热闹的酒吧街后，车里又只剩下两副彼此污染情绪的倦容。被年轻人的对话碾压过身，我有点想开了，觉得很多事情不值得跟人怄气，气坏了，最后小叶增生的还是自己。调个经典947吧，我主动开口。司机旋开广播，交响乐在渐渐变弱的雨声中流淌，谁也没再说话。那股黑暗的臭味如同一颗跳动的心脏，悬浮在我们之间，时大时小，这感觉再熟悉没有了。无数次和小屠在车上吵完架，一前一后，好像两个同路的陌生人。小屠也开过一阵网约车，回家很晚，倒头就睡，第二天接着早起上班。即便我没出差，两个人也会忙到好几天说不上话。当时我们商量着结婚，他跟我回了一趟烟台老家，被我爸妈一顿洗脑，回来扬言要两年内攒出首付。最后倒不是因为钱分开的，具体因为什么我也说不清，总之我这样的脾气，这样的工作，没法和谁安安稳稳过下去。今年五一小屠结婚了，他给我发电子请柬，说随便看看，有空就来。我吃不准这算炫耀还是报复，又或者，他和从前一样，只是个好心的老实人——我不过在追讨某个共同账号的验证码时随口问了句近况，他就和盘托出了。这回旋镖打得我措手不及，只好谎称出差，还给他转了两千块份子钱。整个小长假，我害怕在路上碰到他，甚至专门去玉佛寺待了几天，扫地，抄经，给客人发香，说不难过是不可能的。躺在禅房的夜晚，我后知后觉地认定，自己失去了这辈子唯一一次结婚的机会。

到小区门口，司机问我要不要开进去，我摇头，他又主动下车帮我取行李。被尾灯照着的那束雨显得特别密，他像是冲进了一顶花洒，狼狈又紧张地解释没能拐弯的种种原因。一个人打破沉默后，尴尬就转移给了另一个人。

能不能拜托你别点差评？他补了一句。

我不知道回应什么好，实际上，我在下车的瞬间就点过了。

怀着愧疚把行李抬进家门，我没来得及收拾就累到躺平了。然而三十岁之后，睡眠早已不再是随时随地的事，我总得强迫自己去想些什么，反复想，直到意识被一片雪花点覆盖，堕入黑暗。郁霞又跳出来了，她就像一片羽毛，总是在四周没有风的时候悄悄降落。尽管她的辩护律师坚称，忽继永对妻子说的最后一句话“闷怂，看撒哩看”在案发时至关重要，但打听了一圈，忽继永本人及村民都没能证实这句话，郁霞更是从头到尾一言不发。辩护律师申请给郁霞重新做一次精神鉴定，被检方当场驳回了，他们坚称已有的医学报告足以证明，郁霞具有完全刑事责任能力和受审能力。到底是忽继永的哪句话，什么样的口气引发了郁霞的激变，还是说，根本就不存在这样一个意外的转折——那把斧头，她早就在心里举起过无数次了。过去三天，我没能打捞起这件发生在半年前的事，说实在的，我感觉忽继永自己都快忘了，他家的院子也早已不像庭审所展示的那样恐怖——满地血迹，一把有缺口的斧头，一个被打了马赛克的小小的人头。公诉人指着这张照片说，虎毒不食子，还不到两岁啊。被理智压抑的愤怒从语气中四溢。而郁霞就站在不远处的小小方格间，全套防护服让她看起来像一位刚从外星归来的宇航员，沉稳，神秘，没有人知道她在遥远的太空经历了什么。这趟差如同不断去擦拭鸡蛋表面的干草、黄泥和鸡屎，却始终找不出一条可以敲开蛋壳的裂缝，里面藏着一只死小鸡吗，还是捂臭了的蛋黄？根据附近几户村民提供的信息，忽继永的母亲经常骂媳妇，上一个媳妇就是被骂到喝农药的。可他们又说，郁霞比上一个心大得多了，骂完就忘，胃口也大，吃饱又老老实实干活去了。邻居口中的郁霞从不和婆婆吵架，丈夫又常年在外打工，他们三人之间会有什么深仇大恨，就算有，为什么牺牲的是最无辜的第四个人？除了儿子，忽继永和郁霞还有一个现年四岁的女儿，案发时也在院子里。我没能见到她。有人说孩子过继给亲戚了，至于亲戚住哪，他们讲不清。那个孩子会忘掉这一幕吗，应该说，当时三岁的孩子会记住这一幕吗。如果不是开庭，整个村子都快忘了这件事情，大家忙着消毒，忙着种地、造房子、生孩子，在时间面前，没有什么是难以消化的。有老人主动告诉我，这几个月，忽继永的母亲已开始为儿子物色第三个媳妇，毕竟她手上一个孙子也没有了，而忽继永还不到四十。

闷怂，你看撒哩，看撒哩看？我尝试在脑中模拟各种口气来说这句话，我爸的，小屠的，公司领导的，网约车司机的，大概是在模拟刘松霖说这句话的时候，意识终于模模糊糊地跳闸了。

三

到隔离房间后，我第一时间向陶姐解释了无法出差的理由。从前几日返沪的行程，雨夜叫车，独自在家的两天，一直讲到眼下的情况，又马后炮般强调我对保姆纵火案的后续并不了解，家属道德上翻不翻车也不感兴趣，希望把选题转给同事处理。好像这样一交代，我多少能以此显示出自己在个人突发状况面前依然保持着冷静的职业精神。

陶姐听完忍不住笑了，挺好的，真挺好的，她说。

我懂，你就盼着我这几天能老老实实把欠的债都补上。

比起那些，她说，我倒更希望你能每天睡够觉，按时吃三顿饭，借这个机会好好休息一下，当然，该还的还是要还。

陶姐是关心我的，我有点惭愧，很快又觉得，她只是不愿见到下一个因病辞职的后辈，以及，领导关切的重点永远在最后一句。走进比家里大出好几平米的卫生间，目之所及是干净的瓷砖、干净的灯光，我坐在马桶上，开始为自己制定详细的日程安排。除了糊稿子，我计划抽空看完下了很久的奥斯卡获奖影片，读完 Kindle 上的任意两本书，每顿不要吃太快，也不要太饱，饭后站一刻钟，早晚跟着 Keep 各锻炼半小时，睡前泡脚，认真涂脸，隔天贴一片临近过期的面膜。啊对了，还要提前想好一些敷衍的话，以便把我爸妈糊弄过去。

良好的开端是成功的一半。头一晚，我的小本子上一个勾都没有打，全部时间都被押在一项久未参与的集体活动里了。饭后，我收到一个隔空投送的搞笑动图，孙悟空被压在五指山下，有个孩子路过，喂他吃香蕉。我懂对方的意思，这是前一刻和未来两周的我们自己。随后又收到四个阿拉伯数字，下次，这四个数字变成了二维码。我扫进去，系统提示，您和另外三个账号都不是好友关系。这个群没有名称，也没人主动说话，直到群主扔下一枚虚拟骰子，无风的水面起了波纹，比大小成了心照不宣的破冰仪式。接着是一轮剪刀石头布，一轮表情包大乱斗，我在大方分享的同时也趁乱收藏了几组。直到群主甩进来一个小程序邀请，我点开，四人消失，齐刷刷进入另一个世界。当天晚上，我们在悬浮的时空里不知疲倦地当着地主、斗着地主，为一种无关尊严和财富的胜负欲拼尽全力，谁也没问谁是怎么进来的，哪天进来的，以及，到底会不会成为下一个中奖选手。我们就像大街上随机被喊来体验酒店服务的四个幸运路人，需要配合更多看不见的人完成一项为期十四天的密室游戏，而头一夜的牌局正是漫长的热身。中途我几度感到困，眼睛酸胀，意识却被绑架在一台失去按钮的跑步机上，一副接一副顺延下去。直到有人突然找回了按钮，不告而别，余下的人只好陆续离线，谁也没说过一句再见、晚安或明天约之类的话。放下手机，已经两点宽，盛况过后的空虚像痉挛那样一阵一阵蔓延开来，促人清醒，而清醒促人后悔。翻开日程本，遗憾地划掉 day 1 之后，我只剩下一个想法，洗心革面从头来过，不为别的，就想看看按照完美计划度过一天和彻底摆烂相比，到底哪个更利于自己的身心健康。

从郑州回来那晚，我不知睡了多久，隐约记得中途爬起来接了通电话，对方语速很快，核实个人信息后，关照我在接到下一个电话前尽量不要出门。醒来，我有点想不起那个声音是否真的存在过，甚至怀疑它来自某个尚未暴露目的的新型诈骗团伙。署名为防控办的未读短信很快证明了一切，我吓得立即跳起来搜索郑州，松了口气，再查渭南，风平浪静。或许我当时该反问病例在哪，和我有什么交集。又或许对方一一答过了，被我随手丢进凌乱的梦里。在当天下午公布的流调信息中，我看见自己被浓缩进一个庞大的四位数字里，而数字 1 所对应的人，则被无情地延展成一张精确到分钟的行动列表。三天，横跨两省一市各类网红打卡点，啊，年轻人，无须疲于生计的幸运儿。他这样的人，和我这样的人，大部分时候都被一堵高墙善意地隔开了，直到某个无情的瞬间将它击穿，墙头松动，一块砖掉了出来。我看了很久，难以辨认那块砖原本贴在什么位置，也无从望见对方——但数据将我们视为一体了，同时责令我们分开承受这项意外。好在类似的练习我已做过无数次，失恋的时候，赶稿的时候，来大姨妈的时候。

仅仅是回来后，我就在这间屋子里独处了十二个小时。

直到下一个电话降落前，我发誓，我只悄悄出过两次门，都在晚间八点五十五分左右。我租的房子在内环附近的老式新村，户型促狭，家家把灶台安在公共走道上。隔壁的独居老太每天到点开火做饭，我则习惯了用它来堆放鞋和快递。我们共用一扇防盗门，无法达成一致的除了炊事，还有作息。为了防止老太在我白天补觉时以杂物挡道为由敲门投诉，我必须冒险在垃圾站收工前跑一趟，提上所有她看不入眼的外卖壳子。

得知自己从次密接升级为密接是在第三天下午。之前有人上门，被老太撞见，哭着喊着要对方将我拖出去。等车真的来了，老太又哭着喊着要一起走，她一口咬定我已经得了，自己横竖也逃不过了，命令他们送她去住院，住酒店。下楼后，我花了很长时间坐在车里，看老太被穿防护服的人推进去，又冲出来，进去，又出来，她显示出鱼死网破的决心，仿佛在同谁争夺逃离地球的最后一个席位。其间，我又从无聊的驾驶员口中得知新发病例和前一例是男女朋友，他突然压低喉咙讲，留学生，家里有门路，捂牢了。说完回头看了我一眼，似乎在暗示我把这件事传下去。没多久，车开出小区，老太扛着大包小包的身影从窗口渐渐变小，我想起走道上还留着来不及扔的外卖壳子，头一次感到对不起她。如果这是一局俄罗斯方块游戏的话，我大概只是个得分极低的“克利夫兰 Z 块”，牵扯到的人除了隔壁老太，基本没了，而我前面的人正一层一层往下掉，不知不觉就把我推到了危险的倒数第二层。没想到，同处这一层的还有那天晚上被我拉黑的网约车司机。在大堂的等待人群里，他也看见我了，迅速躲开了我的目光。简单流调后，登记人员给了我房卡、口罩、酒精喷雾和马桶消毒片，又告知我前两日在家不算，要重新数十四天。我看了看四周，无数白色面孔上的黑色眼睛，确认自己带上手机充电器、电脑插头和牙套之后，我准备好了，可以随时前往方块消失的那一层。

事实证明，即使不沉迷打牌，我仍然无法完成除工作以外的任何一项计划。这些自律的动作无论坚持几下，最终都会被看剧和网购代替得一干二净，劣币驱逐良币大概就是这个意思。次日起，四人群扩大到二十多人，分享的链接也开始变得凌乱，手游，外卖红包，搞笑短视频，不知真假的对话截图，还有人颇为敬业地发着他的商业保险广告，直到被踢出去。从聊天记录来看，群里活跃的那几位应该和拼车女孩差不多年纪，其中有一位昵称就叫 Belle。流调公布后，Belle 带头讨论起主人公白天去过的甜品店和服装店，还分享了几条博主测评。遗憾的是，大数据并没有精准到足以解答我的疑惑——确诊的女孩到底是前座还是后座，以及那天晚上，她们也是点错了选项才拼车的吗？而群里那些从不开口的人，像极了一边监督一边生闷气的中年家长，我逐一点开头像，难以判断那位司机是否也混在其中。龚师傅，4.8 分，行程结束后无法开启对话。真是倒霉透顶的一单，载三个乘客，被一人差评，或被一人感染。我希望他能想开点，找到合适的排遣方式，比如线上办公之余看看那部正火的谍战剧，虽然不能和十多年前的《潜伏》相比，但王志文确实越老越帅，我一口气追了五六集。追不动了，又打着观察行业生态的旗号看直播，不知不觉也花上了真金白银。为了不被隔壁老太抱怨，我把所有快递寄到了家附近的驿站，老板我熟，没问题。就这么瞎折腾到深夜，走廊里一点动静都没有了，我才终于得以沉下心，等那个宇航员一样的神秘背影重新降落在我的房间。

“谁也不知道这个女人在那一刻想起了什么。”

写完这句话，我敲下回车键，又连续敲了十几次后退，把它删了。类似的情况近几日已出现过很多次。每写下一句不直接引自郁霞本人的表述，我心上总会快速袭来一阵虚汗，仿佛自己背叛了她。至于为什么会把我们视为同盟，我想，唯一的可能是，我正在不断拒绝那个主动靠近时下流行的叙事语调的自己。村民口述和庭审观察早就整理好了，在无法说服自己之前，我只能向陶姐谎称未完成。法律内外，所有人的表达都止步于各种视角下的猜测，称她有病，称她自卫，称她复仇，称她寻求解脱，称她没有第一时间自杀，称她迄今不曾显露出一丝该有的悔意。众声沸腾，唯独郁霞有意缺席了这场审判，她把自己裹得紧紧的，好像下定决心要把一切带去地狱，永不透露给任何人，包括程序赋予她的辩护律师。而我的劳动成果极有可能助力于把这个女人托举到更多猎奇的目光之下，任他们扒开她死死抵扣住的手指，对着她揣在怀里不肯放的东西指指点点。无论最后引向的标签是哪一种，我都不愿看到，甚至开始怀疑，为什么反而是与这件事毫无瓜葛的人们急需一个真相，为什么非得借助模棱两可的细节去勾勒出一个合理的动机，然后才能接受事实？或许真相早就存在了，宇航员的背影厚重又轻盈，在我的房间里来回弹跳，她杀了儿子，就是这样。这是一个不在除自己以外的任何人逻辑里的决定，它越出了常理，越出可被肉眼捕捉的轨道。献祭，我想到这个略微恐怖的形容，郁霞把自己和骨肉献出去了，献给了什么，只有她自己知道。工作以来第一次，我跳过了理解对方，只想凭一份毫无道理的直觉护着她，顺着她的意思走下去，尽管这意味着对另一条生命的忽视。我想象在过去半年的看守所里，是否有过一个天气好的早晨，或无数个像现在这样的独处时刻，郁霞的心里刮起风暴，手脚被涡轮绞得稀烂。所有这些，她无须同谁解释，与谁分享。

陶姐也没睡，丢来一个别家的链接。首发没了，她说，深度总得给我一个吧。

我央求等判决结果出来了再说。心里明白，即便到了那时，自己仍有很大的可能跳票。

等不了，别人都发了，明天开会怎么交代？孩子入睡后，陶姐暴露出白天不常有的焦躁。

商量了半天，陶姐答应让我先糊个别的顶替一下。从杂乱无序的桌面文件夹里，我挑出了一个前不久跟过的案子。相比之下，代入这个男人的逻辑实在容易太多了。甚至可以说，他所有失控的举动和激烈的想法始终是互为注脚的，一旦发现舒适圈脱落，就引爆它，人财两失意的中年男子就是这么简单自洽。夏某由于买福利彩票成瘾而欠下巨额债务，妻子与其分居两年，见不悔改，主动要求离婚，夏某不肯，在开车去民政局的路上突然一拐，撞向道边的高压变电箱，导致妻子头部受伤，公共设施遭损。“索性一道去死算了！”激情录音还在耳边，二审已结束，维持原判。我看了看，夏某竟是以长期服用安眠药为由提的上诉。一个想当精神病的人，最终因为逼迫别人认同他有病而被识穿。我感觉宇航员就站在我背后，和我一起想，一起熬夜，我们重听了夏某妻子的口述，每一句都带着我们所熟悉的疲惫和不知从何劝起的心慈手软。交完，宇航员消失，我陷入漫长的昏睡。被电话吵醒时，整个房间只剩下陶姐的质问，她说，老大已经上线了，请问你是老几？

加入会议，老大正在激情点评新人的作业。我私信陶姐，审几个了？陶姐说，早着呢，看样子心情不好。又补一句，不准睡。我只好点开摄像头当群演，听他挨个指导，叫每个人“自己好好想想”。奇怪的是，轮了一圈，没点到我。评级结果公布后，老大咳了几声说，有些人拖拉成性，总以为上面有人给你担着，哪来的自信？想升就拿出成绩来，光说不做的，我不欢迎。收尾仍是“自己好好想想”。

现场一片死寂。我听到这，火气直冲脑门，当即跳出来反驳。瞄了眼屏幕中的陶姐，她低着头，好像在看手机。刹不住车了，缺觉的昏沉赐人一身莽勇，我索性放开了控诉任务分派不公，软文加塞太多，到底是谁光说不做，自己不好好想想？！话落，我缺氧似的大口吸着气，发现自己不知何时激动到站了起来，两手撑着桌面，抖得不行。

行了，老大说，你们继续，我不打扰了。他下线后，我看到自己的麦克风绑着一道红色斜线，从未取消。

陶姐私信我，发病了？坐下。她截了张图，大屏是领导，众人组成的小屏里，有一格凑得特别近，面目狰狞。原来我撒起泼来是这样的，气势上竟和隔壁老太有几分神似。人传人真是名不虚传，我笑了起来。

没病，我说，至少把今日份的小叶增生劝退了。

四

发现那个男的不见了，我心里有种无端被削掉一块的失落感。这很荒唐，但我发誓，这是真的。以前和小屠吵完架，好几次想过卷铺盖消失，等他下班回来见到只剩单人物品的房间，多痛快的报复。现在才明白，不告而别的杀伤力远比想象中惊人。怎么能说走就走呢！一个声音在我心里大喊，可就算我有满腹疑问，对方也确实毫无解释的必要啊。我们之间的关系，说到底还是我更依赖他。这样一想，凶猛的羞愧就跟着涌上来了，自己明明无数次留下地址和电话，叫他熟得都能背出来，却连他姓什么都没问起过，一次也没有。卷帘门一拉到底，正中央贴着房东的转租告示，旁边挨着一则招聘启事。我的第一反应是，原来跑快递比跑消息挣钱多了，那他为什么要走？这两件事，我一时不知先消化哪一件更容易。与世隔绝十四天，没想到，还未踏进家门就迎来了当头一棒。

路过一个送货小伙，我拉住他问，老板跑路了？

小伙摇头，语气中充满了抱怨，站点一天不开，他就得一天挨个送货上门。未知期限的负担令人痛苦。

你来承包不就好了，我开玩笑说。

姐，我的姐，你借我钱承包啊？他有点生气，很快骑走了。

几分钟前，我下了车，在菜场旁边的劳保用品店买了只大号蛇皮袋，拖着行李箱直冲驿站。老板一定会笑我是来搞批发生意的。话梅，又剁手啦。话梅，又来进货啦。我的收件名叫“盐津”，老板总是记成“话梅”，是故意叫错的吧。他那一口热情的湖南普通话常年伴随着一股槟榔渣的塑料薄荷味。话梅，去哪出差啦，话梅，长沙去不去。由于经常无法及时取货，得知我的工作后，老板总会在找快递的空当里主动和我聊起各种国家大事，美国又欺负中国了，日本又排核废水了，大概以为所有记者都在跑《环球时报》里的消息。几次想跟他解释，又怕他追问更细，就作罢了。与其摊开自己手上那些焦头烂额的破事，我更愿意听他闲扯，话题再宏大，也只是在小区后门两百米开外的这间低矮的铁皮棚棚里持续几十秒钟，在这几十秒里，他从来都是笑着的，有点殷勤，又有点猥琐，而我出于一种奇怪的信任，早已习惯了即使没有快递，路过也要招呼几句。在此之前，他总是独自蹲在一堆或大或小的纸箱中间，亮着手机屏幕和他那早谢的头顶，随后应声抬起，笑了起来。关于说话这项本领，职场上的闫静从没学会把握好尺度和时宜，常常不是因为过分随意而冒犯了并不亲近的人，就是在本该随意的场合装出一副过度防御的冷漠和迟疑。按陶姐的说法，我属于那种看人不懂眼色，讲话不过脑子的尴尬制造者。除了一对一的追问信息，我不适合与大多数成年人进行表层社会性交流。而盐津可以，她大可以和这个老是喊她“话梅”的男人毫无负担地说些毫无信息量的话，不觉得无趣，也无须深思熟虑。现在好了，一个固定在生活中的非游戏性角色消失了，他所创造的“话梅”也随之而去。我好像突然间被胶带封住了嘴巴，站在那扇卷帘门面前，无从开口，胸中泛起一股强烈的被剥夺感。在这个男人离开之前，我从未设想过他会离开，也许正是因为，我从未真正考虑过他的存在。

为了弥补遗憾，我尝试拨通招聘启事上的号码。对方告诉我，所有站点负责人离职前须上交工作手机，至于别的联系方式，他们也没留。再三追问下，对方说，那人好像姓王。我脑中浮现出那张额头占据一半面积的脸，湖南人王某，他走之前，有没有任何一秒想起过他的老客户话梅？当然，我也知道，这种想起并不意味着什么。

隔壁老太在午睡。公共走道彻底成了她的私人领域，自己的半边照样干净，灶台残留着烧菜的香味，而我那边，塑料袋和湿垃圾堆了满地。我找了一圈，都没发现近几日的快递，直到在防盗窗的铁架上看见一排纸箱。这两周下过几场雨，湿了又干，干了又湿，我记不清，总之在这个午后，它们都是干的。为了不吵醒老太，我把快递装进蛇皮袋，拿上剪刀，下楼找了片空地。本该袭来的拆箱惊喜被失去一个熟人的猝不及防取代了。是熟人吗，如果驿站老板算，那么隔壁老太也算。物流终点的那句“家人代签收”，原来是这样的意思。而随时在线的陶姐、天天给我摆拍三顿的我妈，倒是很久没见了。人类无法丈量的距离，快递可以。从广东来的，河北来的，金华来的，保税仓来的，最远拆到最近，无非是一些换季打折的衣服，不确定能用上几次的眼罩和泡脚包，以及冲动下单的祛痘、美白和抗老产品——就是这么好笑，在特定的年龄段里，我拥有全年龄段的皮肤问题。信心和快乐在下单的一瞬就释放完了，被装进蛇皮袋的反而成了负担。我把这些负担堆到一边，拆出所有纸箱，放平，踩扁，准备拿去扔掉。有个眼神不好的老人上前问，几毛钱一斤？八号楼收吗？我竟有点怀念过去两周与世隔绝的日子，如果唾液里有了异常物质就可以被关心，那我甚至愿意它在我口中存活得久一点。而现在，我是个逃过一劫的正常人了，带着这份幸运，我必须尽快返回属于自己的不幸里去。严格来说，这算不上不幸，顶多称之为一种常规的拥挤与空虚。

为了证明自己的无害，我一到家就开始大扫除，擦灰，喷消毒水，顺便把自己那片乱糟糟的灶台也收拾了。看到我敞着门，老太很快冲出来了。我告诉她，自己没得病。她说，谁晓得两个礼拜够不够。我指着脚边的垃圾说，反正两个礼拜是不够你享受的。老太却一口咬定都是我走前留下的，抄起白醋往地上浇了条三八线，要我再关几天。火气上来，我一脚把湿垃圾踹到了她门口。老太骂，想传染我！又一脚踢回来，馊汁淌开，两个人就这么吵了起来。她的惯常战术是叫我滚回老家，看不惯就别住。我的惯常反击是关你屁事。但这次我改口了，我说，你住，住一辈子，住到死都没人来看你。老太没说话，瞪了一眼，关门回屋了。空气凝固，醋的香气在逐渐漫散的馊味里发冲，我又没掌握好说话的火候。搬来两年，我听过老太接电话，没见过有什么人来看她。房东上门找我的几次，也从不和她打招呼。去年春节，我为疫情所困没能回家，才发现老太竟是独自过年，我们各吃各的，同平时没有两样。那时我意识到，如果哪天老太犯了心脏病或脑溢血，无论是不是被我气的，打急救电话的只能是我。甚至于一觉睡下去人没了，几天后最先闻到尸臭的也是我。我们是一根绳上的蚂蚱，尽管谁也不愿承认。拖地的时候，出于某种忏悔，我顺带把老太那片也拖了，又怕她开门滑一跤赖我，用干抹布抹了第二遍，浑身大汗。过去两周浸在空调房里，差点忘了外面是夏天。清理完毕，我冲了个澡，下楼买了份盒饭，坐在便利店边吃边刷朋友圈。五小时前，刘松霖发了张照片，一条小小的襄被，一根小小的弯曲的手指，没有任何配文。几个名字较为陌生的共同好友已率先送上祝福。除了和他们一样给刘松霖点个赞，我不知道自己还能回应什么。

在酒店的第二周，我的视线不得不转向中原。打开电视，每个卫星频道都在转播暴雨的画面，出于某种层级关系，最先被注意到的自然是省城。有同事第一时间赶过去了，作为配合，陶姐几次在群里问，谁有空找当地人做突发口述，我明白她是在给我传球，但我始终不想接。从郑州回来后，我和刘松霖再没说过半句话。不过十来天工夫，我却分明感觉到那顿日式烤肉是很久以前的事了。关于他到底是什么样的人，有没有家庭，以后会不会在同学聚会上主动拿我和他的私事来哗众取宠，我都不愿多想了，也决意不再赴约，尽管这个人和驿站老板一样，曾短暂地给予过我一种难得的松弛感。然而几天后的傍晚，我赶完稿，惊觉每个工作群都在讨论地铁受困的消息，来路不明的短视频看得人汗毛竖起。我无法不想起刘松霖。连着几天的雨，他会开车上班还是坐地铁？查了查单位所在的地址，不是没有坐这条线的可能。点开朋友圈，刘松霖大半个月没更新了。想来想去，我还是主动发了一句过去，可好？没有回音。

大约十分钟后，刘松霖直接给我打来一个语音电话，口气急得要哭。二宝，你人脉广，救救我孩子，救救我孩子。我被他的语无伦次吓到。别急，我说，慢慢讲，孩子怎么了？听下来似乎是因为小区地下车库被淹了，救护车也叫不到，没法去妇幼医院。咋办，这可咋办？他反复这样问我。我劝他冷静一下，先把孩子的病情报过来，我记一记。结果刚听一句，火就冒上来了，搞了半天，孩子还在老婆肚子里，要救谁你他妈闹不清？但我还是忍下了脾气尽力安慰他，别急，我来想办法。撂下电话，我开始在各路消息群寻求救助，但除了转发扩散，谁也不能找到切实的出路。很多时候就是这样，消息仅仅是消息，无助于解决更多问题。手捧一大堆消息的人，或许能率先勾勒出事情的前因后果，然而意识到一些糟糕的事情即将发生，远比接受一件已经发生的坏事更为崩溃。那天我一直忙到深夜，还是没能找出一条临时转运渠道。与此同时，来自这座城市的各种紧急的声音从屏幕中扑面而来，不断刷新，如同一层层浪，迅速覆盖掉旧的声音。我觉得自己根本不在隔离酒店的房间里，而是蜷缩在一只木桶中，跟随水位快速上升的马路洪流四处漂浮着，眼前是无数在水里扑腾的身影，我看到了，可我拉不住。刘松霖和他老婆，还有那个没出生的孩子，也正处于某个危险的漩涡里。中途我问过一句，怎么样？刘松霖没回我。老实说，我松了一口气，如果他再次跃出水面向我伸手，我真的不知道该拿什么回应他。那一晚，下一天，再下一天，我们都困在各自的木桶里，等天亮，等情绪平复，等洪水散去，一切再次来到重建的位置。

我点开那张照片仔细看了看，除了婴儿的小半截身体，画框里确实没有母亲的身影。想起刘松霖那天晚上在顶楼酒吧说过的话，我不确定这是他的第几个孩子，会不会跟他姓，也不知道这一周他到底经历了什么，他老婆又经历了什么。也许是看到了我的点赞，刘松霖忽然私信我，前几天谢谢你啊。

什么话，我一点忙都没帮上。

是我的错，以为要早产，急着送医院，昨晚上才生的。

我发了个恭喜的表情。

下次出差来找我啊，请你吃饭。

我没有回他。

那天晚上的录音还躺在手机里，打开，竟有两个多小时，一部无趣又拖沓的电影。时间轴拉到末尾，情节停留在两个人尴尬的相互拉扯上。一个说，不用不用，你回吧，我自己搞定。另一个说，别呀，来了郑州就听我的。反反复复就是这几句，最后毫无预兆地熔断在我的一个急促的“不”字上，喜剧效果拉满。收拾完盒饭，我把这条录音删了，起身离开便利店。

五

午睡时我又梦到了郁霞。这些日子，我几乎每天都会梦到她。在可查找的档案信息里，郁霞只留下两张照片，一张来自身份证，另一张来自忽继永的结婚证。两张照片里的她没什么差别，连衬衫领子都是同一个，马尾，宽脸盘，圆眼睛，面相和大部分村民所评价的一样，看着不坏。而我梦到的却永远只有那个宇航员的背影，看不见表情，听不见声音，甚至搞不清，到底是她还是我自己，被包裹在一片白色的防护服里。我听到我们中有一个人大口喘着气，二氧化碳变成水雾凝结在透明面罩上，渐渐厚重，模糊，渐渐远离另一个人。醒来，周围一片安静，我一时难以确定自己在家还是在酒店。十四天足以让人养成一个全新的习惯，比如二十四小时开着灯，比如把午觉存放在太阳落山的位置。

解除隔离的前一天，判决结果出来了，情节重大，没有什么意外。对于忽家村的人来说，郁霞大概在被警察带走的那天就死了。对于郁霞自己来说，死是不是来得更早一点？由于先前答应了陶姐，得到消息后，我还是尽力尝试着给这项工作收尾。不过事情往往就是这样，一旦丢失了继续下去的念头，就怎么也无法顺利推进了。我从忽继永亲戚那里辗转拿到了郁霞老家的电话，连打三次，对方都说打错了。那亲戚却一口咬定，错不了。

有时候思绪会被交叉打通，出门吃饭时，我看到自己面前的两条马路分别以两个地点命名，突然想明白了这件事。到家一查区号，果然，那人给我的应该是忽继永第一任妻子杨某老家的电话。杨家离忽家村更近，听口音差别不大，郁霞老家则要再往西好几百公里，接近甘肃。七年前，杨某赌气喝下百草枯，不到一岁的女儿随后被送回娘家。我记得有村民提起过，那女孩叫大妞。

这次打过去，电话是一个中年女人接的。我试探性地询问是不是杨母，对方顿了一下，问我是谁。说明来意后，我问起大妞的情况，杨母说她放暑假跟着伯伯家的姊妹去广州了，正闹着要留下打工，不肯回来。我又问她，知不知道半年前忽继永家里的事。杨母问，啥事？听完我的转述，她说，原来是他家。丑事传千里，杨母只是不知道这份丑刚好落到了她所认识的那个忽家头上。活该没儿子，她骂了一句，并主动向我提起那件沉寂多年的旧事。

六个月了，忽家花钱找人看过，是男娃。她上来就告诉我，杨某自杀时，肚子里还带着一个。

我消化了几秒，试图进一步了解当年那场引发悲剧的家庭争吵。杨母却说，说它有啥用，都过去了，话不清了。似乎为了避开什么，她开始向我介绍自己的其他孩子，四个女儿在哪，儿子在哪，孙辈多大了，口气很热情，像个业务推销员，逐一道来。我惊讶于杨母的普通话程度，她便说自己在城里当过好几年住家保姆，又转而介绍起上一任东家有几个孩子，多大了，穿几千块一双的球鞋。说得正兴，杨母撂下电话，好像是去给人开门。回来时她问，你刚说你是哪的？我记性不行了。

我听到她把我的答话原原本本转述给电话外头的人，接着电话就被挂了。隔一阵再打，没说几句又被挂了。我只好冒充家政公司，请对方把我的号码留给杨母，等待回音。又转头联系了一圈，没能从我所熟络的几个村民口中获得更多关于杨某的信息。有人说她刚来就这样，不给好脸色，也有人说是生完孩子才变的脾气。七年，一个自杀的女人，在众人记忆里消退得如同一张被风吹烂的剪纸，看不清字，看不清颜色。临睡前，一个问题反复盘旋在我脑海，对于常年活在争吵或压抑中的留守妇女来说，杀掉腹中已显形的胎儿，和杀掉快两岁的孩子，到底有什么区别？宇航员又出现了，她从忽家村一路跟上火车，兜兜转转，又从酒店跟回家里，总是沉沉地伏在我紧闭的眼前。我招呼她，请她躺在我旁边，什么也不必说。有些经历重复的次数越多，就越容易失去用言语完整复述一遍的可能。这些日子，为了说服陶姐放弃这个题，我把手头能补的活都补上了，甚至主动承包了当月的软文指标。然而一闲下来，我还是会止不住地花时间想郁霞。我想知晓她的神秘太空，尽管无法说出自己为什么想知晓。唯一明确的是，我无法，也不愿用自己最熟练的工作方式接近她。现在，我一翻身，那太空里又多出一个飘浮的背影。

第二天醒来，我看到一个未接来电，赶紧回拨。是个男的应答。

请问你是？

你在一小时前给我打过电话，我说。

哦哦，对方说，你是津吗？

什么？

是这样，我早上捡到一个快递，好像是你掉在共享单车里了。

我愣住。

当时急着上班，看东西小，我就先放包里了，你看，怎么给你方便？

麻烦你按上面的地址寄出，我说，到付就行，谢谢。

过了一会，对方传来一条短信，说地址褪色了，看不清。我只好重新编辑一遍，发了过去。

对方回，原来是一个小区的，那我下了班带给你。

我回忆了一下，小区附近可以取共享单车的只有一处，每天早晚停得乱七八糟，从铁门一路排到垃圾站。难道是昨天扔纸箱时不小心从蛇皮袋里掉出来了？仔细核对近两周的购物记录，不曾遗漏什么。想来想去，我厚着脸皮发了条短信，可否拍个图看一下？

对方没回，过了很久才说，不好意思，刚在开会。态度好得令人无从接话。在他稍后传来的照片里，那个小小的纸盒上除了我的电话和盐津的“津”字，其余信息都被雨水浸泡得面目全非。我们约定晚上见。看到这个“见”字，我心里不知怎么跳了一下，好像一次灯丝的闪动，檐头的滴水，叫我隐隐想到了一些别的。回想这通电话，是令人感到安全的低沉且清晰的嗓音，试着用手机号搜索微信，跳出一个叫 chenchenglee 的 ID，头像是夕阳下打篮球的背影，感觉不赖。但现在还不是申请添加好友的时候。

没多久，杨母也回电了，当时她正在外面，不怕家人干扰。杨母认出我的声音，打头就问，漫游不，话费算谁的？我说，你挂掉，我给你回。再次拨通后，她沿着昨天被打断的思路，继续说自己在城里当保姆的事。我搞不懂这是为什么。但听起来，杨母真的挺喜欢这份工作，喜欢一个人住小小的保姆间，喜欢去超市选菜，回来同时开三朵灶火做饭，还有陪孩子下楼玩耍的傍晚，和几个老乡坐在花坛边上聊天，她甚至提起了花坛里的花怎么好看，东家的狗怎么跳进去撒尿。我想，杨母是不是真的把我当成家政公司的了，可她一上来就捡起上回的话头，记忆又是这样精确。那几分钟里，我承认我完全沉浸在杨母的讲述中，又尽量分出一丝精力，试图寻找打断她的机会。直到她突然一拐，主动把话题带回来了。你说，忽家那事，真是亲妈干的？杨母问我。

警察是这样认定的，我回她。

多大了？

一岁半。

我问那当妈的。

二十七。

杨母没有回话。我算了一下，和她女儿出事的年纪差不多。

杨母又问，女娃送走了？

听说过继给亲戚了。

杨母轻笑了一声。

怎么了？我问。

没啥，总比跟着忽家强。

回过神，我问杨母，你怎么知道郁霞还有个女儿？

杨母说，咋不知道，大妞管她叫后妈。

大妞不是一出事就走了？

那是二妞，没奶吃才送回来的。

原来杨某生过两个女儿。村民口中的大妞在母亲自杀时已经四岁了。等郁霞嫁到忽家，大妞正是可以帮闲的年纪。两人同处过一年。等到郁霞生下头胎，家里多出个女儿，大妞才离开的。这么算就对了，大妞小学毕业，青春期目击南方的花花世界，再也不想回来了。

我问，大妞提过后妈吗？

回来那天，身上穿的，手里提的，说都是后妈给买的。

谁领回来的？

哪有人领？那边来人传话，说大妞在路上了，家里没谁肯去。我也不去，娃就成别家的了。

大妞二妞都是你领大的？

我不领谁领，丽萍的就是我的。

这是我第一次听到杨母说出女儿的名字。我问，丽萍出嫁前是个啥样的人？

她呀，脾气臭，主意大，家里个个都敢骂，也个个都缺不来她。杨母跟我说起丽萍小时候同邻居家偷食的大鹅打架的事，一人一鹅从屋前打到河里，上岸时，小奶头都被大鹅咬肿了。杨母笑得停不下来。我眼前出现了一个倔强小女孩的身影。

那天的通话随着杨母到家就结束了。临挂她说，你有啥活一定跟我讲啊，我干啥都行。话题瞬间又被扭回来了。我说好，又问她要了广州亲戚的电话。杨母关照，大妞不知道后妈的事。我答应她不说。不过，那个号码始终没能打通。

七点半，我吃过饭，洗过澡，那个男人却没了消息，我也不愿主动打扰。将近十点，我收到一条短信，又是“不好意思”起头。他说临时加班，忘了通知我，问是现在还是明早交接更方便。迟钝如我，一时吃不准这是一种婉拒还是邀约。犹豫了很久，我回复道，十分钟后，公共健身角见。

以前赶完稿又累又兴奋，夜已深，健身房也关门了，只好拉着准备睡觉的小屠去那边甩几下手，晃几下腿。天很暗，四周很静，我和小屠都觉得好像回到了很早以前。我们在一次户外活动中认识，他一个人报名，而我被伙伴临时放了鸽子。两人一路同行，爬到山顶，坐在帐篷外头看星星，聊各自的未来。不同的是，在小区健身角，我们宁可沉默也不聊未来。两个人的未来实在太抽象了，我们不知道要怎么去够它，花多少钱，多少年，多少后悔去够，难度可能比够月亮还要高。天气热的晚上，我们会走去便利店买一盒八喜，要两把勺子，坐在秋千里轮流挖着吃。天冷，则仪式性地在跷跷板上待几分钟就撤。这个属于老人和小孩的角落，总是无条件把夜晚敞开给白天忙碌着的人，比如我和小屠、打电话哭诉恋情的年轻女孩、吵完架赌气出来的叛逆期少年，它所拥有的安静和健康，总是给予人走下去的动力。不过，和小屠分手并不如此，我们随便找了一家麦当劳谈的事情，然后我搬过来，继续出差，继续昼夜颠倒。

一个瘦瘦高高的身影走近了。他提着公文包，旁边挂着小号的透明塑料袋，停下来朝我点了点头，我也点头。他把塑料袋递给我，又对我说了一声不好意思，这是迄今为止的第三句不好意思。我很想说点什么，嘴里却只有一句谢谢。天太黑了，健身角的路灯安在另一头，我看不清对方的面貌，只知道鼻梁上架着一副细框眼镜，以及，他并不像驿站老板那样擅长闲聊。我们就这样面对面站着，他时不时望向我身后。我回头，十米开外的马路，空无一人。很快，有两个小孩迎面跑出来，接着是拐角处的女人。路灯下，他们三人的轮廓特别分明。我敢肯定，那女人有点疲惫，比我面前的男人显老很多。他走过去，两个小孩扑上来，吵着要吃冰激凌，他说不行，又说好，他们就往便利店的方向去。女人安静地跟在后面，手上提着一袋衣服和两把儿童水壶。看着那四个背影，我心里突然来气，生育天平两端的砝码，为什么永远只有九十九和一。

拆开快递，我才想起隔离期间，自己曾用即将过期的商城积分兑换过一瓶进口的私处清洗液。随手搜了搜，有人说该用，也有人说一旦破坏微生态的酸碱平衡，反而会引起感染。我盯着这瓶失而复得的清洗液，想起它曾经手的每个人，脑中一片混乱，当时为什么会下单呢，是被哪句致命的营销口号击中了吗？错误的因果总是扎堆袭来，我叹了口气，挤出几滴到抽水马桶，决定先为厕所清洗它的私处。

临睡前，老大往群里甩来一个别家的链接，关于郁霞案的。群里没人接话。过一会，老大又甩一个，是我刚交的大学生创业失败的题。他说，什么是热点，什么是冷门，什么有价值，什么没有，自己好好想想。群里还是集体装死。关于那次尴尬的开会经历，公司上下已经无人不知。按陶姐的说法，领导不需要听到我具体讲了些什么，只要知道我是这么个人，有这么一份反贼的心就够了。我解释说我不是反贼，就是管不住脾气。陶姐说，反不反，是你说了算吗？我只好闭嘴。但这次，老大真的否定了我认为很重要的东西。我编辑了一段表达立场和想法的话，正要发送，陶姐一个电话过来，听起来有点不悦。

为什么放弃？

放弃什么？我问。

你说放弃什么。

我没解释，只是跟她道了个歉，郁霞案我真的做不了。

老大都发话了，陶姐说，再争取一下，不然我也保不了你。

不用管我，保你自己就好。

什么意思？

没什么，我说。

电话那头是我所熟悉的沉默。为了缓和气氛，我主动岔开话题，哥哥妹妹乖不乖？

陶姐说，哥哥还行，妹妹皮。

我们聊了会家长里短，陶姐提到换学区房的压力，还有办公室的隐藏矛盾，我尽力安慰她。挂掉电话，我把那段话删了，从表情栏点了把菜刀，吸一口气，把后面的炸弹和屎统统点上，发送，然后退出群聊。打开日程本，我一笔划掉了近期所有工作，翻过一页，抄下杨母给我的号码。下周，不，明天，我想去郁霞老家、丽萍老家，我还要去一趟广州，看看大妞过得好不好。如果她愿意，如果她还记得，我想问问丽萍是什么样的，还有，在共处的那一年里，尚未真正成为母亲的郁霞又是什么样的。入夜，我躺下来，宇航员也躺了下来。我对她说，你愿意，可以一直待在我房间，这厚重的外壳，脱下，换我来穿。

2022 年 3 月

献给芥末号

冬

头顶四个太阳，耀得我不由眯紧了眼。一阵骤雨过后，灯丝闪跳，后羿射下其中三个。室内正在急速冷却，我冻得发抖，手机突然震了起来。此后半分钟，我眼见它一路震出洗手台的边缘，最终失控砸向了地砖。屏幕显示，嘉宝一口气发来七八条语音消息。大概是耳朵进水，我听不清她说的什么，只好先回身对付失灵的浴霸。半小时后，我再次点开手机，等那些守在细长的绿色方框边的小红点依次消失。其间反复按音量键，直到最响，还是什么也没听到。

我给自己随便发了条语音，确认没摔坏，在对话框缓缓打出一个问号。

嘉宝秒回，两个问号。

我缓缓打出一排问号。

你等一下！嘉宝不依不饶，很快又传来一个录音文件。整整十二分钟，我感到一丝犹豫。嘉宝却预防性地关照我，一定要听完!

她就是这样，讲话没头没尾，默认别人都能自动代入她的情境。常常要到激情演讲完才迟钝地大叫起来，啊，是这样的，你听我讲……后话里照样毫无愧疚的意思在。当然，这全是我隔着两重电子屏幕想象出来的，毕竟我们平日的对话百分之九十九只发生在线上。说真的，我不太明白嘉宝为什么老来找我，看上去毫无企图，又好像随时要利用，确切点说，应该是借用我的一些什么，时间，好奇心，或者不同大脑的认知回路。有一点是肯定的，我并不抗拒这些贸然造访的消息，就像小时候走在放学路上刚好捡到了什么，放进手里把玩一下，多少也能消解几分独行的无聊。小陈离开后，我成了世界上最无聊的人。

拉上窗帘，我从抽屉掏出耳机。一记尖厉的急刹车差点给我震出窍了。然而在此后十余分钟的沉默里，除了疑似嘉宝的咳嗽，窗隙里钻过的风，以及一个婴儿或宠物的呢喃之外，我还是一无所获。有那么一刻我甚至在想，宇宙就是这样的吗?

摘下耳机，我在对话框缓缓打出一串省略号。

不会吧，真的是我幻听?嘉宝一副难以置信的样子。

我懒得再回，放下手机睡了。我们之间向来不论对话的间距，也犯不着讲究什么告别的礼节。关掉灯，柔软的海绵耳塞沿着耳郭自然膨胀，我脑中似乎仍然翻涌着那股隆隆的白噪音。今晚辅助入眠的问题不是嘉宝到底听到了什么，我为什么没听到，也不是地球另一端的小陈此时和谁在一起，做什么。而是，如果我们所有人都戴上氧气面罩，随机飘浮在一片无穷无尽的宇宙赫兹里，我们将以什么样的形态进行交流？ 我想我还是会和从前一样，尽可能躲避掉一切相互知觉着的对话方式。举个例子，挂在我肩头的那只氧气面罩，我拒绝它是透明的。

春

嘉宝和我是五月底认识的。当时我住在 E 区 46 号，她比我晚来两周，被分配到 F 区的同号。从科学的角度讲，我们碰上彼此的概率接近于零，因为早我两周的人全部顺利离开了。他们中的每一个，坐进大巴后，都会被还无法坐进去的人用灼热的目光久久注视着。我目送过好几拨，切身明白那种感受，我们是在注视不久之后的我们自己。健康，释然，打败一切不确定与身不由己，重返清净之地，又隐隐对此处抱有一丝习惯成自然的复杂情绪。可我始终没能坐上那部大巴。烟抽光了，泡面吃完了，里里外外衣服全都发臭了，检测值却像缺德的电商砍价游戏一样，永远差那么百分之零点零几才能提现。第十五天，我处理掉所有随身物品，摆出一副非走即死的架势冲到门口，结果还是被几个大高个簇拥着劝返。住几天，再住几天，他们说。听起来好像春节里热情过头的老家亲戚。小陈说得对，我不擅长吵架，喜欢讲道理的人永远吵不赢架。铩羽而归时，我看见我的床上多了条珊瑚绒毛毯，底下塞着一只淡绿色行李箱和一个女孩的屁股。嘉宝吃力地从床底钻出来，抖了抖刘海上的灰。得知落错巢，她最先做的不是道歉，而是问我，哪买的？

我说，什么？

她重复了一遍，哪买的？

我才意识到她不是用语言，而是靠眼神在延续对话。嘉宝直勾勾地盯着我刚从垃圾桶旁找回来的那只用了两周的塑料脸盆。

洗漱用品会发的，我指了指，去A区拿。

可她还是愣在那，整个人像被脸盆吸走了精元，一动不动。

我不由跟着低头看了一眼，盆底那只冒牌的草莓熊也直勾勾盯着我呢。深渊，我感到一阵厌恶，是不是它在我每天洗脸时动了什么手脚，害得我迟迟无法离开？这么一想，我感到有点恐怖，从家里到这里，连月来吃的苦，挨的饿，受的伤，甚至小陈的离开，整座城市的人仰马翻，所有这一切，会不会都是眼前这个平面卡通图案所设下的邪恶圈套？

回过神，我已站在另一个问题的出口，嘉宝盯着的是我放在脸盆里的牙刷杯。严格来说，无非是可乐瓶剪了口，边沿处胡乱缠了几圈塑料薄膜而已。在加这道工序之前，每次漱口，我嘴角那刚结上的疮总会被重新划破，脓水绽裂，疼得我嗷嗷直叫，听起来同哭没有差别。

要下狠心离开这里，我必须喝掉最后一瓶可乐来刺激自己。壮士断了腕，很不幸，双脚仍陷在漂着腕的泥潭里。所有曲折的耻辱及后果被我浓缩进一个轻易的动作，我向嘉宝摊手示意，没了。

嘉宝仍在向我靠近。她长得不高，目光径直从我斜挎腰间的脸盆朝正上方移动，变成两道电光弧，要往我脸上烙下什么永久的焊印。这种死死望着对方，眼神中却丝毫没有对方的强硬姿态，像极了我和小陈养过的那只黑猫。事情很明确，这瓶可乐，黑猫非要不可。

加过微信，我发现自己所在的每个跑腿群都已满员，只好答应帮她代购，并较为克制地赚取三瓶作为酬劳。三天，不能再多了，这是我给自己画的死线。嘉宝听我介绍完购买流程，并不问价，只是把行李箱从床底拖出来，一边卷毯子，一边自顾自回忆起几天前的绝望瞬间。要是能来上一口，她说，下一秒死也行啊。我大概听懂了，嘉宝和我一样，是退完烧才过来的。程序的滞后让我们在错位的地方生龙活虎，也让我们对自己求之不得的东西充满斗志。

于是我主动提出，你别折腾了，我搬过去。一个新的位置，我想，或许能让人多出几分忍耐力。最后三天，倒计时开始。正是以这样的决心，我告别嘉宝，走向原本等待着她的 F 区 46 号。几分钟后，我收到嘉宝发来的第一条消息：还有什么吃的，我都想要。隔着屏幕，我又一次看到了黑猫的眼睛。

次日，天还没亮，嘉宝跑到 F 区把我摇醒。她说自己做了个梦，可乐到她手上，一拧，气泡冲天，眼睁睁没了半瓶。像一出逼真的哑剧，嘉宝几乎要把自己说哭了。在她动情的干号里，我确信自己嗅到了一股隔夜的口臭。几分钟后，我们饿着肚子下楼，从垃圾桶里翻出两件废弃的工作服，套上，越过临时厕所背面的草丛，等一个陌生人在铁丝网前如约出现。早上风不大，郊区的室外凝固着一团含有金属气味的浓雾，叫人难以辨认唯一的进出通道。回头，那栋被我们甩下的三层毛坯建筑也有一大半陷落在雾中。嘉宝一会儿朝前站，一会儿朝后。一会儿说，我尿急。一会儿说，我肚子疼。后来又说，你打电话催催。我告诉她，群主没有给我骑手的联系方式。事实上，群主可能自己都不知道。换作往常，我们无非是同一街区内普通商户与常客的关系，而现在，我们在整个精密的过程中被无限拉向两端，串联起我们的每一条线、每一个结都是如此脆弱又牢固。

　　十多天前，正是在这个位置，我盼到了一部满载而来的电瓶车。那哥们把包裹拆开，透过铁丝网分批塞给我，顺便朝里望了望。你们这吃住咋样？他问，管饱吗？我说，管饱还能花大钱请你？他笑了笑，说自己在桥洞对付半个月了。我一时不知接什么好，硬憋了句不尴不尬的话出来，要不咱俩换换？他没再回，掉头匆匆离开。我望着手里的鲜虾鱼板面、红烧牛肉面，还真是那句人为刀俎，我为鱼肉。问题是，我，他，群主，我们到底应该怎样调换位置，才能都不当鱼肉？我想过了，如果这次等到的还是他，无论如何得说点中听的。只可惜，脑海中的电瓶车始终没有朝我驶来。

离约定的时间过去四十分钟后，我和嘉宝从一位步行者的登山包里拆出几袋碎掉的苏打饼干，十来包航空小菜和八听大失所望的百事可乐，种类和数目都同昨日的订单相差太远。面对我的质疑，步行者表示毫不知情。他只是无数条支线里的又一条分支而已。你们不要的话，他说——嘉宝当即打断，要要要，要要要。她大概一口气说了十几个要吧，迅速把所有货物转移到自己包里，并当场分给我三听，我坚持归还。百事可乐对我来说，就好像从E区搬到了F区，如果不能离开，改变位置没有任何实质的意义。嘉宝并不多劝，背上书包，扳开被我拒绝的其中一听，边走边喝起来。她在灰蒙蒙的草地里打了个空气饱嗝，随后大喊，操啊。我感到前方的浓雾被活生生砸出了一个窟窿。

冬

大约隔出三天，嘉宝又闪现在我的对话框里。这次她发来了两段群聊记录。第一段是她问所有人，有没有谁注意到一种奇怪的声音，唰——唰，好像什么东西快速穿过了整个房间。在这个上百人的居民群里，主动回复她的只有四位，其中三位表示没听到，还有一位，看群昵称应该就住在嘉宝楼上，那人主动出来道歉，说自家的滚筒洗衣机不知怎么出了故障，脱水时会发出一些噪音——嘉宝就截到这里。第二段对话发生于次日晚间。嘉宝在群里公开质问楼上，你家洗衣机怎么天天开啊，有完没完？似乎是故意寻架，为了尽可能多地召唤出围观群众。楼上说，不会吧，已经找人修过了。于是嘉宝宣称，楼里真的有一种奇怪的声音。她叫大家仔细听，忽轻忽响，不太均匀，通常在夜里反复出现。你们见过郊区的大棚吗，她说，西北风刮过，顶头的塑料薄膜一下子被空气撑开了，又压瘪了，就是这种感觉。嘉宝形容得很具体，甚至有点具体过头了，像一个教徒在挤满人头的购物广场上神神道道地传播福音。总之，群里不再有人回应。

除开这两段对话，嘉宝没有多说任何一个字。她目的明确地朝我抛来一个飞盘，希望我能接住，也知道我将会接住——这件事着实引起了我的好奇。把她在群里的形容反复读了几遍后，我戴上耳机，重新点开那晚收到的一连串消息和录音文件。一种神秘的响动，塑料膜被风撑开又压瘪的响动，我闭上眼，尽力排除一切杂念。似乎听到了，又似乎没有，我不知道这是不是心理暗示造成的幻觉。在无法确认那声音的真实存在前，以相应的默契，我不打算给嘉宝任何回复。

小陈的睡眠向来很差。据他自己说，是熬夜炒外汇那几年留下的病根。越是睡不好的人，越容易将睡觉演化成一种复杂的仪式。耳塞，眼罩，遮光窗帘，洗澡的时间，床头的褪黑素，提前喷洒到枕头和被单上的含有镇定成分的香水，甚至为了不被打扰而把行走的秒针从表盘上无情抽掉。而我自中学起就被室友告知有打呼的陋习，白天越累，晚上打得越响。即便如此还是决定和我同住，按小陈的说法，是自己能展示出的最大的诚意了。或许是夜里失眠时，小陈录下了我的鼾声。我猜想自己就像一头棘刺又粗又硬的豪猪，喷着鼻泡，叉开腿躺在污水塘里做梦。小陈却说，是我治好了他。他说他终于意识到入睡的窍门并非此前所想的，去寻找一种真空，恰恰相反，需要的是空无一物里的确定。他用定海神针来形容我的鼾声，平稳，规律，在预期中出现，预期中消失，这使他甚至到了出差的酒店也要习惯性地打开录音。可是，他拒绝放给我听。

我从没听过自己的鼾声。一个人永远无法知晓自己睡着的样子，正如无法亲眼见到本人，我们和我们的某一部分总是不被允许同时存在。要验证后者的真实性，我只能像嘉宝那样，尝试借助某种外部仪器来让它重现。奇怪的是，嘉宝并不能再现出她所坚信的声音。这让我有点害怕。如果我没能录到自己的鼾声，是不是就意味着它并不存在。如果它不存在，那么小陈是不是也从未存在过？

小陈再没有给我发过任何消息。将我们的对话框取消置顶后，小陈就变成了一块沉入大海的石头，日复一日地被各种联系人的新消息覆盖，掩埋。我向下划了很久，终于在三月底打捞起了这块石头。他发给我的最后一条是“健身房没开”，我发给他的是一张超市货架的照片，询问要哪种酱油。我对做饭向来不太精通。此后几周，由于我们被迫在有限的空间内面面相对，通讯工具也失去了必要。出口成空是真的，我确实记不清那段日子了。似乎每天都一样，又似乎每天都有一些新的异样的东西在我们之间出现。我甚至说不出具体哪一天，反正是四月的某个早晨，外面下着小雨，小陈收拾完东西，拖着一只二十八寸的行李箱徒步前往机场。那时我坐在马桶上，从没想过，自己也会有依赖眼罩和耳塞的一天。

我问，你自己能从录音里听到？

不好说，嘉宝秒回。随后发来一张照片，视野开阔，当中是一片被众多高层建筑紧紧包围着的老旧的砖红屋顶，屋顶的尽头，是另一片裸体高楼，瘦骨嶙峋，在空中瑟瑟发抖。我看了眼时钟，天黑得越来越早了。

嘉宝说过，今年春天，她学会了上天台遛狗。狗是她妈养的，但她妈恐高，就把任务派给了她。顶上风大，起初连狗都难以适应，尿完找不到自己留下的气味，吓得要死。但这也并非全无好处，她说那阵子家里缺纸，人都不够擦的，哪还管得了狗。等狗屎晒成干垛，广阔天地，凌空一脚。怕什么，反正路上没人，有也都穿着宇航服呢——当时我们排在歪歪扭扭的队伍里等放饭，四周漫散着一股白菜被塑料盒闷久了的哄臭，嘉宝一边给我看狗的照片，一边大谈狗屎的十八种善后妙招。几个月后，她妈和狗终于重返地面，嘉宝倒养成了傍晚上天台的习惯。她拍的照片大多固定于同一视角，与楼顶齐高的树梢日渐浓密，过了立冬，又日渐轻薄，偶尔还能认出缝中的鸟窠。在这些照片里，唯一察觉不到显著变化的是远处那片烂尾楼，然而任意一块背景板搁久了，难免发灰泛白。有时我甚至感到，再过几年，它们就会脱离地基，成为云的一部分了。

几只？嘉宝问。她又来邀请我参加慧眼识猫的游戏了。

斜对面屋顶一只，二楼空调挂机一只，底楼阳台还有只灰白家猫紧贴着纱窗，透出半截脑袋朝外窥探。这只家猫，成天鬼鬼祟祟地监视什么呢，以至于在我们的游戏里成了稳居榜首的暴露对象。

三，我发送答案。

嘉宝说，还有两次机会。

我只好用手指将屏幕缓缓拨开，仔细辨识起眼前每一团可疑的色块。这么做并非为了配合嘉宝，或垂涎她那从不高于一块钱的获胜红包。到底是什么使自己对这个游戏忠心耿耿，我很难想明白。本轮的难度系数有所提高，我搜遍了各个角落，没能从图中找出第四或更多只猫的踪迹。嘉宝不会给我任何提示，当然，她也从不为游戏设定时限。

我就这样对着一张照片枯坐下来。找猫的时候，自己的世界好像也只局限于图中的物理空间，极小，极静。如果能从一片模糊中找出几样原本被疏忽的事物，余下的部分或许也会随之变得稍稍清晰一点？我总是抱着这样迷信的盼望。

窗外的天黑透了。放大，截屏，点击发送。照片右下角，四排简易的脚手架围出一片空心的柱体，中间闪现着一丁点白。半只耳朵，还是一截尾巴？我把赌注押在这部尚未完工的加装电梯上。

啊，我怎么没想到声音在这里！嘉宝的回复中透露着失控的激动。

就是这样，像趴在地上寻找一件刚掉进床底的东西，却从蒙尘的缝隙里发现了遗落更久的失物。这个游戏就是这样。

春

中午什么菜色？嘉宝发消息问我。百叶结烧肉，青椒炒蛋，土豆丝，我拍了张吃到一半的盒饭给她。吃完去我那坐会，嘉宝说，不然隔壁床一看没人，又帮忙解决了。我答应下。

过了好久，嘉宝抱着笔记本电脑从不知哪个通道拐进来，上身穿着皱巴巴的立领衬衫，底下还是刚来时那条灰色束脚运动裤。我起身要撤，嘉宝说，等一等！她从枕头后面摸出两听百事，一听放在盒饭旁边，一听直接扳开，递给我。

喝吧，都一个味道。

我只好接过，顺便提醒她，听路过的人讲，这一区的微波炉坏了，热饭得上楼。嘉宝像突然遭袭，两手一摊往床上倒，说算了，没胃口。她就是这样，叫人费劲保管了半天，眼皮一眨，又不要了。我谈不上生气，但心里多少有点恼，主要是小陈那句话又跳出来了，叫你做你就做，叫你把工资打过去你也打吗？那时我被分配了太多项目，天天加班，难免影响情绪，小陈却反过来批评我空长了一张嘴，挤不出一个“不”字。他说得没错，我字典里的“不”字，绝大多数时候是讲给自己听的。

哥，你是做什么的？嘉宝问。她拆开一包饼干，就着百事往嘴里塞。你们公司最近招不招人？帮我问问？太难了，真的。市面上多我一个不多，少我一个不少。她甚至懒得等我把第一个问题接上就先疯狂抱怨了一通。

你想找什么样的？我终于找到开口的机会。

都行，不挑。

实习呢？

她摇头，说这几年都在家上网课，只做过一次远程兼职。

我转而问起方才的面试，嘉宝的话就跟她嘴里的饼干一样稀碎。她坦言自己太紧张，记不清答了什么，又急吼吼抢下主动权，向我打听各种经验。我把近十三年的职业生涯交代了一遍。坦白讲，我也不懂自己为什么如此有求必应，可这些话一出口，又好像能为我确认自己真的做过什么似的。意识到走偏后，我回过来讲怎么改简历，怎么准备面试。然而嘉宝显然没什么耐心听下去。

找不到拉倒，她说，谁不想天天在家躺呢。话落，人又弹回床上，一把搂住自己的狗头抱枕。眼前这张折叠床，在抱枕和珊瑚绒毛毯的覆盖下显得温顺很多，我甚至感到，这个自己花了两周都无法适应的角落，嘉宝只用了两天，就把它变得跟自己的房间一样轻松了。而我还在心神不宁地倒计时。

采样一大早就送出去了。不出意外，最迟次日上午离开。这些我没同嘉宝提过，当然，她也不会主动问。也许她再叫我帮忙看盒饭时，我已坐上那部翘首苦盼的大巴了。大巴行驶在久违的真实世界里，杂草，野狗，塑料袋，电瓶车匆忙划过空空荡荡的斑马线，想象中的一切，届时只和我相隔一扇防爆玻璃窗。

这几天，停车场上的大巴来往得越来越勤了，肉眼可见，楼里的人正在加速离开。甚至有一类消息开始在各个群流窜，再过一两周，这里就只出不进了。尽管也有相反的消息同时流窜出来，每一种都迅速收获了自己的拥趸。我无意求证任何一种，我就要走了。出太阳时，铁丝网上挂满了各种尺寸的内衣内裤和袜子。天将黑了，人们将音响开到最大，在空地上跳起广场舞。一切看上去和往常的小区没什么分别。大家几乎忘了自己为什么会出现在这里，何时能离开，来都来了，总得找点事做。人的适应力真强啊，难怪可以在漫长的地球演变中存活下来。赶得及的话，我想，饭后再看一次广场舞，这趟差就算出完了。时间线拉长，我对所在之处渐渐失去了评判的冲动或好恶的分辨，只想尽可能维持一份体面的平静。

嘉宝发消息说，晚饭我来打。

她捧着三盒饭走过来，连中午剩的那份也热好了，笑说，加餐。

我猜不出这是她表达歉意的方式、感谢的方式，还是仅仅一时兴起地找人搭伙。但我这人就是心软，面对面扒饭的偶一沉默里，我主动提起，明天要回家了。嘉宝甩下饭盒就走，再冲过来，手里捏着两罐百事。庆祝一下，她说。我勉强抿了一口。

明天想干吗？她问。

除了在家，还能干吗？

我们都很清楚，外面的世界依然停摆，回到房间，人也只能继续充当一个停摆的零件。

我是指一切恢复正常后，嘉宝说。听起来对这件事充满了确信。

如果不是小陈说他倦了，想换一种生活，我大概会一直上班，中途不幸被裁员，就找家新的公司继续。上班让我在这里拥有属于自己的位置，吃得上饭，付得起房租，拿得出不回老家相亲的理由和底气。总之，如果不是小陈，我大概永远不会想到停下来。去年冬天，小陈给我看了很多他想去的地方，我并未从中找到特别喜欢的，但和他一起去，我实在想不出有什么不好。我们约定过完年辞职，办签证，学语言，把两份存款的总和花掉三分之二后，再决定要不要回来。回来干吗？小陈打赌说，到时候我们一定会特别喜欢某个地方而选择留下来。而我想的是，在那个“到时候”里，我们也有可能走向无法调和的分歧。不过我还是按计划辞了，比他早三天，只是没想到，他走得比计划提早了更多。

我回道，跟你一样，找工作，上班。

嘉宝撇了撇嘴，继续吃菜。她吃很多的菜，很少的米饭，喝海量百事可乐，最后把我的也喝了。

当天晚上没有广场舞。饭后，室内喇叭开始循环播放一则通知，让所有人尽快收拾随身物品，有序离开。我早就收拾好了。走出来，草坪上停满了大巴，大巴和大巴之间的缝隙里则密密麻麻站满了人——他们直接跳过了收拾。一切简直像假的。恐慌在蔓延，盖过了从天而降的惊喜，大家来不及追问到底发生了什么，相互推搡着寻找属于自己的大巴，仿佛稍晚一步，这个机会就不复存在了。春夏之交的热气在白天结束后迅速散开，晚上的风吹进领子里有点凉。不知怎么，我在这个混乱的时刻想起了看林忆莲演唱会的那个夜晚。体育馆新建于郊外，散场后，主办方安排了开往市区不同方向的接驳车。我死活挤不上去，小陈在身后慢悠悠地说，一路走回去也蛮好，还能边走边唱《为你我受冷风吹》。天，已经是五年前的事了。刚落座，司机就急着点火，也许这一夜他还有很多趟要往返。那栋三层毛坯建筑在我身后渐渐变小，变暗。车驶入唯一的进出通道，路障被拆除，最后是空阔的马路，两边尚未封顶的楼盘，挂着“旺铺出租”的沿街店面，随后是高架，车流涌动，信号灯亮得刺眼——久违的音画接连袭来。

打开手机，早晨的采样结果始终停留在“检测中”。没有人告诉我，最后一次检测值是否达标。上方跳动的数字显示，还有三个小时，五月就要过去了。夏天来了，一切毫无征兆地结束了。

也许因为开得太快，也许是车里太闷，回到家，刚摘下口罩我就吐了一地。吐完，一阵奇异的失落迅速浸入全身。在倒计时里，此刻的我大概也已到家了吧，但那和眼前完全是两副情景。室内漫散着一股荒无人烟的涩味，一切都很陌生，叫我想不起这几个月是怎么过的，也说不出接下来该怎么过。很多事情压着我，又似乎都被抽空了，正如小陈曾误入的那种绝对安静却依然失眠的困境。我尝试收拾了一会，觉得浑身难受，索性把衣服鞋子统统扔掉，赤裸着坐在不开灯的客厅里。不冷，一点也不冷。哭不出，也不想笑，什么都不想。不知坐了多久，我拿起手机，第一次主动给嘉宝发消息。

到家了吗?

屏幕亮着，对话框里没有回答。

冬

一个好消息，一个坏消息，你想先听哪个?隔出两天，嘉宝又来问我。我本能地选择了后者，对悲观的人而言，先坏再好属于占了便宜，先好再坏则是功亏一篑。

坏消息是，嘉宝发来一段视频解释道，我爬进脚手架测试了三次，分别在晚上十点、零点和两点，没听到任何与房间里类似的声音，一丁点也没有，是我们搞错了。

那么好消息就是，我立即回她，里面真的有猫?

哎呀，我忘了，此处新增一个坏消息，嘉宝说，游戏仍在继续。

看来这部外挂电梯纯属障眼法，既没有让我找到第四只猫，也没能使嘉宝意外发现那股神秘响动的源头。我有点失望。跟随她的后置镜头拨开草丛，右下角那一小撮白色确实不像猫毛，倒像烧纸后残余的灰烬，下一秒就要被风吹走了。灰烬的周围，那片松松散散的脚手架，我不知道嘉宝是从哪个空当钻进来的。站在底部朝上望，仿佛置身于一口狭窄的烟囱或水井之中，尽管能借着路灯一眼望到嘉宝常去的天台的边缘，却无论如何都难以到达。

怎么还没造完?我问。

嘉宝说，这下好了，又得插播一个坏消息。几分钟后，她转来一份很长的聊天记录，横跨三天，楼群里正在商量追讨工程费的事，其中嵌套着大量更早以前的聊天记录。旧年征订，一月开挖，二月搭架，自三月中旬被迫停工，至今没有动静。大家反反复复确认过这条被扯得稀疏的时间线后，达成了一个共识，放弃幻想，不会再有谁来给这片工地擦屁股了。至于到底是工程队破产、携款逃跑还是物业甩手不管，群里众说纷纭。有人甚至提出了大胆的想法，要求底楼把事先收进的赔偿金拿出来，暂时补贴一下其他楼户。底楼当即跳脚，表示自己也只领到了头期偿款，加上门口这一摊破烂常年影响采光，扬尘又大，怎么算都是二十四户人家里顶顶吃亏的。

嘉宝补充道，最后哭惨的就是我妈，昨天为这桩事急得饭也吃不下，今天倒突然开心起来了。

我懂了，好消息是，你找到工作，你妈省了一桩心事。

嘉宝没有回我，此后几小时，她都没再出现。我想，确实是我多嘴了。只怪自己实在太想听到这样的消息，不知不觉就强加到了嘉宝身上。

原计划一个月内重新上班，实际情况却是，我在挑拣与被挑拣之间耗完了整个下半年。入夏后，行业看上去恢复得一天比一天好，但势头已去，回不到从前了。这样一来，除非自觉接受降薪，我恐怕很难找到合适的工作，再拖下去，简历也会愈发尴尬。国庆前，小老板曾私下联系过我，说自己预备带上部门的客户资源出来单干，问我要不要入伙。我大概听懂了他这番雄言背后隐隐暴露出的失业焦虑，面对邀请，我毫不犹豫。可惜此事再无下文了，估计小老板已在这波裁员潮里稳住了脚跟——也总有人被一脚踹了下去。我联系过几拨旧同事，不少和我处于类似的状况，频繁地约人喝咖啡，被人约喝咖啡，久违的热络无非是想在这个不算大的圈子里彼此打听，牵线。不同的是，他们中绝大多数拿到了一笔可观的赔偿金，叫我心里不是滋味。其中有一位，长我两岁，上学时同属一个足球队，早年也和小陈有过业务往来。四处碰壁后，他决心回老家了，走之前特意与我告别。

那顿散伙饭，我们吃得实在不算尽兴，明知彼此都攒了一肚子怨言前来，却碍于太久没见而不知从何说起。许多话周旋了半天，最后还是眼睁睁看着消散在火锅的热气里。无它可说时，对方岔开一嘴，向我询问小陈的近况。我说，快到布拉格了吧。照计划推算，这半年小陈已走过了越南、柬埔寨、泰国、缅甸，然后从土耳其转入东欧。我不过是在他提过的那堆陌生地名里随口报了一个，脑中就跳出了他背着包戴着墨镜的样子。对方感慨道，真好，真羡慕他。我点点头，终于感到彼此是同一类人，因为我们明白自己永远都不会这样做。

关于外面的世界，小陈一次也没在朋友圈分享过。最后一组更新还停留在今年春节，我确信自己没有被屏蔽。他只是不用了，不向任何人展示自己的生活了，包括我。这一路到底有怎样的风景和心情，我想象不出。我的想象总是止步于他从家到机场的那段路程，二十六公里，我在地图上查看了所有步行、骑行和打车的方案，反复猜测那天他中途切换了多少种交通工具，野狗有没有追，万象轮有没有坏，是否在桥洞里与人交换过食物，或在航站楼的落地窗下短暂留宿，又是如何通过重重关卡的。我隐约想起小陈提过一嘴，如果被问及出境的目的，就说去办离婚，还是，看病？没印象了。只记得那几天他最常说的是，受不了了。是受不了我，还是家里的空气？我安慰自己，任意两个人持续面对面都是要出问题的。嘉宝不也说过，答应上天台遛狗，无非是为了获得一个独处的机会。我和小陈，嘉宝和她妈，不过是刚巧被拉进了一个严格控制变量的实验里，实验结果通常由统计所得，而我和小陈这组，只能被归入无效数据。

嘉宝再次出现时，一口气带来了十多条消息。天色已黑，我又在家枯坐了一整天，其间浴霸又罢工一次，手机又摔过一回，一切同五天前的场景毫无差别，我却能清晰地辨认出它们之间的微弱变化，这些变化无不提醒着我，时间正在流走。

但嘉宝不同，她的思绪总是自带一条明确的筋骨，完全不需要依靠时间来串联或打散。她在想说话的时候上线，不想说话的时候离开，任何短暂的停顿或长久的中止都无法阻挡她在对话框中所保持的连贯性。

听着，好消息是——嘉宝将自己无缝嵌合进白天的话题里。我松了口气，仿佛自己也借由她的超能力挽回了几分虚度的光阴。

这次是一段发生在上午的聊天记录，由于包含大量语音，嘉宝只能先转成文字，再分批截图给我。半年来经由嘉宝不定期投送的各种脚本，我越发感到，身处对话之外观看陌生人的对话远比观影更有画面感。对于其中固定出现的几个昵称，我早已烂熟于心，他们常用的语气词，错别字，甚至对待突发事件的第一反应，我也总能猜出几分。不过这次的主角却是头回见。一个名叫“绿色心情”的邻居主动在群里表示，自己前夜也听到了101，也就是嘉宝说起过的那种声音。绿色心情的话很多很密，几点几分，怎么听到的，当时正在房间的哪个位置，做什么，又为何睡不着，描述起来反反复复，非常啰唆。他一边说，嘉宝一边帮他记录，并试图总结出一些规律，比如，平均十分钟一轮，一次轻，一次响，交替出现。而绿色心情唯一会打的字就是，对，对。他和嘉宝旁若无人地在百人大群里相互交换着意见，怀疑目标从小区对面的废弃工地到附近的地铁线路，方方面面，顺带复盘了洗衣机和加装电梯被排除嫌疑的全过程。热烈的讨论最终被第三个声音粗暴终结，某个熟悉的昵称突然插播了一条团购冬酿酒的广告，群里开始自发接龙——嘉宝就截到这。她的下一条是，我在对面工地了。

和绿色心情一起？我问。

怎么可能，老头子早躺下了。

看了一眼屏幕，零点将至。嘉宝的行动和她的思绪一样，始终无视物理时间的存在。我突然感到好奇，在对话之外的半天里，嘉宝都做了些什么？和我一样发呆，吃饭，洗澡，修理浴霸，还是？然而那样的嘉宝，又似乎和我完全没有关系。我努力让自己回到彼此的对话当中，并尝试着像她那样做一些摆脱时间线的思考。我问道，真的有第四只猫？

嘉宝破例给了一次提示，脸盆里的草莓熊就不是熊了？

我大悟，点开照片，游戏继续。两天前的太阳还未落下，寒潮也没有来。风不大，天空微微泛黄，一楼、二楼、三楼……顶楼天台上晒着谁家的床单和被套，快吹凉了，吹得毫无形状了。旁边垂挂着的一排浴巾里，有一块色彩稍显跳脱，放大，再放大，我看到了 Hello Kitty 标志性的蝴蝶结发卡。那片明亮的红色就这样牢牢扒住我的视网膜，叫我相信，抬起头，窗外也将有一团红色。

春

屏幕亮了，嘉宝发来一则定位分享，程家桥路。

那时距我问她是否到家已经过去了很久。我坐在客厅，人造革沙发紧紧抵住背上的每一块皮肤，直到背脊发麻，沙发也随之消失了。我就这样悬浮在一片漆黑当中，等待嘉宝的消息将自己射落。

我来看海蒂娜了。屏幕又亮起来，后面跟着十几个哭泣的表情。

地点，人物，心情，在嘉宝随机抖落的拼图碎片里，我一时不知从何问起，只是强烈地感到她想说些什么，而自己也全身心准备着听她说些什么——所有未出口的话，我十分确信，对于我们将如何度过各自的这个夜晚至关重要。此后，嘉宝的消息每隔几分钟就多出一两条，有时很短，有时长，像一叠被慢慢撕碎的报纸，句子七零八落地掉了下来。我不声响，一一捡起。

——她就在里面，我知道她在墙的另一面。

不过这个点她应该睡了，海蒂娜一向睡得比我们早。

她一天中最精神的是早上四点到六点。趁着大部分人还没醒，她在屋子里发疯。

不知道她最近过得怎么样，够吃吗，有人管吗？也挺好，我们受罪，她反倒获得了一点清静。

本来我以为今年铁定没法和她过生日了。

谁能相信，吃晚饭的时候我都不敢想，就这么出来了。

可是海蒂娜什么时候出来？

晚上我没有坐回家的车，人很多，挤来挤去，我找不到自己要上的那辆。我们住的那栋楼，工人拆掉了铁丝网，不断从中撤出各种设备、垃圾，还有我们每个人的折叠床。停车场越来越空了。我有点慌，看到角落还停着一辆，索性把行李箱扔进去了。车里人很少，没多久都到站了。司机转头问，哪里？我说不出，他就近找了个路口将我放下。你看，就是这么神奇，走了几步我才明白，这是我最想来的地方啊。一定是海蒂娜叫我来的——

嘉宝的句子越来越长，也许是夜里起风了，街上变凉，她缩着手，改为发送语音。这以后，她的话变成一阵阵骤雨，极细，极密，叫人看不到一丁点缝隙。不过，这些雨下到我头上，却刚好填满了房间里的所有空白。

——应该是十岁那年吧，我第一次见到海蒂娜，她戴一顶纸做的寿星帽子，面前放着插满水果的定制蛋糕。在大人的带领下，很多小朋友围成一圈开始唱生日歌，唱得很响很响。海蒂娜没什么反应，走过来三口两口干完蛋糕，用手指掏了掏耳朵，又回屋了，好像这顿饭同平时毫无区别。有人解释说，海蒂娜要午睡了，下午三点是她最困的时候。没办法，她是亚特兰大来的小明星，有自己的美国时间要遵循。

我妈说，真巧啊，和你同年同月同日生的。我走过去，翻了翻挂在她家门口的小册子，原来当天是海蒂娜生日的第二天。我们同年同月，但她比我大了一天，所以，我们刚好属于两个星座。她金牛，我双子。

我看海蒂娜是很像金牛的，内向，慢热，心里总有自己的小九九。她喜欢的地方就那么几个，秋千，门背后，还有台阶靠左的最高点。每次去，我都能在三秒内找到她。

有一年她家里装修，秋千被拆了，海蒂娜躲进临时宿舍的假山背后，用手指挡住石头的缝隙，谁叫都不肯出来。我妈说，你看，和你发起脾气来一式一样的。

其实不一样。我这个人，碰到再难过的事情，睡一觉也就忘了。海蒂娜搬回新家，一次也没去秋千那里玩过，她就是记仇，而且能记很久很久。

我妈答应，每年生日都带我去看海蒂娜。她几岁，我也几岁。如果搞个组合，我早就想好了，我们叫海宝组合。海发育得比宝早，没多久就像个大人了，还有自己的小家庭。做母亲后，她对吃的愈发提不起兴趣，我给她带过香蕉、面包，她都不要，对于过分热情的陌生人，她甚至怀有几分敌意。大部分时候，海蒂娜就在左边台阶的最高处抱膝坐着，弓着自己那副厚实的背脊，像一个背包客成功登顶后，静静欣赏山脚下的风景。也有几次，天热得早，她甩下孩子，绕着屋子来来回回地走，指尖朝下，一路划过粗糙的水泥地面，鼻孔里发出哼哧哼哧的粗重声响，大概在跟自己生闷气。

我妈说，你看，和你想不开的时候一式一样的。

我妈还说，人要知足，因为投胎、做人完全是凭运气。她的意思是，运气稍微差一点，我就会变成海蒂娜，而海蒂娜只要运气再好一点点，也能变成我。

那时候，我反倒觉得是海蒂娜的运气更好。生日一过，期末考试就要来了，海蒂娜不考，你说开不开心。从小到大，她什么都不用做，只要待在那就有饭吃，有懒觉睡，还有保姆，医生和特意来看她的人。

现在我懂她了，是我不配和她一起过生日——

嘉宝停下来，疯狂地点击哭泣的表情，几百个小黄脸垂着双行泪，瞬间占据了整个屏幕。

——十五岁以前，我妈总会给我们拍生日合影，海蒂娜最讨厌镜头，几乎每张都是我站在前面笑，她侧着身子在后面坐着，一团巨大的、模糊的黑色。拍照，乞食，微笑着握手，这些动作其他灵长类早就学会了，海蒂娜绝不这样做。她很清楚自己是谁，从哪里来，清楚自己正在长大、变老，也清楚自己早晚会死。海蒂娜什么都清楚，什么都做不了。

上个月在家里，我和海蒂娜的生日一天天近了，我没法想她，又无法不去想她。我们认识十年了，如果没有突然间成为她，我大概一辈子都不会认真考虑她的事。比如，海蒂娜的十岁约等于我的二十岁。换作现在的我，对于那样幼稚的庆生会又有什么期待呢。这么简单的道理，我却只能在成为她之后才明白。

老实说，成为她真的太辛苦了，仅仅两个月我就受不了了，海蒂娜呢，她有天台吗，想尖叫吗，她平躺在水泥地上偷偷抹过眼泪吗？无聊到跟随远处楼顶的钟声数数的时候，她会突然反应过来，自己将在这个有秋千和假山的地方住一辈子吗？她怕了吗？为了不害怕，她想过死吗——

嘉宝的声音颤抖起来，每个字都被失控的唇齿挤到变形。我想象她蹲在墙角、地铁口或是动物园附近的某条马路上，一边哭，一边对着手机拼命喊叫。嘉宝哭的时候，好像把我丢失的那份也一并带走了。我把手机搁在地上，于是茶几、饭桌、沙发，房间的每个角落都填满了我们的眼泪。

——我不会再找海蒂娜了，海蒂娜从不希望谁去找她。

回到家的第一个夜晚，我正是在这些句子中度过的。屏幕亮起，客厅里的事物随之微微发亮，屏幕暗灭，客厅重返一片漆黑。我就这样坐在亮与暗之间，任由嘉宝以自由的频率切换这一切。她出现，消失，出现，我看着，听着，一句也没回复。在某个等待的空当里，我曾尝试输入几行字。小陈把那只受伤的黑猫捡回家后，我们悉心照顾。黑猫喜欢白天在床底睡觉，夜里跑出去玩。回来，浑身脏透。某天起，黑猫不再回来了。小陈说，不用找，走了，就说明它全好了。我们依然开着窗，床底放着碗。写完，我把这些话删了，继续等待嘉宝的消息。直到天又亮起，客厅里的事物显示出各自本来的色泽。我起身，看到窗外的人骑着电瓶车，推着购物车出门了。他们并排走在一起，说话，遛狗，扔垃圾，一切变得和过去某条时间线上的情景毫无两样，而我依然能清晰地辨认出其中的微弱差别。早上六点，是海蒂娜一天中最清醒的时候，她在屋子里暴跳如雷，捶墙，摔东西，绕着假山反复跑圈。她那长而有力的手臂在空气中狠狠地甩动，与想象中的天敌或同类殊死缠斗，只有在这个时候，她相信自己可以离开原地。

我蹲下来，垂落双臂，手指甲重重地划过地板，引发窒息的刺痛。海蒂娜就在地板的另一侧，我就在海蒂娜的屋子里。很高兴认识你，海蒂娜。

冬

嘉宝说自己好像被声音绑架了。

她举了个例子，一个人坐在飞机上，机身不停摇晃、颠簸，耳边持续剧烈的轰鸣。那人很累，很困，只求原地静止几秒让自己速速入眠，可她是这样完完全全地被飞机裹挟着，飞机不停，人就一刻也无法宁神。

我懂嘉宝的意思，一旦觉察到那股神秘的响动，就再也无法忽略它的存在了。更糟糕的是，它只会越来越明显，直到占据整个听觉世界。

到了晚上，那声音就会准时找上我，嘉宝说。它们出现在楼道、车库、垃圾房，出现在她睡前的绵羊和走动的秒针里，偶尔也出现在梦里。它们时不时混进冰箱的杂音、空调的对流，还有狗的喘息里，或是牢牢附着在她的呼吸、心跳甚至每个无意识的吞咽动作上，相似的轻重，相似的节拍。识出这些让她浑身止不住地发痒，下一秒又在断裂的间隙内生出一丝失去依靠的焦虑。

我恨死它了。从前嘉宝有多想向人证明这声音的存在，现在就多想让这声音从耳边消失。

她开始研究轨道交通。自从排除掉对面工地的嫌疑，嘉宝的目标只剩最后一个，也是最难以求证的那一个。一张由将近二十条曲线交错构成的平面图表，它所对应的真实构造到底是什么样的？我脑中出现了蚁穴的形态，在被彻底掘毁之前，没有人能做到一览全貌。嘉宝则说，这叫盲人摸象。因为寻找地下的肌理就像是认识另一个完全陌生的城市，而且，只能靠想象。我能感受到她对这件事所溢出的全新的兴奋，正在无意间包裹住已有的痛苦。

我家就在这，嘉宝发来一张简易线路图。

她选取一条绿色曲线的首端打了个钩，并在某两站之间的空白处加了一个红点。嘉宝的意思是，小区方圆几公里内并没有设立任何地铁口，但根据这条线路的走向，列车极有可能每天都沉沉地在她家正下方几百米处反复经过。

问题是，她补充道，这条线在我小学时就开通了，从没觉出有什么异样。

别人呢？我问。

嘉宝拟了一张线上问卷发到各个居民群。主动填表的并不多，统计下来，除了绿色心情，另有三人表示听到过类似的声音，毫无意外，都在最近几周内。嘉宝分头找他们比对了具体印象，试图模拟出共同的规律，五到十分钟一轮，前次轻而长，后次沉而快，循环交替，贯穿整夜。她把这些参数发回到各个群聊，一夜之间，又多出三人表示，认真听似乎可以听到，区间被进一步精确为晚十点到早五点。这与地铁的特征的确愈发接近，只是持续时间刚好在正常的运行范围之外。而余下的人，尽管没亲耳听到，也纷纷选择了相信并开始抱怨地段太差，盼了十几年盼不到出门的福利，倒先等来了噪音。火气最大的要算绿色心情，他称自己的睡眠已受到严重干扰，连血压都跟着升高了。直到一位叫 Eric 的邻居，此前我从未见过这个昵称，晒出了自己当天写给市民信箱的投诉函。回执上说，会尽快联络交通部门核查清楚。至此，群内讨论搁置。

反馈结果在一周内出来了。嘉宝把截图转给我，没有多加一句解释。该线路无异常。最好的证据是，小区里没有谁在白天听到过类似的杂音。这一点，嘉宝本就知道。我能觉出她的沮丧。令人困惑的声音仍然存在，怀疑对象却再次轰然倒塌。眼下，她手里没有任何一条可以继续的线索了。

到底哪里出了差错？嘉宝问。她把每一步都抄送给我，无非想多一重局外人的目光寻找漏洞，然而我实在提不出什么有用的意见。更要命的是，我从未真正听到过那种声音。嘉宝，群聊，声音，一切仅仅作为占用内存的数据而显现，这让我觉得安全，又有些愧疚。入夜，我躺下来，想象自己枕头底下也有两条和嘉宝房间里类似的铁轨，几节看不见的车厢沿着它们来回奔跑。唰，唰，每一次折返都在坚持什么？我闭上眼，仔细听了一会，觉得列车很空，很轻，明明下一秒就要飞起来了，又始终被什么紧紧吸附着，无法脱离。嘉宝和几个陌生人零星坐在其中，耳旁呼啸，听不见到站的提示音。

出于安慰，我只好说，你要不要先躲一躲？

为了从自己身上剥离掉这层声音，嘉宝找了一份临时夜班。十点到附近的卖场仓库帮忙理货，通常三四点就结束了，回家之前，她总要先去一趟对面工地。于是，我收到的角度固定的照片不再是傍晚的天台，而是早晨的大湖，我们的找猫游戏也随之更换了场景。在晨雾和瓦砾的混合迷障下，我的成绩越来越差。嘉宝告诉我，其实她自己也不确定那些模糊的色块究竟是猫，还是别的。我明白，她只是想在这待着，直到五点过去。

嘉宝口中的大湖，从照片来看，类似于地基勘错后留下的一个深坑。也许是地下水渗溢，也许是下雨，总之，这片水塘所积累的深度已让它一时半会难以消失。嘉宝第一次见到是在夜里，她兴奋地告诉我，月亮就静静地落在大湖中央，后来照片证明，那只是一盏高射灯留下的投影。但这丝毫没有影响嘉宝对大湖的迷恋。她站在岸边，聆听野风刮到每一种施工机械身上所触发的响动，高低交错，质感不一。这些混响并未让她害怕，相反，她说自己好想爬上去摸摸每一种机械，就像摸摸每一个动物一样。可她发誓，再也不会去动物园了。我从没听过嘉宝所形容的这些声音，只是模糊地看到一排耸立在大湖后方的庞然大物，和天台尽头的烂尾楼一样，高大，又脆弱。天气好时，嘉宝会一直坐到太阳升起，整片湖面泛起微烫的红色。嘉宝拍给我，你看，这次是真的。等我醒来，太阳已经高过窗台。不过在我们的对话框里，时间从未断开。

嘉宝入睡，意味着我将出门。新公司在较远的园区，为方便通勤，我搬了家。新家附近也有一条开挖不久的地铁线路。礼尚往来，每次经过，我总会拍给嘉宝看。斑马线上人头密集，后方是被铁皮围栏隔开的施工现场，战壕一天比一天深长。

有一天嘉宝回复我三个字，宝矿力。

我问，什么？

嘉宝说自己刚从地铁爱好者那里得知，每条线路开通后都会被赋予一个昵称，通常以颜色和食物为灵感，比如红黄相间的叫番茄炒蛋，橙色的叫芬达，她把我拍的照片放大后发现，未来这条线路将以蓝白色为主要标记，就抢先给它取了名字。原来她还没放弃寻找地下声音的源头。我问嘉宝，经过你家的那条叫什么？

绿色的细细一条，你说叫什么？

我脑中一片空白。

嘉宝说，芥末酱。

我不喜欢芥末的气味，小陈喜欢，家里那一管向来是为他准备的。搬家时我没有扔，从旧冰箱转移到新冰箱，它的位置不变，始终处于海鲜酱油和辣酱油之间。吃炸猪排，小陈最喜欢取这三样混合蘸用。我告诉自己，不是的，不是的，保质期一到就会扔的。

我看到小陈的近照了。一位共同好友无意间在海外社交软件刷到了小陈，顺手转给我。小陈每到一处都会分享当地的植物和鸟类，最后放一张与陌生人的合影。这些习惯，我们一起旅游时他就有了。不同的是，小陈晒黑了，还练得更壮了。照片里总是好天气，他总是笑。皮肤一黑，他笑起来，牙齿也显得更白更亮，看上去毫无心事的样子。以前小陈下班回来，总爱跟我提公司新招的海归，说谁谁生了一张没受过欺负的脸，现在，他自己也是这样的脸了。我照了照镜子，觉得自己更像小陈的长辈，沉稳，又松懈，习惯了以最小的幅度伸缩嘴角，习惯躲在手机后面与所有人展开对话——这让我觉得安全，安全总是第一位的。真快，小陈绕北半球一圈，又一个冬天过去了，等这波感冒过去，万物都会走出冬天的阴影，变成全新的样子。嘉宝则坚持认为，是回到了原来的样子。我们的联系不能说在减少，只是我忙起来，就没心思一一答复了。脱离对话框，我不知道嘉宝在做什么，也有点记不清她的样子了。

大约一个月后，嘉宝转来一张截图。Eric 在居民群里说，那声音好像消失了。我问她，你呢？嘉宝发来一个点头的表情。我明白这种失落，被不告而别的失落。嘉宝说不出这种变化具体是从哪一天开始的，但就像突然听到那样，一旦听不到这声音，就再也无法捕捉到了。

也好，我说，夜班可以辞了。我的意思是，该有个正经工作了。

嘉宝听得懂。她说，一个好消息，一个坏消息，你选。我毫不犹豫。

坏消息是，年底的面试都没戏，春节又早，所以我打算——嘉宝等不及把好消息也脱出口了，她发来一张去云南的廉价机票——明天就走。

非得现在去？我提醒她，外面正凶。

管它呢，先补上今年没完成的毕业旅行，别的来年再说。

这还能补?

谁规定不能?

我没回答，或许自己也来得及辞了工作，半途加入小陈的计划之旅。他一定会随时欢迎我，以一种全新的兼具友好与距离的姿态。但我恐怕不会这样做了。

嘉宝说，啊，我知道了！！！她突如其来的激动叫我感到一丝久违的亲近。

知道什么?

我们被困的时候，他也被困住了，一定是这样。

谁?我问。

嘉宝没有理我，继续说，所以他要把落下的步数统统补上，你明白吗?现在他不眠不休，总算补齐了。

我想象着车轮压过两条钢轨的缝隙，发出不太规则的深沉的共振。唰，唰，他以一种近乎不讲理的决心，把被没收的时间一一捡了回来。

2023 年 2 月

动物之城

■ 侯永贞

侯永贞说，人活到六十，双亲健在，这个人没话讲，生来好福气。人活到六十，双亲没死，但不大灵光了，这个人就等于活成了哪吒。拿自己一劈二，削骨切肉，一三五还给娘，二四六还给爷。她叹一口气，有啥办法，爷娘养大，老来报恩，前世欠的债，万一熬不过老人，先蹬一脚，地府老爷还要骂你不孝，来世重罚。

我笑她，哪吒几岁你几岁，有面孔比？她朝我白一眼说，我比哪吒苦多了，欠爷欠娘不算，还欠了屋里一只猪猡，猪猡晓得什么，只晓得吃，只晓得睡。侯永贞提起鞋后跟，拿上电瓶车钥匙和保温饭盒，门一碰，留我独自在家。

养老院全封闭管理后，我保证，侯永贞的日子比哪吒要好过多了。老娘那头进不去，一三五就算解放了，二四六照常，早出夜归，买汰烧三件套。她爸情况比她妈好，能走会讲，就是记性差。侯永贞讲，真滑稽，人老了样样想不起，独独记账，一厘不差。说的是每月预付给她的买菜钱，此外再无半点辛苦费。这件事侯永贞最来气，寻个保姆总要挺出几张毛一天，女儿就可以凭空赖掉？也偏偏是这一点，她没法在侯永泉来我家吃饭时挑明了讲。姊妹隔张纸，兄弟隔层皮，侯永贞苦于没有姊妹，更苦于我不结婚。好几次听她在电话里跟熟人抱怨，老娘一死，老头子一碗水端不平，儿子当性命，我假使能拿得一分，做梦也要笑醒。她喉咙很响，声音穿过客厅和我房间共用的那堵墙，是特意说给我听的。

清水衙门捞不到好处，只能想办法减少蚀本。老头子的伙食，侯永贞从来都是做一顿劈三份，两份归他们父女，一份盛到保温饭盒带给我。伺候老头子吃好弄好，侯永贞顺便在那里洗澡，洗衣，看完两集黄金档连续剧，电瓶车差不多也充满格了。回到家，饭菜冷完，我早已饿过头。算是为了配合她，我愈发纵容自己的作息，过午第一顿，晚间第二顿，入夜熬不住，还要出门加一餐。起初她不知情，直到去年春末某个雷雨天，我犯懒叫了外卖，事情败露。和侯永贞碰面是次日晚上了，她从医院回来，一进门就说这年头钱不值钱，人不像人，退休的在外奔命，有手有脚的倒乐得躺平。又说自己老来没人管，哪天像她妈一样瘫掉，直接去跳黄浦江。阴阳怪气，句句冲着我来。我想她大概出门前就看到垃圾桶了，天知道这把火气是怎么从早忍到晚的。还是说，火气会像痔疮一样越憋越大，越胀越痛。我本来只当聋掉，小便一趟，实在受不了她用指关节拼命叩击饭桌，就顺口还了几句，好死不死，提起了约二十年前一桩丑事，直击靶心。

那是冬天，侯永贞在浴室洗澡洗到昏倒，赤膊抬出来，被其他客人举报洗衣服，倒罚五十块。我赶过去，她正和老板火拼，一身大红色棉毛衫棉毛裤，指头戳着对方大骂苏北泼皮。骂累了，侯永贞撩开更衣室门帘，抄起满地带水的拖鞋往收银台扔，老板一边叫停，一边吃力接住，那场面，不好说谁更泼皮。事情到最后惊动了马路斜对面的派出所，两个民警强行将她架出去，冷风一吹，氧饱和度上来，她提起那桶洗到一半的脏衣服往家里走。五十块是我付的，其实没有谁开口追讨，是我自己非要找个办法了结它。重返浴室的路上，我的手和牙齿都紧张到发抖，像要去打一场硬仗，虚弱又勇猛。咬咬牙，两个月的零花钱甩出去了，在众多毫不知情的新客人的注视中，老板愣了一下，开心收下，他对着进进出出的面孔说，小囡大起来肯定有出息。侯永贞却拿我穷骂一顿。她和老板的意见相左，说我今天敢造掉五十，下趟就要败光一个家。当时也是在这个客厅，也是这块玻璃台板被指关节敲得砰砰响。

旧事重提，侯永贞动气了，我才反应过来那段更为尴尬的后续。据说当天有几个男的趁乱跑进女更衣室看裸体，其中一个是同小区的，看完，回去传开了。确实不该提，我心里有点悔。那男的就是吃定她没有男人可以出头，才敢这样欺负。意识到侯永贞的气息越来越微弱，乃至于断断续续时，我真的太后悔了。

侯永贞不再骂，走过去一把推开防盗门，她说，有本事三顿外头解决，我养盆花养只狗，也比养你好。风灌进来，室内室外一样冷，我意识到在这样的关头，我必须出去，无条件出去。戴上帽子穿过客厅，我想瞥一眼侯永贞，帽檐作怪，只瞥到那块被她压在手掌底下的玻璃台板。老照片挤在一起，企图隐瞒彼此年份里的记忆碎片，其中一张漏出一只角，我认得出。在和平公园，我爸四十，侯永贞三十五，我十岁。一眨眼，我快要追平她的年纪。

那天晚上，我的视力出奇地好。倒垃圾时间过了，散步的人回了，侯永贞在家，我出门，火气消散，奇迹就出现了。人们在室内，也许会看见我，但就像看见窗外掠过的一只鸟，很快忘记了。而我明明忘了戴眼镜，竟看得清他们的一切：阳台，客厅，新装修的或是夸张到过时的吊灯，褪色的奖状，水蒸气，盆栽，电视剧里拙劣的演技。所有明亮处都成了电视的一部分，我张望着，随时调台，退几步随时调回来。暧昧不常有，我看到一个男的收完衣服埋头闻了闻手里的胸罩，又匆匆挂回去。一个女人突然大哭起来。我停下，听了很久才敢确认，那是一道数学题。她的嚎叫从“不想教了”上升为“不想活了”，孩子始终一声不吭。像一阵雷雨，她收住了，四周比原先更安静。这样的年代，鸡兔同笼并相互折磨着。大部分窗口是平平常常的，洗衣机发抖，坏灯泡跳闪，一切无色无味，仍值得仔细观赏。我想起小时候逛动物园，不愿错过任何一个笼子，里面关着什么样的品种，吃什么，做什么，发出什么样的声音，一举一动都盯住不放。有点懂了，眼前这么多笼子，我走出来，就成了和他们不一样的物种。

小学毕业前一年，浦东的野生动物园开了。侯永泉的双胞胎女儿嚷着要去，他特意跟侯永贞打过招呼，带上了我。等车的队伍很长，好不容易启程，路上却一个厉害角色也没碰到。天太热了，动物和人一样犯困，懒得出来。隔着玻璃看了些不痛不痒的品种，车往回开，颠着颠着，大家都睡着了。侯永泉还是很精神，提了些问题，企图让两个女儿回顾当日所见，见没人开口，只好自问自答。他总是这样，习惯扮演一个三百六十度体面的大人，脾气好，耐心足，处处为别人多想一步。侯永贞却喜欢当面戳穿他，不要假了，假给谁看。

侯永泉问，你们喜欢西郊动物园还是野生动物园？

其中一个醒过来，被舅妈抱着。兰心和竹心那时还小，我常常分不清谁是谁。做父亲的大概没这个困扰，他引导她思考，竹心觉得，这两个地方有啥区别？

我走，它们看，竹心说，和它们走，我看。她的声音很尖，吵醒了兰心，两个人爬到爸爸身上，正中游戏的红心。同样的问题，侯永泉又问了一遍。

兰心说，我喜欢西郊，因为它们有家。

竹心说，这里的动物也有家呀，它们自己的家，不让你看的。

竹心的门牙掉了，讲话漏风，自己的“自”发不出来，只听得一阵急吼吼的“嘘”。侯永泉表扬了两个女儿，又问她们今天开不开心。那声二合一的“开心”响亮又拖沓，吵醒了别的小孩，车里瞬间骚动起来。我转头，看到窗外有一只与车平行前进的鸵鸟，一路上见过好几只了，惊喜不再。它倒丝毫不受影响，也许车玻璃太厚了，它什么也没听到。日头暴晒，四下灰尘翻起，这只鸵鸟为什么要暴走，是因为开心，还是恰恰相反？奔跑使它的脸被风吹到变形，微微侧身时，我们彼此惊讶的目光短暂交会，我只觉得它更丑了。

转过头，我插嘴说，如果老虎狮子全都跑出来，对着我们的马路和房子看来看去，它们也开心的。

兰心愣了愣，吓得要哭出来。

侯永泉说，宇明想的，也有一定道理。他还是这样，努力维护每个人。于我，也许是想展示舅舅对外甥和女儿的同等关照，也许是对一个不久前丧父的男孩的充分理解。他多半以为我是受了这个刺激才喜欢唱反调的，而我不这么觉得，我那时似乎快到了不合作的年纪，两只脚已经踩在叛逆期的门槛上了。

对着一排不锈钢防盗窗想起这件事时，我变得振奋起来，并以此为起点，认认真真兜了第二圈。夜深后，灯光灭掉不少，仅剩的几处更亮了，那种昏黄而神圣的光泽，让安静化为一种有毒气体，人们缓慢吸入，直到彻底失去意识。侯永贞的防盗窗背面，帘布拉得很死，她和所有人一样，积攒精力，为了醒来后更好地相互消耗。而她隔壁的卧室，一片黑暗，我识得出那种空荡。那天起，我似乎知道要用什么来填满它了。

我在网上看了大量室内相册，也淘过几本便宜的二手影集，都是日本的，拍出来干净敞亮，总觉得假。碰巧侯永贞经常看家装节目，那会正火，卫视和地面台都在放，我就跟着一起看。我喜欢看改装前的，她喜欢等两个月后的。两个月在电视里不过是三个广告一泡尿的功夫，侯永贞跟着当事人一道尖叫，一道掉眼泪，仿佛自己就是委托的业主。那些面目全非的改造案例，一旦翻来覆去地放，渐渐就免疫了，甚至能识出一些事先安排好的痕迹，我讲给侯永贞听。她死活不信，说一个人装是装不出这么激动的。我们聊那些房子，聊房子所在的马路和附近的公交线路，回想曾经去过的某个与它相关的地点，这倒让彼此的关系有所缓和。有一天她突然问我，装修是不是免费的？得知有赞助商，她立刻打电话报名。我问，那我们住哪？她没接话，只说这样一来，给你做婚房也登样。她还没放弃这个念想。电话打出去三四个，只有一个节目组来访，前前后后两分钟，照片没拍，居住需求也没问，只说隔几天给回音，就再没回音了。侯永贞不肯死心。侯永泉来吃饭时这样劝她，阿姐想想看，电视里的房子是啥样子？侯永贞答，带阁楼的，装木梯的，拎马桶的。侯永泉笑，这就对了，阿姐屋里条件太好了，设计师没发挥空间的。侯永贞骂，老公房有啥好？侯永泉说，标标准准两室一厅，有啥看头？侯永贞一听，就赖到我身上，说我每天夜里跑出去看，是想房子想到发疯了。侯永泉宽慰道，宇明想寻点事做做，也是好的。我多少懂一点侯永贞对她弟弟的厌弃。所谓绅士风度，无非是事不关己。

没多久，我迷上了 VR 看房。把时间花在不断剥开、剥开的两个手指头上，总能从一片杂乱中找出被掩埋的秘密。看厌了，就萌生去当中介的冲动，去附近门店打听，店长立刻拉住我加微信，说年纪不是问题，本地人有绝对优势。我兴冲冲参加了几天培训，发现每天要做的是打卡、开会、背房源、默房源，好像回到了小学语文课上。问毕业两年就当上销冠的小姑娘，她说，拿钥匙啊，起码半年后。我落得没劲，听写了一个礼拜，撤退了。对此侯永贞没说什么，只是反复庆幸自己没有为我那套重出江湖的西装而买挂烫机，省了一大笔钱。

去年中秋，我在本地论坛看到一封喂猫求助帖。不远，骑车一刻钟，我接下了。后来那人又推了三个朋友给我，浦西浦东都有，我说国庆加价，对方同意了。整个假期我没空散步，过午出门，按最省力的线路来，跑到最后一家也已经天黑了。这就叫登堂入室吧，比站在窗外看体面多了，五分钟例行公事，五分钟留给自己。如果没有摄像头，就找个沙发坐坐，或是借着陪玩的机会，转到厨卫看看，阳台看看。世上没有同一只笼子，当老虎的，当兔子的，各有各的样子。身处其中，我想象自己也是老虎，兔子，过着老虎和兔子的生活。看得差不多了，关门，起身去下一家。这些，只有猫知道。

■ 皮司令

侯永贞总喜欢说自己忙兜兜，忙兜兜。实际上据我观察，一三五不去养老院以来，侯永贞早起买好小菜，先和她妈的护工通十分钟电话，监督一下喂饭、擦身和换尿垫，剩下的时间都在跟皮司令聊天。天冷不冷，小菜几钱一斤，超市里哪样又抢空了，驾驶员怎么凶一个不肯戴口罩的人，她样样冲着手机喊，像在对视障人士极力描绘真实的世界，企图唤醒他记忆里残存的画面。我就触霉头了，明明长眼，还要被迫听她说一遍，说完，再听她公放一遍自己喊过去的话和皮司令喊回来的话。偶尔静下来，两个人会连着语音看同一个电视频道，充分享受每句台词都加混响的快感。前几天我干完活回来，两个人竟然还没断线。侯永贞一见我就抱怨家里网络不行，问能不能换根快一点的线。我提醒她，再快也来不及，几点了，你忘了你弟要来吃夜饭的？侯永贞从沙发上跳起，又开始说自己事情多得做也做不完，一刻不得空闲。

饭桌上，侯永贞主动提起皮司令。全怪这个人，烦得要死，一天工夫都叫他造光了。

侯永泉早忘了，问，哪个司令？

中风的那个，我插嘴。他真是一点都没听进他姐说的话。

春节前侯永泉来我家吃饭时，他姐姐就说起过，自己弄完老娘，在门口碰到一个熟面孔，交手几句，得知对方来看师傅，哪个师傅，一打听，是平日里不经提醒绝对想不起的那种名字。对方说，人生了毛病是会变噢，我师傅千年苦瓜面孔，三句话敲不出一只闷屁，地府门口兜一圈，回来晓得惜命了，碰到人就要讲闲话，不讲足三刻钟不许走的。临别还拉我手，千关照万关照，再来看我噢，一定要来。嘴巴不停，眼里也湿答答。

当时侯永泉问，几岁？

侯永贞说，还有半年退休。

侯永泉吓了一跳，年纪轻轻住进去等死？

侯永贞说，实在没地方去，只好先送到此地。

全瘫？

坏不到老娘这一步，就是半边动起来吃力，要慢慢康复。

老婆不管？

搞不清。

我只记得，那天侯永贞说起此人时相当厌弃，因为她确实不巧，在打通两栋住院楼的走廊上碰到几个被小护士推出来做康复的人。老同事没有夸张，但凡眼里有一丝熟，皮司令就激动到当场落泪，拼命拖住对方要掏心挖肺。话里无非是把中风当日的前前后后交代一遍，迄今为止花掉多少钱当面清算一遍，侯永贞讲，老娘那点花头，我背都背得下来，还要听？看得出她有点冒火。侯永泉说，我怎么不记得厂里有这样一号角色了。

皮思荣，就是发大水那年抱了被头枕头到顶楼车间过夜的那个，蹩脚货，她讲。

现在不一样了，说起皮司令，侯永贞恨不得一口气把事情的来龙去脉讲清楚，尽管我和侯永泉都毫无要深入了解的意思。一顿饭下来，我们被迫听了些足够上《老娘舅》评理的狗血剧情，毫无疑问，皮司令正是那个吃尽哑巴亏的悲情女主角。照侯永贞说法，皮司令在中风前一个月离婚了，公婆俩商量好，男方拿户口迁到老娘屋里，一面等拆迁，一面以个人名义摇适用房，中了奖再结回来。听到此处，侯永泉轻微扶了下眼镜，估计是怕他姐从中看出什么名堂，活学活用。但侯永贞当下只顾为皮司令抱不平，哪里有空动这种脑筋。她说，要命吗，拆迁风声等不来，倒先等来老婆同一个小学同学的风声，哪会吹过来呢，是对家老婆亲自上门来哭。侯永贞转述完皮司令所转述的另一位受害者的话，还添油加醋地说那对宝货早有花头，一口咬定离婚就是个圈套，专门拿皮司令套牢。她叹气，吵来吵去，血压没控制好，差一步人财两空。听得出，侯永贞的信源只有皮司令一处，但她全部吃进，并献出了自己所有的同情心。

大的不管，小的也不管？侯永泉像《老娘舅》主持人一样冷静发问。

老早成家了，她故意看了我一眼说，孙子也要考民办小学了，老婆刚刚养出两胎，皮司令就叫儿子不要来，不要管。

叫不来就真不来啊，做得出，她又狠狠补上一句。

侯永泉大概是懒得听下去了，岔开话头说，宇明最近蛮忙，是吗。

一上班就忙，侯永贞抢在我之前开口。她想得意一下，又生怕叫侯永泉晓得更多，毕竟在她眼里我只是个做家政的。尽管此前听说行情和市价，她吓一大跳，甚至这样问过，要么，我也去喂喂看？被回绝后，侯永贞命令我恢复以前上班的习惯，每个月上交两千块生活费给她，我只好同意。

侯永泉没往下问，显然他并不关心我具体做什么，只是一旦确认家里多了份固定收入，有些话就更好开口一点。上门吃这顿饭的意思很明确，养老院一封闭，全天候护工就跟着涨价了，一人一半，他这趟是受老婆的指派来要垫付的费用的。想也不用想，侯永贞肯定会先拿养老院骂一通，但骂完，她终究要同侯永泉平心静气算这笔账。两个人分担一双父母，不仅要拿自己当一劈为二的哪吒，还要把父母也切成一块一块，样样放到天平上去称一称。

侯永贞接过话头，问起竹心在美国好不好，口罩买不买得到。侯永泉说，有也有的，就是外国人懒，不肯戴。她又问起兰心的小孩上哪种早教班，价钱大不大。绕来绕去，主要是想灌迷魂汤，她晓得侯永泉一讲起女儿就会变一个人。当年竹心和兰心录取同一所师范大学的同一个专业，从此找到了不再属于共同体的自己，竹心考完硕士考博士，快三十了还在外头苦读。兰心毕业后分配到市重点教书，找了个同事结婚，小孩也蛮大了。侯永泉说，我养两个女儿，一个为自己国家做贡献，一个在外国做贡献，伟大吗，牛逼吗。只有在这种时候，他才会暂时忘掉一贯的绅士戏码，罕见地翘起尾巴来，而侯永贞只能听听不响。其实她也不是没有过这种神气的时刻，很多年前，当着一桌亲眷的面，侯永贞主动开口邀赞，我们宇明本事大吗，上海滩第一高楼噢，随便进随便出。大家夸她，也哄她说这么多年一个人辛苦了，她就放下筷子落眼泪。现在这些没了，总算还有一点好，侯永贞至少可以靠谈起两个外甥女让她弟暂时忘了来要钱的任务。

姐弟俩的太极从饭前打到饭后，核心话题迟迟没能摆上台面。我起身要走，侯永泉说，宇明辛苦噢，还上夜班。我点点头，戴上帽子。剩下这两户都不算远，但也不算顺路，要说共同点就两个，开门用钥匙，家里没装摄像头。第一户阳台朝西，正对一片平坦的工地，疫情期间停了，刚好留出视线给远处的滨江绿化带。夜晚的光线走到某个位置上起，黄浦江就折叠了，两岸的写字楼聚拢在同一处，像峭壁，跳下去就是流动的深渊。我不开灯，和猫待在一起，静静看上个把钟头。以前侯永贞不管走到哪，只要望见那个扁扁的开瓶器，哪怕只有一角，必定要拍下来发给我，意思是，我路过你了。她就是这样，情愿忽略这中间插着的无数栋彼此遮挡的高楼。我跟她解释过很多次，我的办公室在二十三层，相当于开瓶时虎口握住的位置。这意味着无论从哪个角度拍，她的照片里都不会有我。为什么一栋楼仅凭高度就能带给人这样强烈的虚荣和满足，人们爬上顶峰一览众山小的时候，从来不会想知道远处的山里有什么，自己脚下又踩住了什么。

第二户比第一户小很多，但有一套极舒服的组合沙发。这个惊喜源于一场毫无征兆的大雨，我被迫留下来陪猫多玩了会，它睡着后，我只有干等。再睁眼，天黑了，猫还在脚边，外面的地早已干透了，太久没有过这样稳妥的睡眠。此后我把上门频率改成两天一次，到了先拉窗帘，反锁大门，躺进沙发睡一觉。真的神了，这沙发好像一旦触碰到人体就会释放出某种元素，叫人以快到难以置信的速度失去意识，但又不提供复杂的做梦功能，因此睡着的每一秒都是待机充电。充完，我会在一个钟头内把近三天的事全部做完，排日程，清账单，更新表格，把操盘手发来的照片一一转给客户，再提醒两方确认收发款，这多少让我找回点从前上班的感觉。目前为止，我已经找到三个操盘手，合作起来很顺畅，应该算得上各取所需，有人急着赚钱，有人要宠物活着，而我只想要看更多的笼子。这个让人随时入睡又随时振作起来的小房间，我愿称之为猫笼。业主是个刚毕业的男孩，从墙上地图的标记来看，他就在两站地铁开外的高新科技园上班。家里除了沙发，余下空间都让给宠物。这样的独居生活，我想象过无数遍。以前总是羡慕外地来的同事，远离父母，在哪里工作就在哪附近找房，跳了槽，大不了重新换过。玩真心话大冒险时提起，却遭到一桌人强势围攻，有女同事觉得我身在福中不知福，愤怒地说，你要是觉得好，自己搬出去试试。之后当话题转向相亲中碰到的妈宝男，她的眼神有意无意朝我扫过来。其实我跟侯永贞提过几次，她没松口，坚称有钱租房不如攒下来买一套，那时她已相当操心我结婚的事情了。不过这些都是旧话，忘掉最好。工作完成后，我关掉落地灯，猫、沙发和周围的漆黑融为一体。只剩下一双发亮的眼睛牢牢盯住我，我想，这是因为我的眼睛也正在燃烧。

头痛差不多是从工作第四年开始的，大多数情况撑到下班，回家倒头睡一觉，第二天又是一条好汉。但经过一年的高强度出差，我的作息彻底乱掉，夜里睡不着，早上起不来，睁眼闭眼都是失重的状态。当时从家到地铁先要坐四站公交，下来转三部地铁，分别经受虹口足球场和人民广场的人海考验，最后突破陆家嘴的防线熬到办公室时，整个人如同死过一遍。好在没多久家附近挖通了新线，不用花半个钟头堵死在公交上了。但过于密集的换乘经常让我忘记要去哪，面对消失在各个风洞的人头，我甚至搞不清自己是上班还是下班。新建的地下过道里滑散着一股刺激的三夹板气味，好像还带着点血腥和酸臭。我睁不开眼，只觉墙太白了，广告板太亮了。有一次在扶梯上两眼一黑，突然弯了下去。类似的状况之后又出现过两次，醒来，看到自己被陌生人团团围住。他们的头聚拢在我上方，目光垂直落下，见我开口，又迅速散去。我看了看手机，每次都只失去十秒左右的意识，三次加起来也不过是乘直梯从地面降到站台的时间，并不耽误什么。去检查，一切正常，我的头、胃，我的脊椎，都没有显示出过早报废的迹象。肿瘤指标证明，我身上也尚未存在我爸的致命痕迹。医生建议去看精神科，精神科建议服用抗焦虑药物，他们都说，最重要的是调整好你自己。而我的想法刚好相反，我当时想，如果自己身上找不出实际可见的问题，就只能调整自己之外的东西。

我决定从侯永贞引以为傲的地方离开，回到学生时代实习过的公司，这让她挺不开心，和朋友聊天，还是三句不离那个高耸的开瓶器。要命的是，头痛并没有因为工作强度减弱而得到缓解，我甚至开始在办公室出现幻听和失明。我把问题怪罪到公司新换的廉价家具上，一路跳槽，事情开始失控。痛苦的不仅是头，还有自己对于每走一步都是错上加错的无可阻挡，像经过一个光滑的下坡，我脚里只有一辆手刹失灵的独轮车。我跟侯永贞摊牌，扛不住了。她又哭又骂，打电话叫侯永泉来。从小就这样，她不相信看不见的东西，如果看不见，那就是自己心态没摆正。侯永贞最常举的例子是自己，她说，你看看我，一个人拖大你，再苦再累也过来了，人都是这样的。她最喜欢说最后这句，用来总结自己，也用来刺激我。每当我不想做感到为难的事情时，她就会这样说。但我那时就是不行，我努力了，真的过不去了。

侯永泉劝了几趟，最后跟他姐姐说，道理也是有的。

他反过来劝侯永贞不要再管了，他说，等宇明身体好转，不用你讲，自己会重新上场的。侯永泉给出的保守估计是半年到一年。可惜他和我都搞错了，比赛双方既不是我和职场，也不是我和时间。在这场较量中，我并不拥有一次叫停的权利。最后一次面试，我回到家，脱掉西装躺下来，看着侯永贞出门前留下的电视频道，北极熊扒着一块浮冰，坐在近乎融化的海平面。一个男低音平静地说，这头幼熊已在茫茫海上漂了一年。我想，和我差不多。男低音继续说，看着自己脚下的冰块一天天变小，它除了等，没有别的办法。此刻它心里在想什么？失散的家人，还是地球的未来？字幕跳出，这集即将在一串冷漠的疑问句中放完，我没有力气换台。看着那头幼熊如同雕塑一样的背影，我突然觉得它并不关心什么家人或者未来，只是企图通过反复回想来确认一点，自己从前到底是活在地面还是海上，尽管答案不再重要。字幕滚动，镜头向上摇，摇向远处的夕阳，血红的，把画面底部越来越小的北极熊照成一团冰上的火。它烧起来了。而现在，只有在这间漆黑的屋子里看到那双发亮的眼睛，我才能忘掉，自己已在冰上坐了五六年。

■孔青青

侯永贞在饭桌上问我记不记得一个叫孔青青的女同学。谁啊，我说，初中还是高中。你小学隔壁班的，她说。我还是想不起，侯永贞就开始帮我回忆，孔青青比我小三个月，她爸和我爸在杨树浦一条弄堂里大起来，爷娘都是毛巾厂的。我说，三代头的事你还记得清。多了，她讲，我还记得这个孔青青生得像爸爸，皮肤墨黑，大蒜鼻头，同秀气两个字一点不搭边，女大十八变，肯定整过容了。

我吓了一跳，她居然能认出别人家小孩三十多年后的样貌，就问是在哪里碰到的。

电视里呀，名字就写在上头。

啥电视?

都市台的相亲节目。

我没反应过来。

不是倪琳那个，是新出的，一个老头子主持的。

我大概有印象了，平日里她常在饭前饭后看重播，同家装节目一样，放来放去总是那几个牵手成功的片段。

会不会是同名同姓？我问。

三十五岁还要上电视台相亲的人，全世界挑得出几个来啦，她反问我。

我生怕侯永贞又要抄电话号码报名，提前打预防针说，电视台招募嘉宾，等于是出款买一批演员，真真假假天晓得。

侯永贞问，卖相不好也可以当演员?

普通人演普通人，有啥不可以。

侯永贞点点头说，放在一排女嘉宾里，孔青青气质还算蛮好的，关键是人笔笔挺，又瘦，像模特一样，亏就亏在岁数。立了几个礼拜没下去，还老欢喜主动点评男嘉宾，照你讲法，这也是演的？

天晓得，我说。

饭后，侯永贞打开都市台，大概是想向我证明她没认错。但老实讲，我脑中始终没能浮现出一张可以对应孔青青这个名字的面孔，也许同校五年，她不过是众多迎面走来却被我立刻低头岔开目光的女同学中的一个。侯永贞把头凑到电视机屏幕前，等来等去还是那几个牵手成功的画面，后排嘉宾无非是一晃而过。她那只随时准备伸上去指点的手，直到广告出现也没找到合适的机会。侯永贞有点动气了，不知道是冲我还是冲相亲节目，她拍了拍机顶盒骂道，啥意思，看一眼女嘉宾会死啊？

几天后，侯永贞又在饭桌上提起孔青青，当时侯永泉也在。她以一段粗糙的手机录屏佐证说，真的，孔青青离过婚，原来老公是做生意的，两个人结婚一年半，小孩还没来，老公就同人家好了，孔青青心狠噢，隔手拗断。今朝有个小青年，当警察的，孔青青一眼相中，挖出心肠来表白，老感动的，两个人差一点点牵手了，结果男的大概觉得年纪过不去，缩卵逃掉了，你讲讲看，尴尬吗。侯永贞总喜欢把电视里放的事说成是当天发生的事。

侯永泉问也不问就安慰道，多立一场么，多一点曝光率，也蛮好的。

好啥好，表白失败，镜头还盯牢人家小姑娘穷拍，孔青青这张面孔噢，哭也不对，笑也不对，演是演不出来的。

侯永贞的后半句很明显是说给我听的。

我说，有啥办法，想上电视就不怕人家来拍。

侯永泉并不清楚我们在争执什么，没头没脑地问了一句，阿姐要帮宇明报名？

为了就地浇灭这个话头，我率先发起攻击。隔壁台还做过老年相亲，两阿哥、三阿哥、大阿妹、小阿妹，全是退休金用不光，郊区还拆得好几套的狠角色。

侯永贞讲，要死啊，瞎讲有啥讲头。

侯永泉跟风笑道，倒也蛮好，阿姐想去吗，去的话，我同宇明肯定全力支持。

侯永贞白了我们一人一眼，快点吃，吃好快点跑。还关照侯永泉走前把鞋柜上那几包口罩带回去，都是她在拼多多群里拼来的。侯永泉似乎也想起了什么，转身从包里翻出两袋东西，说是兰心老公托学生家长代购的野山参，放冰箱里，每天切一小片泡水，增强抵抗力。姐弟俩一来一回，客气里少了些平日相互试探的心虚，如同长期坐在跷跷板的两端，终于进入到一个刚好可以借力稳住彼此的平衡阶段，背后功劳全在老娘。近来养老院总算松了一道口子，同意每床放一位家属进来照顾，条件是三天测一次核酸，费用自理。侯永贞主动请缨，侯永泉答应报销，人钱到位，两头落得开心。疫情不见收场，侯永贞却迅速恢复了一劈为二的固定作息，这中间即使加了道繁复的程序，也不影响她的心情。很明显，她给自己的实际定位是做一休一，二四六任务观点，一三五劲道十足，老清早爬起来洗头洗澡，再认真吹干。我笑她，有啥用，电瓶车头盔一压就塌了。侯永贞嘴上不理，悄悄跑回自己房间，往包里塞了一顶紫红色绒线帽。临走前她问我，宇明，妈妈老吗？我说，比我年轻。

回来后我问她，外婆好吗？

侯永贞说，天天有人上门服侍，会差到啥地方去。

我又问，你那个同事好吗？

侯永贞换了副面孔讲，小青年关了死人堆里，譬如坐牢。不过每天晚上的黄金档连续剧，两个人仍旧是连着语音一道观赏的。好几次进门，客厅里响着一阵浓鼾，我竟分不出那是从沙发上来的，还是手机里来的。

吃完饭，趁侯永泉去小便的工夫，侯永贞戴上老花镜从茶几底下掏出一张超市邮报。她指着角落里那处手写字迹说，电视上留的微信，我抄下来了，你去联系一下。

上面写着“@爱生活的孔蜻蜓”，我说，搞错了，这不是微信。

侯永贞不管，特意提醒我，孔青青的择偶标准里第一条就是有爱心，喜欢小动物。她自己家里养了一猫一狗噢，她说。

我看了一眼侯永贞，她正好也朝我眨了一眨，顺手把那只角撕下来送进我上衣口袋，朝那里连续拍了几下。等我再摸出来的时候，纸条刚好随着手机飘进收银台的避孕套货架后面，店员伸手进去，似乎够不到。我说，没关系，不要了。她点点头，迅速将手抽出来。

有会员吗？

加两元赠饮料有需要吗？

要加热吗？

店员声线甜糯，带一点故意示弱的鼻音，但也许是工作过于机械，她语气中的冷漠远远超出了这种特质，开口一句赶着一句，唯恐稍作停顿就被对方打断询问。我当然不会这么不懂眼色。

这家便利店开在猴笼的小区门口。猴笼是一间很小的书房，从装修摆设来看，实际只是一间游戏室，里面除了一个超豪华曲面屏和一把按摩椅再没别的。猫在客厅墙角吃饭的时候，我喜欢躺在按摩椅上转圈，转到某个位置上，刚好能望见猫的屁股，它每吃几口也会谨慎地回头瞄我一眼。再转一点点，又可以透过小半扇落地窗看到外面的风景，柳树叶子已经挡不住地绿起来了。

和我常出入的地方不同，这里没有违建和小生意，路上车多过人，高大的门庭谢绝一切可能发生的窥伺。所幸身在猴笼，我可以借由此处望见大约五十米之外的笼子，小孩在地板上支起帐篷假装露营，餐桌上有玻璃花瓶但不一定有花，电视屏幕亮起来的时候，空中如同悬着一块发光的布。因为进出都要登记，我不敢久留，通常会选在十一点以后上门，下楼扔完猫砂，再故意沿反方向兜一圈，看小区中心的游泳池和健身房，独自流汗的动物。走出铁栅栏，便利店当天的盒饭刚好沦为隔夜的折价商品，我从中挑一盒去结账。隔一天来一趟，每次碰到的都是同一个店员。蒙着口罩，我吃不准她好不好看。大部分人都是这样，口罩给了对方想象的余地，也为自己挽尊。她一头毛躁的黄发扎成两把高马尾，眼妆很浓，闪光的粉末搞到口罩上，细看一塌糊涂。照理我并不吃这种过于青春的扮相，或者说，实在欣赏不来。只是她总让我想起喂过的一只土橘，眼睛周围长一簇花毛，显得特别脏，看久了又觉得蛮可爱。

工牌上写着“冯倩”两个字，不巧，这和我曾经很讨厌的一个人力资源经理重名了，所以我选择记住她工号的后四位，2084。运气好的话，到2084年我就一百岁了。不过按父系上两代的基因估测，别说一百，估计五十不到就翘辫子了。说近不近，说远不远，这道坎已经在肉眼可见的路上了。对于数字的焦虑，轻轻松松跑出来熬夜班的小姑娘大概理解不了。可是如果，我突然发现，把一个百岁老头和八十岁的老太太放在一起，又好像相差得不那么大。还是说，所有人一旦走出自己的年轻阵地，就永远属于同一个倒计时的世界了。

我边吃边看手机，很快在微博上搜到了“爱生活的孔蜻蜓”，粉丝不多，平时发得也不勤，主要转转娱乐新闻。看得出她前几年在追杨洋，最近追朱一龙，其中有一条是参加朱一龙给他老家筹划的爱心捐款，她转发道，老公加油，武汉加油。孔青青偶尔也会贴几张自己的照片，大多是吃吃喝喝里混一张自拍，一路翻下来，我不仅没能对上记忆中任何一张面孔，反而更乱了，似乎每张图里的她都有点出入。高不高看不出，孔青青确实很瘦，颧骨都凸到脸皮包不住的地步了。不过也很怪，这样一张干瘪的面孔，放到二十几岁的队伍里十足显老，在三十几岁里反倒显年轻了。孔青青在个人简介里大方写着，某相亲栏目女嘉宾，看来这个头衔并没带给她什么人气，每条微博底下都只有零星几行回复。我点开看了看，倒是意外发现一个熟悉的名字，谷峰，小学同班同学，大家都叫他峰谷表。他的关注和被关注量大约成十比一，平时无非是点评足球和转发球鞋的抽奖活动。这么多年了，申花早已不是当年的申花，他还是那种踢谁骂谁的低素质球迷。关于峰谷表，我真的蛮对不住，见到这个名字，脑中跳出的只有一道血红的手印。五年级，他跟几个男的在走廊上打架，打不过被人扒了底裤，小鸡鸡都掉出来了，好几个女的路过尖叫起来。当时我就坐在教室最靠窗那排，一转头，视线刚好落到那两瓣血红的屁股上。回到家，我问侯永贞，你打我打到几岁？她说，开裆裤不穿以后就收手了。我想不通，峰谷表到底做了什么，十二岁还被打成这样。我问侯永贞，叫你现在打，你肯吗？她说，脑子坏掉啦。我只好闭嘴。峰谷表在班里的社会性死亡是暂时的，没几天，他又到处寻人拉扯，只是裤腰带系得更牢了。但无论如何，这个名字对我来说只剩下一道永恒的红手印，那轮廓，那背景，和《射雕英雄传》某一集里裘千仞打在黄蓉身上的铁砂掌一模一样。

我关注了孔青青，这样也算完成侯永贞布置的任务了。刚点完，她就更新了一张自拍。不得不说，孔青青也是戴上口罩更好看。从环境猜，她应该刚从健身房出来，配的文字是“吃饭五分钟，苦练两小时”。峰谷表抢到沙发，朋友圈和微博发一样的有啥意思。孔青青秒回，朋友圈和微博关注一样的有啥意思。两个人好像很熟的样子。峰谷表吃瘪，只留下一句，我睡了 88。孔青青回，带娃的人就是没劲。到这个年纪还无牵无挂的，我怀疑，全班是不是只剩我和孔青青了。孔青青会半夜跑出来吃东西吗，会找人喂猫遛狗吗。我听到一个扁扁的声音说，我不同意！

2084 背靠收银台，戴着耳机，不知道自己喊得有多响。或者她正在气头上，根本顾不及周围的反应。我扫了一圈，还好，旁边那几个吃饭的都走了，店里只剩我们两个。我也假装戴上耳机。

2084 说，老年人得的病，有什么不放心的，我已经弄好了，你抓紧弄。我听不出她在和谁说话，大意是商量去日本玩的事。她面朝墙上的香烟架子，看不见我，我面朝感应玻璃门，刚好能从中认出她的背影。2084 切换成上海话的语气像跳绳，一惊一乍，激动起来满嘴你娘你娘，和她的声音不太相衬。很快我闻到了带薄荷香气的烟味，她一手撑着收银台，另一手频繁往嘴里送电子滤嘴，沉默了半分钟后，再没给对方留任何说话的机会。她说，非去不可，你当我辛辛苦苦打工为啥？她说，这么怕死，我找别的男人一起去。她说，我不在，别来找我。她说，滚。在一顿疯狂的情绪输出中，我虽然没听全她的计划，也能感受到那一股强烈的一意孤行的决心。二十岁的夏天，东京奥运，为自己喜欢的混血网球明星现场呐喊，比死都重要。最后她说，分就分，挂了电话。

我想到那只土橘，它有个坏习惯，非要把碗里的伙食打翻到地上，再一点点舔着吃，大概是借此证明自己野性尚存。环境足以约束行动，念头却会在其中反向膨胀，我开始同情这种失去理智的不管不顾，甚至生出一丝真心的敬佩，想要等她实现，或者陪她一同实现。如果五个月后，2084 在网球场外碰到我，我该怎么反应？一旦打开这类习惯性的设想，我就有了提前上去搭讪的冲动，并积极酝酿一些可能聊得上的话题。比如她不曾见过的上世纪，比如我唯一一次去日本出差的经历。比如上一届奥运，再下一届，一直到 2084。因为算不清年份，我顺手搜了一下，没想到第一条就将我整头浇灭。

那上面写，2084 年举办夏季奥运会是不可能的。气象学家研究发现，由于全球变暖，六十年后地球上将没有适合举办夏季奥运会的城市。非办不可的话，只有几个靠近极地的城市勉强能腾出场地，圣彼得堡、克拉斯诺亚尔斯克、里加、比什凯克，乌兰巴托、旧金山、卡尔加里和温哥华。其他百万级人口的城市，都会因气候炎热而消失。我吃了一惊，六十年后上海就要消失了？简直无法想象。六十年是什么概念，峰谷表的小孩和兰心的小孩还没到七十岁，他们小孩的小孩可能不到十岁，也就是说，活不过四代，上海就成为海下了。地铁在海下，小区在海下，猫在海下，侯永贞引以为傲的开瓶器，那时大概也只剩一个可怜的凹槽了。

一百岁的我会在哪里？想起多年前电视里那只北极熊，不知道它脚下的冰块化了没，最后有没有适应水下的生活。做一具四处漂流的浮尸，还是进化为神秘的海怪，换作我，也说不出该如何选择。我开始感到庆幸，感谢上代人的蹩脚基因，早死好，还是早死太平。

2084 转过身，开始清理关东煮的汤槽。我借着扔饭盒的路线拐过去问，你们还招人吗？这是我能想到的最自然的开启对话的角度。她抬头看了我一眼，说，明天帮你问一下店长。两天后我再从她手里接过加热的盒饭时，没有收到任何答复。也许那一眼里根本没有我，她抬起头，不过是为了展示一个最基本的礼节，以免听到我问出第二遍。也许，这类拙劣的搭讪她已识穿无数遍。

■ 鸵鸟

侯永贞在最近几期相亲节目里找不到孔青青了，她死活想不通，到底被哪个男嘉宾牵走了。早上她突然开门进来，一张笑面孔悠悠晃到我眼皮底下，我晓得了，肯定是叫我儿子牵去了，对吗。半梦半醒中，我被她吓死。此前侯永贞已经盘问过我好几遍，到底有没有按她写的去接触孔青青，我说接触了，在接触了，她又要追问具体接触到哪一步。这次真的把我问毛了，索性摊牌，不要想了，人家谈朋友了。我从枕头底下掏出手机，点开孔青青的微博头像给她看。两只口罩面贴面，男的戴鸭舌帽，看起来比她年轻很多。侯永贞气死，怪我没把握住机会。我安慰她，不要紧，谈了总会分，机会总归有的。转个身继续睡了。

其实我是有过一次机会的。那天夜里，孔青青突然发了一条微博，抱怨最近过得没意思，旅游也游不了，逛街也逛不了，想等电影院重新开放之后抽一个粉丝陪她去看电影。很快，峰谷表就扬言要为分母的壮大做出贡献。我不知出于什么劲道，也跟着转发了一下。醒来再看，竟然只有不到十个人转，这意味着我抽到奖的概率真不算低。局势见好，我又习惯性地开始在心里彩排见面的场景了，如果孔青青在检票处认出手捧可乐和爆米花的我，我不如就按侯永贞讲过的那套跟她聊上代人的事，再聊聊小学，聊到峰谷表的花屁股，她笑得要命，也许是个不错的开端。想到这一步，我多少起了点积极的念头，甚至下定决心，如果抽中，当晚就开始节食。一个月，顶多三个月吧，所有人摘下口罩重出家门的那天，我又是个体重在正常范围值的男性了。看完电影最好去她家，喂猫，或者陪她一起遛狗，有必要的话，回去之后再发消息告诉她，自己从小就暗恋她。可惜孔青青最终没有如期开奖，时限过去，活动由主办方不声不响地作废了。大概除了我，别的分母早就忘了要等一个结果，他们同峰谷表差不多，一腔热情都在转发起哄的瞬间消耗完了。没想到孔青青下一次发微博，就晒出了这张合照。峰谷表在那上蹿下跳，孔青青则大方回复，男友是健身教练，比自己小八岁。峰谷表更激动了，说她老牛吃嫩草。但嫩草从不像峰谷表那样在孔青青的账号底下蹲点，也不必像我做个长期隐身的追踪者。在现实中亲密来往的人，根本不需要上社交网络互动，如果现在举办一次小学同学会，我打赌，饭桌上的孔青青和峰谷表肯定说不过三句。

一直到晚上，侯永贞心里还是放不落这件事，她跟躺在沙发上等开饭的侯永泉前前后后讲了好几遍，搞得好像一切由她安排到位，就差我不肯配合一样。侯永泉还是那副温吞水面孔，一边换台，一边劝她不要急，缘分总会到的。一听这种屁话，侯永贞火气就上来了，她说，当年听得户口回不来，弟妹掉头就走，关起门穷哭死哭的人是我？提起旧事，侯永泉识相闭嘴。侯永贞趁势再将一军，我要是不急，全家门没一个男人有得救。

我说，你有救，你捉住机会恨不得当场往屋里送。说完这句，我感觉自己最好是立刻消失。月头上侯永贞问我，万一家里多出一个人，你肯吗？我想起曾听她在电话里跟皮司令聊过什么出院不出院的事，大概懂了这话的意思，就反问她，一个房间瘫一个男的，你肯吗？她气得要死。

侯永泉当即觉出不妙，站起来大喊肚皮饿了，翻完橱柜翻冰箱，终于翻出了话头，哟，谁这么好，还买了蛋糕。我说是同事给的。他正要拿，侯永贞讲，先吃饭。口气中不含任何商量的成分。侯永泉一声不响，调到他姐最常开的台，专心看装修节目。

沉默当下，侯永贞率先开腔，出一个人，去吊瓶黄酒。

我和侯永泉几乎同时到达鞋柜，抢了半天，结果还是一道去了。

路上侯永泉说，上趟你妈讲你天天在小区里兜圈子，问我是不是发神经了，叫我来劝。

我笑笑。

我晓得宇明一向来脑子清爽，不想做就不做，想做就放手去做。他开始往我耳朵里吹花，我感到一丝不安。

现在蛮好，工作有了，你妈也放心，个人大事上要适当动动脑筋啊。他提醒我，我点点头。

皮司令这个人，宇明接触过吗？他终于走到正题。

我摇头。

人好或者不好，肯定要阿姐慢慢去处才觉得出，但有种地方，宇明也要留点心，帮忙搭搭脉，把把关，晓得吗。

我点头。

他讲，宇明到底从小待妈好，怕妈吃亏。

我大概明白侯永泉的意思。一来，怕他姐生活上起了变化，耽误照顾自家老人的时间。二来，照以往经验，侯永贞豁出性命去对人家好，到头来吃瘪的总是自己。

三年前侯永贞生过一次卵巢肿瘤，开完刀，不是恶性，但要留院观察两个礼拜。医院大概是存心骗钱，动不动开单子叫去做彩超。彩超室不能进男的，我把轮椅推到门口，有个负责从叫号机器里拉票子的保安，总是在那喊，不要插队，谢谢配合。他喜欢搭话，见我就说，放心，你妈交给我，我帮你带进去，一副热心肠的样子。侯永贞提醒我，不要跟这种人啰唆。但不知怎么，后来她自己跟他说的话比我还多。那保安下了班会到住院部来看她，带两个食堂没有的小菜，顺便推她去特需病房外面的花园放松一圈。侯永贞跟她弟说，老夏蛮好的，认得人多，万事好照顾。她对一个人的态度从来都走极端，好或不好，一听口气就懂。但侯永泉从护工那头隐约听得，老夏是有老婆的。出了院，老夏常来家里，无非是带一些医院过剩的水果和保健品。侯永泉明里暗里敲了几次警钟，侯永贞只敷衍过去，有啥啦，我情愿的。

我问，皮司令同老夏会是一种角色？

侯永泉放低喉咙讲，昨日不是我拦，阿姐就拿两万块挺出去了。

面对侯永泉呼之欲出的倾吐欲，我尽量配合地表示吃惊，等他仔细同讲。照他说法，两个人一道乘车去看老娘，半路上侯永贞说要到银行取点钱，问她做啥，死活不肯讲，到了医院才晓得，是帮皮司令垫护工费去了。

我问，人为啥要自讨苦吃？

侯永泉叹了口气，讨苦吃也是寻开心，吃了苦头，自己开心难过，总比一样得不着好。

回来路上，我问侯永泉，记不记得有一年带我和竹心、兰心去野生动物园。他点点头。我又问，记不记得回程路上有一只鸵鸟跟着跑？他摇头。

我试图帮他回忆。当时车上有一对情侣吵架了，很年轻，没带孩子，吵起来毫无负担。在一车活宝的掩护下，没人留意到最初引燃他们的是什么。当大家发现情况不妙时，水壶书包全在地上，两个人已经开始动手了。女的打不过，只好大喊，停车，停车，驾驶员不理。女的就冲上去和驾驶员吵，男的也追过去。竹心依然扮演着她的小班长角色，拼命朝他们发出一个漏风的“嘘”字。三人在车头推来搡去时，女的趁机按下绿色的方块键。前门折开一条缝，鸵鸟的头探进来了。驾驶员立刻关门，鸵鸟来不及退，半截头颈卡在里面，涨得通红。驾驶员索性拉上档位朝前开，鸵鸟侧着身，没法同步奔跑，加速后几乎是被拖着走的。它张开翅膀，遮住了前排座位的窗，但一百米过后，翅膀收拢，头颈也从门的顶部一路滑落，像一段沾了水的丝瓜精，瘫软在地板上。

竹心问，鸵鸟呢？

侯永泉说，鸵鸟钻出去了。

他搂住两个女儿企图站起来观望的身体。我朝窗外瞄了一眼，鸵鸟的躯干如同一只不小心缠住轮胎的尼龙袋，随车身的前进时隐时现。

听完，侯永泉讲，是吗，真要命噢，这两个年轻人不作兴的噢。好像在谈论一桩刚从电视里看来的民生新闻。我决定不再往下说。

那天下车后，我看见驾驶员拽着鸵鸟的头颈往远处走，最后丢在了一道铁栅栏旁边。那扇门不应该开的，我想，车里车外不应该发生关系，甚至觉得野生动物园就不应该有，全员老老实实待在笼子里不好吗。回到家，客厅挂着我爸的遗像，侯永贞在房间里看电视，门没碰紧，隙开一道光。从前每次路过这道光，我都会伸头听上一会，像在街头围观一盘危险的棋。直到侯永贞觉出动静，一脚踹上门，眼前黑了，我才想起自己出来上厕所的本意。奇怪的是，一个生病后，另一个成天服侍吃，服侍睡，两个人说吵就吵的习惯却丝毫不见缓和。具体的由头，听下来同生病之前也没什么两样。我想不通，人不会因为痛苦而心软的吗。好在许多事还没想通，我差不多就忘光了。我爸走后，那道光里冷冷清清，我也不必再停留了。

到家前，侯永泉拍拍我，意思是等会要打好配合，探探口风。

结果一顿饭下来，侯永贞不开口，我和侯永泉半句不敢多问，甚至连鸡皮的“皮”字都没提过。三个人眼睛盯着早就知道结果的家装节目，嘴里说些不着边际的话，像要故意绕开当下的某些话题，尤其要绕开彼此都心知肚明的即将到来的变数。多少年了，这个拼拼凑凑的三人饭局终于要重组了，换侯永泉下场，还是我下场？直到一口蛋糕下肚，侯永贞总算有了笑面孔，大呼味道好极，叫我去问同事在哪里买的，她也要买。我和侯永泉对了一眼，这次她真的用心思了。我说，有什么好问。侯永泉戴上老花镜，夸“好利来”这个牌子叫得响，送人适合。照道理，下一步就轮到我明知故问要送给谁，为队友制造一个盘根刨底的机会，但我突然间不想跟侯永泉唱双簧了，索性截下话头，我吃好了，你们慢慢吃。说完，起身要走。侯永泉一头雾水，问道，天天夜班，宇明吃得消？侯永贞讲，急啥，去投胎啊？我说，去接触孔青青。

■ 宇明

五十一个地点，一幅地图，一条一次性走完的黄金路线，没时间了，我想，明天之前必须通关成功。拍照是占有，拍完，我把笼子一只一只还出去，也永久地留下了。只是那些瞬间里没有人，眼力好的话或许会在某一处找到猫的踪迹。但这个游戏，我并不打算邀请别人共同参与。中午整理相册时，我才发现自己漏拍了一张鸟笼，地点的总和由此变成不太顺眼的五十一，但加上它，路线却不可思议地变顺了。鸟笼的租客明天回来，钥匙在操盘手那里，想也没想，我打电话过去，我们约在徐家汇公园交接。说起来，这件事并没有什么非做不可的动机，但就像拼图，既然都快拼完了，总不能眼睁睁看着它少了一块。我打算再去一趟，不出意外的话，这会是我在陌生人的笼子里度过的最后一夜，它也将成为我第一次走通整条路线的起点。

鸟笼没什么特别，无非是旧租界地段上一间狭窄的复式公寓，分割后再稍作装修，就成了年轻租客的理想住所。金色的防盗栏杆，过分向外突出的雕刻花纹，看起来接近鸟笼的形状。换取层高的代价是客厅面积几乎为零，仅有的一张茶几和麻布沙发都被挪到阳台上去了。阳台斜对着高架，不管多晚，灯光刺眼，总有车在头顶呼啸而过。上一次是夜里三点，从噩梦里惊醒后，我无法再入睡，临时决定转移江对岸的猫笼。查了地图，十九公里，三十八个路口，步行要将近四个钟头，这些精准的数字激起了我的兴趣。实际一路上我不断偏离导航，说不出什么原因，只是一旦想起附近有别的笼子，就情愿尽可能多地经过它们，于是越行越远，骑一段，再走一段，扑进猫笼的沙发再次睡去时，已将近上午十点。醒来，我开始一份全新的工作，打开手机地图，把表格里的地点一一转移过去，这类数据的重复劳动，从前不知干过多少。但要紧的是下一步，同小时候一样，必须紧跟箭头，沿着某条被精心设计好的曲折小道，才能从头到尾一个不落地看完动物园里的所有品种。一旦想到这种圆满的可能，我就等不及要实现了。

这以后，每天晚上我都要出门试走一趟。随机选取一个笼子作为起点，到某处时突然发现漏掉了什么，再重新调整路线，如此一来，我的路线变得越来越长，出门的时间也随之越来越早。遗憾的是，真正能进入的笼子所剩无几了。大多数时候我只能站在楼下，想象窗户里的人此刻正躺在哪个角落，而猫又在哪个角落，是否发现我留下的线索，并愿意成为将来某一刻的盟友。作为代替，我开始记录沿途经过的便利店，进去坐一会，回充体力。猴笼门口那家，轮班的一位还是男店长，另一位不知何时起换成了本地阿姨，脾气蛮差，讨口热水喝都要翻白眼。年纪一大把，有什么想不通的非要出来熬夜班。上月月底听说东京奥运宣布延期时，我就知道，自己恐怕没有机会再见到 2084 了。毕竟人的二十岁是无法延期的，这注定是个伤心的结局。她大概会继续画古怪的眼妆，支持和她一样年轻有前途的混血网球明星，但无论如何，她都没有继续打工攒钱的必要了。有时我坐在门边，点开微博看孔青青的动态，身后响起清洗关东煮食槽的轻微动静，我就觉得自己依然和孔青青，和 2084 保持着联系，某种不费力气，又不能说毫无希望的联系。

出于这种念头，每天晚上人们睡去之后，我都努力同他们保持着联系。我计划路过侯永泉家、侯永贞隔天要去的老头子家，路过住着她母亲和皮司令的养老院、同操盘手接头的小区，野猫会在夜里追着我跑，但有些地方，我是真的不想路过。高耸的，无论多晚都会有人在的，亮着灯的地方，我说不清自己什么时候才愿意同过去的自己恢复联系。那些无视昼夜轮替的笼子我不想去，我想去的是尚未开门的店面和房间，天没亮，野兽还没放出来，树是哥特式的怪物，人的意识被统一寄存在另一个世界里。当他们休眠时，我以路过的方式同他们保持某种联系，暂时这样提示自己这条夜间路线的意义，我才能在每次补觉后快速恢复重新走一遍的信心。

打开门，鸟笼又属于我了。一切停留在操盘手上一次离开后的样子。猫躲进冰箱和电视机柜的夹缝里，蓝色的眼睛冷静燃烧着时间。作为礼貌性的问候，我往食盆里扔了点吃的，它颇为老练地闻了闻，默许我留下来。打开灯，拍了张照，相册齐全了。五十一，一个比五十更有性格的数字，我很满意，但并不打算把照片制作成影集，或者打印出来贴满房间，我不过是想随时随地拿出来看看，比如躺在阳台的沙发上，头顶是不休不歇的夜车，我有的是时间，一张一张回顾我所见过的笼子，里面的摆设，里面的猫，我留下的东西——我是用里面的什么，报纸、卫生纸还是书的某一页折成纸飞机，顺手塞进了沙发、衣橱还是床的底部。然后扫视一圈客厅，拿起鞋柜上一张积灰已久的健身中心传单，再扫一圈，决定等它变成纸飞机后，送它潜入冰箱的底部。

全新的路线将从这里开始，我有信心，它会比从前的每一遍都更为顺畅。路上的一切都是熟悉的，夜里并不像白天那么善变。如果每天都练习一遍，我想，会不会有一天，当我以前所未有的速度到达最后一个笼子时，吹一声口哨，所有的纸飞机就从布满灰尘的房间角落里冲出来，猫跟在它们身后一路飞奔，流落在笼子之外的野猫也跟着飞奔起来，它们找到我，我们在约好的地点集合，再出发，成为真正的野生动物，一支巡逻人间的秘密队伍。

● 江江

女室友主动联系我，是在她被迫滞留老家的那段时间。此前我连她叫什么都不知道。她总是习惯把生活用品塞进自己那间带阳台的主卧：鞋架，香皂，养生壶，电饭煲。我见过她带着卷筒纸进出厕所，也见过她把来不及洗的碗筷从水池里捞出来，一路端回房间，换了身衣服，锁好门，又出去了。我听过她在阳台上和不知是好友还是男友的人通电话，几乎要哭出来：万一那两个男的合起手来……她急得跺了好几下脚，拖鞋底在水泥地板上沙沙作响。唉，要是住一起就好了，她说。对面似乎没有回音，她吸了吸鼻子，关上纱窗回屋了。

撇开我不说，小韩肯定干不出这种事。女室友搬来之前，我和小韩已经在这住了一年。他有个对象，小朱，看起来比他年轻很多。小朱每个月过来住几天，做做饭，也请我和刘力一块吃。毕业后，小朱想留下来，硬撑了几个月，还是决定听家里安排，去镇政府接热线电话。她走前那顿，我们是一起吃的，凉菜热菜，跟过节一样。四个人两把椅子，小韩说，你们坐。他先吹一瓶，说自己认命了，再活几辈子也不可能在这个鬼地方扎根。另一只手紧紧搂住小朱，像要捏扁一只空易拉罐，宣布人生计划有变，一个急调头，三十还乡，到时候喊我们去喝喜酒。我跟着一瓶一瓶地灌。刘力说，你们干销售的果然海量啊。那是我第一次知道小韩做什么。小朱走后没多久，刘力也走了。

听说他爸生了场大病，瘫了，他妈顾不过来，就要他回。走前，他问我有没有兄弟姊妹，我摇头。刘力说，那你迟早也得回。我告诉他，我爸在我十二岁那年成了新家，轮不上我和我妈照顾。他叹了口气，那你最好把你妈接过来。拿啥接？我摊开两只手。彼此愣了一会，刘力笑道，还是得回。他走后，我们不再联系，实在也没什么必要。一月中，小韩回去过年，很快，到处开始隔离，我总感觉，他也回不来了。

女室友是中介带过来的。她一到就把自己关进房间，接着把快递关进去，外卖关进去，唯独关不住她那只花猫。发现猫在小韩床底下睡过一晚后，女室友不再允许它进入自己的房间。她们的关系很奇怪，像一对被捆绑拆迁的邻居，或是八字不合又必须相依为命的母女。我从没听过她叫它什么名字，它也好像不怎么粘她，白天睡觉，夜里上蹿下跳。有过一次逃跑，又不知让女室友从哪儿找回来了。那天起，客厅两扇窗都被胶带封死，这是她给猫的警告，也是给我和小韩的。隔出一天，她又往窗上贴一张纸，禁止吸烟。小韩说，忍忍吧，这女的也就临时过渡一下，找到工作就换了。我点头，起身跟他去楼梯间抽。那是十月底，我还在上班，病毒还没蔓延。这么大的城市，我从没想过谁会在这里找不到工作。

女室友比小韩走得晚。具体哪天，我记不清了。那阵我刚辞职，唯一犹豫的就是要不要买春运的票。没想到疫情的突然加重为我断了这个念头，跟家里互报过平安，我反而彻底放松下来了。上班五年，一年五天假，合起来也抵不过大学里一个寒假。现在机会来了，每一秒都是自己的，我选择亲手将它们浪费掉。有时我醒来，觉得自己不在这个世上了，竟不慌，也毫无要回去的念头。直到某天下午，这种真空感被打破了。尿意把我逼醒，朦朦胧胧中，我听见密码锁嘀了几声。厕所移门和大门几乎是同时打开的，我看见那人，那人看见我，惊恐之下，谁也没来得及按灯。抽水马桶哗哗哗响，冷风沿着门缝灌进来，我们隔着半个客厅面朝面站了好久，才意识到坏事了。那人反应比我快，转身冲下楼，几秒内，猫被提上来了。他碰上门，从厨房翻出几袋东西，该添的添，该清的清，弄完，一声不吭走了。我躺回去，四周归入平静，再一次被尿意逼近时，只觉得刚才是一个梦，也许我太害怕猫逃跑了，也许女室友应该连门一起封上。这以后，那人每隔三天来一趟，每趟五到十分钟，没和我说过一句话。肿胀的羽绒服，红色鸭舌帽，黑口罩，罩不住肿胀的脸。过完一月，那人不再出现。

中介问我在不在家，然后把女室友的微信推给我。当初他建议我们拉个室友三人群，被她推却了。江江，可能是姓江吧。朋友圈看不见，头像和真人完全不像。我一向不知道要怎么开口跟陌生异性打招呼。不过江江先出手了，她也没按微信昵称叫我小张，直接发了个 Hi 的表情，就开始交代妹妹每天吃多少，喝多少，中间穿插几条网上搬来的喂猫经验帖。我还没打开看就先回复一句“收到”，心里吓了一跳，原来上班那一套可以像肌肉记忆一样瞬间恢复。很快，对话框里跳出一个谢谢的表情，江江说，喂完记得拍几张妹妹的照片给我。我选了一个 OK 的表情回过去。表情让我们维持友好的同时，也维持住了最基本的社交距离。

喂过几次，我醒来后总能在床角发现那只叫妹妹的猫。有时它在头顶，有时踩住我肚子，蹿了几下，差点给我把膀胱震碎了。有时我的脚掌感到一团暖热，往上推，尖脑袋就从被洞里钻了出来。我喜欢故意把被子抖成海浪的形状，听妹妹怪叫几声，跳落到地板上，摆出一副受害者的样子。然后我抱起她去客厅，倒上江江规定的伙食，一边刷牙，一边看它咀嚼的背影。偶尔也忍不住要凑过去拍几下，等待它的腹部变成一张弓，泛起那一阵像表演又像情不自禁的咕噜咕噜。我想，怎么不早点养只猫呢。我想，原来独居生活还挺不错。可总有那么几个瞬间，一想到江江，我立刻把手抽了回来。总觉得她随时会从那间紧闭的卧室里冲出来，看到这一幕，认定我把猫当成了她的替身，然后恐惧，警惕，在阳台的电话里没完没了地演绎她那些危险的假想。现在不一样了，江江走后，我和妹妹不必再假扮陌生人，它成了我的猫，我成了它最亲密的朋友。每当不妙袭来，我告诉自己，需要做的只是冷静下来，等那些危险的幻觉一点一点消散。然后我可以再次伸出我的手，抱妹妹去沙发上坐一会，也可以掏出打火机，看妹妹绕着我的小腿转圈，或是反复起跳，试图抓取刚从烟头掉落的星火。假期漫长，我不说话，它也不说，谁也不打算点穿这个事实，在所有人出不去又回不来的日子里，我们的心有多轻松。

厨房的库存快用完了。我知道江江把剩下的囤粮都锁在卧室里，也知道她绝无可能留下备用钥匙。但我想不好怎么开口提这件事。江江大概是算过日子的，断粮前一天，她主动分享了一家宠物店的链接，并提醒我，离小区不远。我懂她意思，下完单截图过去，门店自提。她回复了谢谢的表情，我立刻也回一个，礼貌一旦陷入循环的僵局，就会变成肉眼可见的尴尬，但这起码是安全的。关于妹妹的消息，江江从来都做到秒回，看到照片回复表示开心的表情，看到小票立刻转账，数额不多不少。而我也像对待一项业务，尽职尽责，除了没能如实告知客户，我对妹妹的热情远高于那个戴红色鸭舌帽的男人。此外，我们的对话框里没有任何别的记录，我没问过她什么时候回来，她也不问我为什么没走。我能看到的，只有她的微信所在地，还有那幅换成了热干面加油的新头像。她是湖北人，应该没错。但我找不到机会，也没什么理由主动告诉她，我也是。

● 小红帽

小老板找我谈心那天我正在气头上，他似乎并不，大部分时候起劲地挑着手指缝里的泥，偶尔抬头看我几眼，话里话外总给人一种谁离了他就没法活的感觉。我站在办公桌两米开外，脑中反复盘算着余额宝里有多少钱，每天利息多少钱，好歹撑个半年吧，于是生出一股底气朝饮水机走过去。往后几天，三个不同组的人来加我微信，也没说什么，我明白他们是感谢我做了件大快人心的事。照道理我并没有这种胆子，但这就是一咬牙的工夫，咬完，我还是那个缩头缩脑的忍者神龟。人缩一辈子，大概就为了那一个把头伸出去的瞬间，有人提刀，有人放火，我没珍惜，三十岁不到就把它用掉了，还只是往人头上浇了杯温开水。往后都得低头哈腰做人了，我告诉自己，去了新公司肯定不能这样，也关照同事千万别宣扬出去，影响我求职。可我没想过，春节后投出去的简历全无回音，巧也是巧，赶上这么个天崩地裂的节点了。

甚至连觍着脸回去认错的心都有了，同事铁头却一口否决，想啥呢，裁员都来不及，没你啥事了。又岔回去说那件事并非我所想的那样，组长没有故意压我的业绩，他们几个也没有冷眼旁观。你搞错了，小张，这里面多少有些误会。铁头的语气竟有一丝组长的感觉。组长总是这样，碰到事情想也不想就归咎于误会，好像一旦澄清了这个，一切就不必往下细究了。可误会不是重点，重点是误会造成的伤害啊，人都死了，解释擦枪走火还有什么意思？我也懂，一旦谁走，所有责任就自动归谁扛了。和电视剧里的逻辑一样，能留下的都是好人，死在上一集的，多少要被观众无情地点评几句。他们会说我精神失常还是蓄谋已久，我不愿多想，对的错的，也快过去两个月了。只觉自己最大的失误是没把握好离场的时机，坚持多留一集，也就是两个星期，至少还能拿到一半的年终奖。按前几年的经验，节前节后分批发，而我当时竟被火气冲昏了头脑，连这个铁血规律都忘了。一分未得，我愿意称之为我人生中的大意失荆州事件。

一个春节，差不多补齐了过去几年缺的觉，接下来就是漫长的清醒。人可以有多无聊，在黑暗中跟秒针比谁才是匀速前进的单位。我好像回到了小学暑假，无事可做，成天和牛和老人待在一起。永远躺在蚊帐里，看同一个卫星频道放的同一部连续剧，永远等吃饭，等天黑，等夏天尽早结束。开学后，教室里总会空出几个位子，老师从来不说，我们都懂，那些人不是被水鬼抓走了，就是放假去外地找自家大人，不肯回来了。当时我爸还在小学代课，顺便兼了个镇上的差，别的学不来，派头学得最像，他看不起那些成天往外跑的人，也不许本家亲戚跟风出去挣钱。他要我沉住气，说想出去只有一条正道，哪怕不回，也要在乡人口舌里活出面子来。我信了，照着做了，还成了我们那近五年来考得最好的一个，尽管后来才知道，这成绩到市里根本排不上号。真快，两个五年没了，不知道有没有新的分数代替我被记住，那人此刻在哪，无不无聊。仔细想想，躺在一间出租屋和住在山里又有什么区别。正常的时候，下山上班，下班上山。不正常的时候，就像现在，躲进山头等外卖，等天黑，等一个再度进入睡眠的宝贵机会。

在几乎丧失时间概念的时间里，我以为自己总会做几个关于上班的梦，哪怕是梦到下雨天又迟到了，忘记回群消息了，但就是奇怪，一次也没碰到过。反反复复出现的是另一个梦。我提一桶很沉的漆，刷到哪，墙就长到哪，墙消失了，只好回头找补。补一下，坏了，第二下，手臂发酸，墙面越来越花，涂料却怎么也用不完。最恶心的是那股辣鼻子的化学气味，好几次活活被呛醒，只觉后背冒冷汗，拼命逼自己睁眼，恍惚间又昏死过去。一次一次刷墙，呛醒，甚至搞不清哪一次才算真的醒来。终于得以抽身时，整个人反倒像被牢牢缚住了，动弹不得。视网膜化为闪电残存眼前，我努力回想那面墙，觉得和房间里这堵有点像，是梦游了吗？我问妹妹，它把头扭开。时间久了，我和妹妹的相处也失去了新鲜感。

不止一次想过，半年内找不到工作，是不是就该卷铺盖走人了。撤退是容易的，毕竟对这里没什么留恋，但脑中闪过老家火车站那个地下出口的一瞬间，我问自己，为什么没有第三个选择？为什么离开的朋友都没想过第三个选择？好像我们的人生是一团毛线，如果不往散开的那头，就只能往收的这头去。借着新年问候，我主动联系了刘力。他说自己早转行了，目前在表姐夫开的医药公司上班，顺手发来一堆视频。我点开，这熟悉的加盟广告的味道，小时候电视里没少放，搞得我都想不起他原先是做什么的。刘力问，你家那边咋样，严重不？我只好把我妈在电话里讲过的情况给他转述一遍。他听完说，你们那好办，闹得再凶，一刀切就完事了。城里不一样啊，搞不懂，高血压又不传染，怎么药都不许我爸配了。我们聊了几句，一旦提到缺席的第三人就绕不开了。刘力提醒我，按计划走，今年国庆小韩就该结婚了。对于下半年还有没有这个病，能不能从外地过去道喜，我们毫无把握。他在微信上拍了拍我，说，等小韩也走了，上海滩就是你的天下了。刘力似乎很期待小韩的离开，也许这样一来，他好歹能对自己当初的决定少一分悔意。随后他又说起自己过年期间被他妈安排了密集相亲，碍于居家隔离，一个也见不到，只能同时在微信上聊。刘力发来几张女孩的照片，我瞎点评了几句长相，他不再回复。很明显，半年多没见，我们没什么可说的。其实以前我们聊得最多的也不过是下一顿点什么。可相亲对象不是外卖，认认真真挑选商量，下单后，我并不能尝到什么。

刘力再上线是几小时后了，说刚和一个做车险的女孩聊得很好。我才想起，他是卖过几天保险。他又拍了拍我，问起回老家有没有碰到合适的女同学之类。不知为何，我想到了江江。春节之后，她不再及时回复。我照旧每天发三张妹妹的图，江江大多只回两个字，没有标点，不用表情。她的冷漠起初令我放心，但妹妹走丢后，江江不曾主动问过一句，我忍不住猜想她身上发生的一些坏情况。猜得越多，这件事在我心里就越像真的，是她中招了，还是她家里人中招了？我主动找新闻看，起了一身鸡皮疙瘩，去翻几个在省城的老乡的朋友圈，又有点搞糊涂了，有人一直在转来路不明的医院视频，有的还是老样子，吃吃喝喝发九宫图。世界太大了，同一个时间点上，哪怕都在汉口，我也猜不出他们正处于长江的哪朵浪里，更猜不出卷住江江的那朵此刻是大是小。妹妹走丢的第二晚，门禁响了，我打开，江江抱着猫，肿着两只眼睛看我。她瘦了，似乎好看了点，我擦了擦她脸上的眼泪，她放下妹妹，也跟着妹妹的脚步钻进我的房间。我醒过来，遗精了，这大概验证了我就是江江一开始所想的那种人。出于心虚，我更担忧她了。妹妹找回来之后，我每天都要录好几段小视频，盼着她能在某个时候看上一眼，也许笑上一笑。但那几天，江江毫无音信，甚至连账单截图都不回了。我问妹妹，你说，江江还好吗？妹妹似乎忘了江江，它还在我们这个小房间所包裹的泡泡里没心没肺地快活着，而我的假期，从开始为存款和求职焦虑的那一天就结束了。

妹妹的逃跑让我想起小菲。这些年我挺感激她。小菲和我在一起是给我面子，离开后仍然给足了面子，让我能在听人聊八卦的时候故作轻松地来上一句，我前女友也都这样。她是一，也是都。小菲跟我分手前最大的抱怨是，你以前不这样。她说的是我们刚认识那会。小菲和好姐妹约去欢乐谷玩，另外两个的男朋友恰好都是我当时的室友，于是我也被叫去了。三对三，就像是为了凑巧而存在的配对，往后的约会，我们永远集体行动。节日一起过，吵架互相劝，我甚至怀疑小菲那边是不是也万事摊开来商量，那么两边就成了一场三人篮球赛的较量。直到其中一对分手，团队解散，我和小菲的关系也慢慢变差，每次吵完，她总喜欢以消失来显示她的存在，明明不接我电话，又闷在某个角落等着我打过去，最后因为没等到而更加生气。妹妹也一样，它并没跑远，只是悄悄躲在楼下。只怪我那两天打着手电把小区各个树丛翻了个遍，偏偏忘了最近的地方。妹妹看到我从眼前走过，大概窝着一肚子火吧，如果她知道我找它的时候心里想的全是怎么跟江江交代，会不会气得扭头就走。就像小菲最后一次消失，再没给过我打电话的机会。

妹妹走丢的第三天下午，门禁响了，我起床开门，妹妹从缝里钻进来。外面站着一个人，肿胀的羽绒服，红色鸭舌帽，黑口罩，罩不住肿胀的脸，我感觉自己做了个似曾相识的梦。妹妹在客厅空兜了一圈，确认没有别的猫的气味后，径直走向老地方喝水。它一眼都没看我，和小菲一样，大概在等我主动道歉，我只好蹲下来开个湿罐头。金属扣响，妹妹拱起腹部迎向我的手，咕噜咕噜的声音又起来了。

几分钟后，门禁的再次响起为我确认了这不是梦。拿点猫粮给我，快。那人伸出一只微曲的手。我随地找了个外卖封盖，抓一把放上去，他匆匆下楼。从厨房窗户望出去，下水管道旁有两只幼猫，叫声虚弱。那人挨着墙根，把猫粮掰成更小的一块一块，在水泥地上来回擦到边角磨平，再远远扔过去喂。很快，附近树丛里钻出两只差不多小的猫。我跟下楼去。太久没和人说话，真的太久了，如果能像对江江那样直接发个谢谢的表情过去，一切就好办了。

那人说，够了，太多吃不掉。

看来我和我的整袋猫粮是多余的，我只好停下手中模仿他的动作，把磨到一半的伙食装回去。那人低着头，红色鸭舌帽像献血站发给志愿者戴的那种，仔细看，上面印一行金黄色圆弧小字，天翼退休职工旅行团。腿快要蹲麻了，我总算憋出几个字，你后来，怎么不来了？

那人没回我，指了指近处被草挡住的窨井盖说，它刚才就躲在这里，是叫妹妹，是吗。

我点点头。

特殊情况总归要涨价的，我来是做生意，又不是献爱心。他的普通话非常本地，语气中有一股令我熟悉的认钱不认人的理直气壮，但似乎不太衬他手里的活。我想了想江江，确认他没有说谎，江江是不会允许自己吃亏的，在任何情况下。

一开始就托给你，多少省力。那人说。

她可能不知道我没走。我说。

头一趟我还当碰到小偷了，特意打过去问，她也吓了一跳。你们年轻人是厉害，进进出出都不通气的。他非常自然地把自己归入上一辈，让我想起以前的房东阿姨，张口闭口你们你们，一边表示体谅，一边把界限划得一清二楚。啰啰唆唆说完和江江谈不拢价钱的后续，他又问道，她给你多少钱一天？

我开不了口。

白干啊？看上人家了？话里涌出一股自以为看穿的兴奋。

我解释道，妹妹的伙食费都是她付的。

正好，一二三四，他点了点幼猫说，老猫回来之前，都归你管。

我愣住。

怕啥？又不要你出钱。这句话竟被他说出了劫富济贫的气场。

我大概是被他那种丝毫不给台阶下的态度刺激到了，就问，你说我应该收多少钱？

那人突然抬头，脸比帽檐宽出一大截。

三天后，小红帽发来一个简单的协议，我签好字回过去。我不知道他为什么找我，也不知道自己为什么想也没想一一照做了。只记得当时在楼下他说，先讲好，我介绍的业务，我肯定要抽成的。万一出了事，要打针要赔偿，你自己负责。他说话直来直往，使我的判断始终游走在两个极端，有时觉得我们好像很熟，有时又生分得可怕。在那种情况下，他几乎没给我插嘴的机会就把这件事定下了。我发现面对行事逻辑不同的人，要么得罪对方，要么委屈自己，大部分时候，我会不由自主滑向后一种。加完微信，他发来一个表格，按距离分，时间分，上门频次分，写得清清楚楚。我一时不知要先震惊于价位之高，还是震惊于他的专业程度，每只叫什么，多大，品种，需求，家庭住址，紧急联系人电话，一应俱全。按他的说法，现在租房的人十个里九个有猫，八个回不来。先试三天，他告诉我，你们小区都归你。又补了一句，别忘了楼下的。

我只好回复一句，收到。

那是一个共享文件，我们随时能看到彼此的进度，他动作比我快很多。一周后，见到微信上多出一笔钱，我心里多少还是有点激动。我跟妹妹说，谢谢你帮我找了个活。但妹妹自从闻出我身上有别的猫味，就懒得理我了。那时我才想起，还没跟小红帽道过谢。看着他那个水獭洗澡的头像，我想，算了，机会只有一次，我已经错过了。

● 梅

小红帽拿手拨开那只喜欢抢食的成年野猫说，做啥，还想吃，出来混要还的，懂吗。我说，你头一回来我家受的惊吓，我最近也碰到了，还是双份。他笑笑叫我讲下去。

前天我回到家，厕所门开着，怪了，平时怕妹妹从窗户逃走，我都会特意锁门。再扫一圈，猫呢？检查了厨房，没问题，自己房间，也没问题，就是客厅好像比平时亮了点。转过身才发现，小韩房间的窗开了，帘子被风吹向两边，我心里有点慌。走进去，地上桌上一团乱，像刚被扫荡过。有个身体下半截连着地板，上半截压进床里，被子随剧烈的呼吸起伏，妹妹就贴在上面，像乘一只船，也随之起伏。我冲过去掀开被子，那人揉着眼睛慢慢立起身。

你怎么回来了？我问。

小韩伸腿朝纸箱前一跨，说收拾收拾，准备退租。

没办法，老婆怀了，总不能等到十月份挺着个肚子到处敬酒吧。小韩烫了头，脸看起来更大了，还有点油。五一啊，到时候来。他拍拍我，过于紧身的羊绒衫让他也挺显怀的。

我说，欠外债啦，非得逼大家一次随两份礼。

小韩笑嘻嘻说，过年不让出门，还能干啥。我也想开了，这回就当老婆帮我下了决心，打算回去干点大事，怎么样，要不要一起？他总喜欢假惺惺地发出邀请。

我借口说，今年忙得没空回家，疫情一来，公司彻底乱了套，我被借调到售后去退单子，天天加班，加班费倒是一分没得，我们这行，不裁员就算命好的。

为了把谎圆得更像样，我尽可能模仿出一种属于上班族的无力的怨恨。内容大多是从铁头那里听来的，他在看到裁员公告前已经连续处理了三天三夜的散客订单。他说，你敢信，咱们部三个组全上了都不够，这会哪有好脾气去挨个伺候客户？横竖是死，老子才不想给谁好脸子看。结果他并没在公告上找到自己，而是见到了那个被我浇一头水的小老板的名字。他拍下来发我，爽吗？大老板给你报仇了，公司精简人事，直接把管理层精简完了。出于意外的幸存，铁头兴奋地说了一大堆。冷静下来，又开始焦虑下一波裁员，还问我最近在干吗。我说我转行了。

转行好啊，哪行，也带带我。这时我才明白，铁头是为了寻觅下家才联系我的。

一时也讲不清，我说。

小张，你不会是在发国难财吧？他大概是想到了新闻里那种倒卖口罩和消毒药水的黑心事情。我只好随便找个表情包搪塞过去。

小韩听完并不接话，显然他对公司的惨淡现状不感兴趣，这倒让我放心。他转而问，空吗晚上，咱们仨聚聚，好好吃顿散伙饭。他说的是我、他，和当初介绍我们合租的中介。他俩是老乡。

七点多，整条马路静得像夜里十二点。我很久没有下过馆子了。口罩一摘，门一关，热空调一开，窗玻璃上的雾气隔绝了外面的世界，让人差点以为这个春天接续的仍是上一个冬天，病毒还没来，我也还没失业的那个冬天。在这顿饭里，我们喝酒比吃菜多，说话比喝酒多，每个人都太久没说话了，连老板、后厨和送菜小妹都喜欢时不时凑过来找补几句。轮到我时，我得继续扮演那个困在工作里的人，努力回想铁头的话并添油加醋转述一遍，甚至不惜提到了真正的自己。我说，你们知道不，年前那几天，我们部门有个人疯了，和组长闹矛盾，劝不听，被组长告到小老板那去了。谁知这人疯起来连小老板也不怕，上去就往头顶心浇了杯热水，从此不来上班了。

中介老乡向我投来激动的目光，一只手以极小的幅度反复拍打着桌面，震起满桌细碎的花生皮。他说，这种事我也想过好几回，真到那一步了，下不去手，这人新来的？

我说，和我同批，也快三年了，平时特别老实，没见跟谁发过脾气。

小韩吞了口酒，这杯敬你同事。

我仿佛生出了底气，继续往下说，现在想想，这人真神了，他一走，公司就成了一摊烂泥，逃都来不及，谁还敢往里跳。

小韩喝过几瓶就开始指点江山，他说我要是你们老板，才懒得开发什么新马泰旅游，我就盯住自家门口那一亩三分地，往死里搞。去年五一咱们吃的那家盱眙小龙虾记得不，火大了，走哪都有，那盱眙县城就挨着我老家。你说我们那，要历史有历史，要自然有自然，朱元璋故居，周总理故居，洪泽湖，白马湖，小张，我报，你写。他要我当场出个提案，回头给他和我老板搭个线。

我大概听懂了小韩的意思。小朱的姐姐姐夫年头上也回了老家，刚开始搞小龙虾养殖，他趁机入了伙。运气好的话，五月份就能卖上第一批。他们的目标是像巴城人做大闸蟹那样，把小龙虾做出档次来。小韩说，人都爱吃一套虚的，包装越高端，队伍排得越长，就越情愿把钱砸在上面。要卖得贵，头一步渠道得找好。我怀疑这些话他都是从姐夫那里听来的。吹着吹着，他竟然让我介绍几个接团客的大饭店，热络热络。

骑虎难下，我只好说，行。小韩就给了我、中介老乡和旁边看热闹的饭店老板一人一张名片。上面只写了淮安什么食品有限公司，半个小龙虾都没见着。头衔是副总经理。接过手，大家都“哇”了起来。

小韩来劲了，说打工有个屌意思，跟我回，有你发财。他开始撺掇中介老乡辞职。看得出，对方动心了，他开始抱怨行情太差，最近干得最多的就是替回不来的租客给房东求情，吃力不讨好，两面不是人。

小韩大概是听到这才想起我们还有个室友，突然问，那女的回来没？

我摇摇头。

中介老乡说，那女的真是，一开始跟我定了套一室户，交不上押金，给人抢走了，赖在我店里哭。她来得急，东西又一大堆，问在哪上班，非不肯说。当时好几个男的都劝她，找不到工作不如先来咱店里干，她一下就生气了，说我们欺负她。我跟她兜底，你现在不租，过完年又得涨一波，就劝她先签了这套。明明说得很开，两个室友，男的，都是热心人。她自己没听清，事后又怪我故意挖坑。

我似乎懂了一点江江对我的敌意，她肯定觉得我和小韩也是中介那伙的。但好在现在情况变了。很多时候就是这样，一件事捋顺了，其他事也都跟着通了。就在收到小红帽打来的第一笔工资的当晚，江江回复我了。她说之前家里有点事，没及时联系，还把欠下的钱一口气补上了。这以后，江江恢复了秒回的习惯。有一天她问，我可以把你拍的视频发到抖音上去吗？我想起从前听刘力说过，网上有很多人光靠晒猫狗就能发财。我注意到她的头像换成了妹妹的大头照，也是我不久前拍的。仔细看，背景里我的那双棉拖鞋被打上了马赛克。

当然，这些我都不敢在饭桌上提。中学起就这样，我最怕跟别人说和女孩子的事，一双双轻飘飘的眼睛斜瞄过来，好像我身上背了只箩筐，他们随时要伸手进来挑挑拣拣，最好再顺走一点什么。直到小韩问起，她那只猫是你在管？我点点头。小韩说，我们小张真是天下第一好男人，谁错过谁傻逼。

那天小韩喝得凶，吐倒是没吐，就是管不住嘴巴。走在街上骂天骂地，大喊老子十八岁出来打工，打你妈了个逼的。那时我们快到家门口，有人开窗回骂，小韩一气，砸了手里最后一只啤酒瓶，吓得野猫蹿进树丛，就是小红帽叫我负责的那两只，现在已经挺大了。我们仨最后也不知道是谁搀着谁上的楼，进了屋，一个倒在房间，一个倒在客厅，就这么睡了。小韩沿着床对折成两截，像块挂不住砧板的油肉，一嘴带哭腔的梦话，说什么自己当了上海女婿，丈人是吴淞口管泥沙船的老大，大呼小叫，吵得不行。

他们睡着后，我给妹妹喂食，想着要不要告诉江江小韩搬走的事。又觉得没必要，还是像平常一样发视频过去。将近一点，江江竟然又秒回。她说，今天吃得有点晚。

我赶紧发了个对不起的表情，告诉她临时有事，回来晚了。

江江说，不要紧，我也还没睡。

我补了个表情，一只猫爪子碰了碰人的胳膊。这是以前小菲发我的，她要我存好，一惹她生气就拿出来用。我存到现在，凡是觉得气氛不对了就发，我妈、我表姐、我堂妹，还有几个不算熟的女同事，都收到过。

谢谢你照顾妹妹。江江突然郑重其事地道谢，搞得我措手不及。

她好像不打算睡，反而开始跟我说一些关于妹妹的事。比如它是她一年前在下班路上捡的，也是冬天，燕郊附近，她发现草丛里冻得发抖的妹妹，就拿围巾裹着端起来。她说，那天我心情特别差，跳潮白河的心都有了，看见妹妹，觉得它就是我，我就是它，抱在怀里边走边哭，边哭边走，到家就好了。本想着熬过冬就放出去，后来又舍不得了。她还说当时的室友讨厌猫，为了这事，两个人吵过多少回，对方还趁她不在开窗放走过，被江江找回来了。最后告到房东那，江江只好搬出去。

听着听着，我看了眼趴在地板上的妹妹，也觉得它就是江江，江江就是它。

那天，江江第一次给我发了晚安。我在小韩和中介毫不默契的鼾声里，认认真真打出两个同样的字回给她，然后引妹妹进屋，关上门，一起睡了。

这些事我并没有告诉小红帽，我只说到在家里碰见小韩的部分为止。关于同事的玩笑，我也问起过一次，你说我们算不算发国难财？大概是想借他的坚决否认来消除自己的某种心虚。小红帽却说，回不来的人越久回不来，我们能赚的就越多。我听了觉得尴尬，但他好像一点也不觉得。他那副实事求是到没有底线的态度，总是断了我聊下去的念头。

我和小红帽大约一周碰两次头，像两个地下党特务，拿着从各户打劫来的口粮，蹲在树丛里喂野猫，顺便聊上几句。据小红帽总结，它们中那些毛发长的，嘴巴刁的，生洋娃娃脸的，大多是拼了命从家里逃出来的，如果不逃，又没人回，迟早得活活饿死。这些猫从来不在表格里，小红帽却喜欢给它们起名字。劳尔，过来吃。皮耶罗，跑啥跑。一直听到因扎吉和罗纳尔多，我才明白那都是上一代的足球明星，他叫起来毫无距离感，就像叫我小张一样。但我们碰面时从不寒暄。事情很简单，他会像小学总务处老师那样掏出一盘钥匙，掰下几枚交给我。不过大多数房屋都用的密码锁，操作就更容易了。我们的分工渐趋明确，他负责和客户接洽，我对接猫，这样的合作比在公司开无穷无尽的例会轻松多了。

不过说实在的，我们聊得并不算投缘，甚至都不算聊，仿佛只是交换情报，尽可能少地提及私人事务。有时一个人突然闭嘴了，另一个也绝不追究下去。但这次不太一样，我还没说完，他就上赶着问，第二趟惊吓是在哪？有人回来了？

我才反应过来，他是怕客户那边出了问题，赶紧解释清楚。当天门锁嘀嘀一响，我看见沙发上躺着个女的。她弹起来，两只手隔着油腻腻的一次性手套捂住肩膀，搞得我也不敢进门。我指了指鞋柜旁的食盆说明来意，她说没见到家里有猫。我说不可能，我三天前来喂过的。她突然喊，是呀，你不认识我啦！我吓得呆住，她拍手大笑起来。我们找了一圈，总算在卧室床底下发现那只受到惊吓的猫。女孩好像很兴奋，但又不懂宠物，强行要拖出来，吓得猫躲得更深了。她告诉我，自己也是两小时前刚到，借朋友这暂住，没听说有猫，大概是另一个室友养的。我问，那还方便来喂吗？她说当然。我就开始换水换猫砂。女孩躺回沙发，噼噼啪啪说个不停，什么飞机上二十多个小时特别累，什么在唐人街碰到个老头算了一卦，就冒着风险回来了，什么这件事一定要替她瞒住爸妈。听了半天，才明白她是戴着耳机跟人聊天呢。中文夹着英文，我懂起来挺费劲的。聊完，她继续戴着手套吃东西，一会跑来围观我，一会守着地板等猫出来。我告诉她不要碰，等猫饿了或者适应了家里的人，自己就会出来。收完垃圾，我准备离开。那女孩突然问，你吃了吗？

我吃不了，你要不要吃一点？她指了指茶几，说自己好多年没吃这家店，恨不得样样来一份，结果就点多了。顺手提起地上的外卖袋，摸出一双筷子递给我。和江江是两个极端，她好像对人一点提防也没有。

我说，你留着明天吃吧。

她摇摇头，叫我吃了再走，还表示不会找我分摊外卖费，只是不想浪费粮食。

小红帽说，顺风大酒店啊，我也喜欢的，这么好的事我怎么碰不到，便宜你了。真的奇怪，他对这件事的关注点竟然在吃的而不在人。至于是不是故意开玩笑，我也听不出来，就像每次聊天，我搞不清我们算同事还是朋友。

我没告诉他，第二次碰到那女孩时，她一脸后悔地说，啊，早知道今天也点顺风了。她要了我的电话，让我每周最后一次上门前告诉她，她好提早点起来。短信里不发表情，但她本人却很像表情包，吃什么都香得不得了，而且永远不用筷子，戴上一次性手套抓着就往嘴里送。第二顿，她点了十来个菜，一桌放满，倒上可乐，大叹一声，啊，有人一起吃饭的感觉也太好了吧！我没问她为什么不回家去吃。

那只猫已经习惯了新来的屋主，在餐桌底下钻来钻去，故意蹭我和女孩的裤腿。我们互换姓名。她问，哪个张，我说，弓长张。我问，哪个梅，她说，出生在五月的May。但无论是短信还是面对面，我都不曾这样叫过她。包括小红帽，我也从没叫过他沈老板、沈哥或是宇明。他们却总能很自然地喊我一声小张，我想，这是他们身上的一种本领，如果不是，那就是小张这个名字的天赋异禀。我和梅一共吃过三顿饭，都是顺风大酒店，每次不一样的菜色。吃完第三顿的两天后，我开门，屋里收拾得整整齐齐，猫四脚朝天，躺在沙发上等我。我想，梅的暂住结束了，一定是因为顺风大酒店的菜色她全部尝过了。也可能，她又变回猫了。

● 小张

第二份工作比第一份丢得还要突然。但我很快想通了，工作总会丢的，不过是数量上的差别。如果当时尽力顶住小老板的教训默默回身干活，熬到春节后的某一天，我还是会在第二或第三波裁员名单里看见自己的名字，就像铁头所遭遇的一样。每回联系，他不是吐槽手里活多就是抱怨加班费迟迟不发，顺便打听一下我这的行情，但就在最近一条微信里，铁头只打了五个字，哥们带带我。我老实回复他，谁也带不动谁，我又失业了。

小红帽被客户投诉了，猫的视频出现在网上，他找到我，你解释一下。我说我是发给过别人看，但就一个，我也不知道她会这样。心里却相信，这种事江江绝对做得出来。起初是因为喂到一只长得很像妹妹的花猫，只不过比妹妹瘦小一点。我拍给江江看，她差点以为妹妹生病了。这之后，她似乎对我这份工作产生了兴趣，还说很多在武汉上班的人过完年一直回不来，自己也应该做做这样的好事。那是她第一次主动跟我提起她老家，而我仍然没有找到机会说出自己的老家，也来不及解释这并非一桩爱心事业。当时是三月底，网上很多人都在传省城就要解封了。实际上，我挺害怕她回来的。这种事不是没碰到过，手机上聊得火热，见面尴尬得半句都说不出。但只要江江不提，我也绝不问，只是继续把交给小红帽的图片转给江江。严格来讲，每次都是江江先看到。这个新任务让我对工作充满了期待。一进门，我总觉得江江就跟在我身后，兴奋地喊，哪呢，哪呢。我指给她看。江江很喜欢看猫，追着问这问那，叫什么，几岁了，性格如何，我按表格里的信息一一回复。遇到中意的，江江会主动要求我多拍一点。我答应了。正是这些视频，后来出现在江江的抖音。谁能想到，江江现在已经有两万粉丝了，置顶那几个都出自我的手。同以前一样，仅仅加了条背景音乐，室内环境完全没有打码。她的认证写着，喂猫博主。

我给小红帽道了歉。但他说市面上一条龙机构越来越多了，自己这种来路不明的个体户正渐渐被逼进死角。小红帽的口气很平静，既不生气，也没有接受我的道歉，只是在分析完他的处境后又给我算了一笔账，赔掉的钱、丢掉的客户、个人信用度，全部损失要从我的提成里扣，这么扣下来，我不仅前半个月白干，还要多付他将近一个月的房租。可我没办法，是我的错，我既没告诉江江，自己正在曾和她谈崩的人手下打工，也没敢告诉小红帽，视频来自他过去的一位客户。比起扣钱，我心里更犹豫的是怎么跟江江开口，请她把最火的那几条撤下来。我总觉得，在江江短暂消失的那段时间，她经历了一些什么，也许失去了一些什么。

三天后，小红帽彻底跟我摊了牌。他的原话是，国难财发完了，钱结到下礼拜为止。我跟他保证，那种事不会发生了。他解释说不为这个，而是很多人回来上班了。他核了下成本，觉得自己一个人应付得过来。我才知道，这段时间像我这样和他定点接头的人还有两个，分布在不同的片区，他称之为操盘手，而我是操盘手三号，最晚入伙的那个。当时我们同往常一样，蹲在小区的最低处做着劫富济贫的事，当着所有足球明星的面，他以那种我再熟悉不过的态度向我告知这些决定，说完，继续掰手里的猫粮。我问他，一号和二号也都辞了？他点头。我有点难过，甚至觉得自己不如这些猫。也很清楚，大路两头走，他绝不会像小韩那样拍拍我说，走，去吃顿散伙饭。到家我洗了个澡，算是平复心情，也彻底明白了当务之急。我告诉江江，以后没有喂猫视频了，我得抓紧去找个全职工作。

江江说，巧了，我也在找工作。这时她才告诉我，自己不打算回来了。她说本打算离开北京到上海打拼一下，但最近发生的各种事还是让她决定留在老家。这里的东西，她准备找个老乡来帮忙打包，一些送人，一些寄回。她问，你有什么需要的，提前说，我给你留下。我想不出自己需要什么。

过了一会她问，你喜欢妹妹的吧，要不，留给你养？

我总是在猝不及防的瞬间习惯性地往后退。说不清拒绝的理由是什么，我挺喜欢妹妹的，它走，和江江不回来，两样都不可能是开心的消息。但我在难以消化的一团乱麻中准确抓出了一个“不”字作为镇定自己的工具，这多少让江江失望了。

她说那行，到时候喊托运的人来取。

我朝客厅望过去，妹妹正站成一只直立动物的样子，拼命抓着沙发的靠背。妹妹的假期终于结束了，可它还什么都不知道。别玩了，我说，去吃点，出门前得吃饱点。

送走妹妹的第二天，中介带着一个女同事开门进来，跟我打了声招呼，就往主卧去了。当时我上身套着西装，下身穿保暖秋裤，正从厕所跑回屋里，很想跟进去看看江江的房间，可线上面试就要开始了。结束的时候，隔壁房门半敞着，里面乱糟糟的。中介说，没事，那女的不会回来了。他在客厅转了一圈，把江江封在窗上的“请勿抽烟”撕掉了，然后笑嘻嘻说，晚上还来。我懂他意思，之前也有过几次，他带女同事去小韩的房间过夜，现在房间升级了。中介说，三室一厅，起码一千万啊，兄弟，享受一天是一天。他走后，我第一次进入江江的房间。那双拖鞋，打电话时会被地板磨得沙沙响的不安的拖鞋，还在阳台门口放着，我穿上它，终于可以放心大胆地抽烟了。楼下是主干道，车来车往，远处是山一样重重叠叠的住宅楼。这么快活的时刻，我不知道要告诉谁，谁也不在了，这么快活的时刻，竟是以告别江江和妹妹为代价的。

奇怪的是，后面几天我和江江反而聊得更多了，好像一旦脱离了猫，我们才能真正说一些关于自己的事。这是我和小红帽之间没有过的。江江说她想好了，如果到年中还找不到工作，就去考个成人自招，最好是财经口的，人都会老，总不能一辈子赚死工资。我说我也是，如果能重来，一定选个实用的专业，再也不想被调剂了。江江还告诉我，等赚够了钱就去昙华林开家甜品店，这是她从小就有的心愿。我想起小菲，她也这么讲过。好像女孩都想开自己的甜品店。

当时江江问我，你抽过好利来吗?

我说我不抽烟。

江江笑得不行，说这几天特别馋，就想“抽”一口好利来的半熟芝士，只苦于武汉没有门店，快递也送不进来。我打开手机地图，上海没开几家，还都在离我很远的地方。说起来，上海的点心店真是够多的了，以前小菲和小姐妹最喜欢周末打卡去吃，切一个角要好几十，还得专门拿号排队，这种活不必说，由我们三个男的承包，她们好多逛一会商场。但印象里，我并没有排过一家叫好利来的店，这个名字跟那些花里胡哨的蛋糕相比，连我都看得出，实在不够洋气。

我问，哪里有?

江江说北京特别多，心情不好就带一盒回家，不便宜，但一口下去就值了。公交上被扒了包，一个人打完吊针，大冷天忘了带钥匙，每个快要扛不住的关头，都是靠这一口一口续下来的。她说，待了三年，临走才发现，最舍不得的竟然是一口吃的。

你有什么舍不得的吗? 江江问。

我不知道怎么回答，这话的意思是，我也要离开待了多年的地方吗? 但我好像没什么舍不得的。非要有的话，可能是青浦那边一个老乡开的快餐店。他是我们那出来的一个老兵，我顿了顿，还是没说地名，退伍后来上海打工，做了一段时间建材工人，折了腰，扛不动了，就在市场边开了店。但那地方太远了，我只是陪客户去过一趟。当天他听说是老乡，特意现做了几个菜。

在外地还想着家里口味的人，就不该出去，江江说。

我发了个尴尬的表情过去。

中午小红帽突然打电话来，叫我把钥匙给他。那是一个和我住得很近的客户的，明天要回来，为了省力，小红帽派我直接去交接，现在他改主意了。

我说下午有事，要去一趟徐家汇。

他说行，徐家汇公园见。

绕了几圈，我总算在其中一家商场的地下找到了好利来门店。两盒半熟芝士，一盒留给自己，一盒给小红帽。他很吃惊，坚决不肯要。也许对他来说，送和收等于心虚和亏欠，他不想在最后一次交接时有任何亏欠。我只好说，没什么，两件打折，就顺手多带了一盒。他收下了。公园里野猫挺多，我们像从前一样，拿随身的猫粮出来撒。撒完，他说，我先走了。前后不到一刻钟。我留下来，独自看了会湖里的鸭子。

我妈打电话来祝我生日快乐，紧跟着就开始说老家的各种事情。亲戚传话过来，我爸的新丈人正月里死了。我问，病死的？她说管他咋死的，人老了早晚得去。听起来语气很兴奋。新丈人是县上的，我爸当年就是靠着他从小学代课老师变成了乡干部，留我妈继续在食堂里给人盛饭。据我妈的娘家人说，那女的小时候出车祸断了腿，没人要，这便宜就给我爸捡去了，前提是他拿锯子锯掉了自己两条腿，一条我，一条我妈。这些年，我妈服侍走了上头几位老人，家里不剩谁了。我突然想起之前面试的那家公司，早上他们打电话告诉我录了，但不是我投的职位，总部打算在浙江舟山开发养老楼盘，对方问我，你愿不愿意去。我问我妈，你愿不愿意去？我妈说，家门口这么多山，你还要山？我告诉她，舟山是海，不是山。我妈说，你二十七了，如果不回来，是该找个成家落脚的地方了，妈过来帮忙是应该的。又改口吩咐我一定要先问清媳妇的意思，愿不愿意和老人一起住，一说这些就停不下来，我只好敷衍几句完事。挂掉电话，我又觉得对不起她，只有当什么人都不在的时候，我才会想起我妈，可她一显示出存在感，又被我迅速躲开了。

半熟芝士一盒五只，我到家后连吞两只，第一口感觉是挺好的，第二口就有点腻了。我计划接下来每隔一小时吃一只，这样差不多能在生日结束吃完。等第三口的间隙，我开始收拾屋子，原来自己的行李比想象中还少。在闲置的物件里，我找到一只小鸡抱枕，我属鸡，是小菲送我的生日礼物。我靠着它躺下，尽力回想这些年来每一个生日，发现总在和不同的人过。去年和小韩、刘力，是小朱做的饭。前年是三对三的情侣集团，再往前，几个同事下班出去搓了一顿，还唱了一晚上KTV。上学那几年，都是老乡会的人带着搞的。这些人里，认识晚的还能在朋友圈聊上几句，早的彻底没消息了。把每年这一天看成重要的日子，是在高一被邀请去同班同学的生日会之后，我跟我妈说，不过农历了，同学都记不住。重要的日子要和重要的人过，可我现在已觉不出谁是重要的了。大家都从别人身边经过，一时要好，一时形同陌路，能怪谁呢，我们所在的地方从来不属于我们中任何一个人，这也有好处，比如，要离开一个不属于自己的地方简直太容易了。我想宣布这件事，但我不知道向谁宣布。像站在广场上卖艺的人，开着喇叭，可所有人揣着心事走来走去，谁听得进去。如果是刘力，他定会在短暂的惊讶后表示极力赞同，小韩的话，又要假惺惺地邀我跟他回老家创业。没别的人了，小红帽那种一辈子活在家门口的人，是不会懂的。

我想起江江，就发消息过去说，买到好利来了。

江江回了个“哇”的表情，什么口味？

原味。我看了看包装。

我喜欢抹茶的，她说。

我想了想，给小红帽的那盒好像是绿色的，但愿他会喜欢。

妹妹怎么样，都好吗？我问江江。

好着呢。她问，我那间屋子租出去了吗？

还没。我问，你找到工作没？

还没。但她没有反问我找到没。我们的问候就此打住。

好几次我想主动提起一些事情，比如今天过生日，比如我也打算离开上海了，比如我们是老乡。但手心里捧了太多核桃就撑满了，我努力过了，还是无法抛出其中的任何一个。

结果我说，能拍张妹妹的照片给我看看吗？

照片里的妹妹好像比从前瘦了，表情也有点警惕，但我很高兴，这是我离江江，也是离省城最近的一次，心满意足了。昨天是第七个没有和妹妹一起睡觉的夜晚，我适应得还行，只是下半夜醒来小便，会突然后悔当时没答应江江收留妹妹。妹妹知道了会怪我吗？四月，天越来越暖和，猫不必再和人抱团取暖了。听说舟山人不多，要不我也养只猫吧，什么样的呢，我打开和江江的聊天记录，开始翻看前些日子拍给她的各种面孔，看着看着就有点伤心了，来来去去这么多趟，连猫也不会记得我，换个人，换个地方，它们都吃。想到这里，我决定不等了，提前吞下最后一口蛋糕，回屋睡了。

第二天我收到一条彩信，真是稀奇。号码不熟，过往的聊天记录告诉我，是梅。点开看，图里有一只兔子，几个蛋和一段英文。亲爱的朋友，祝你快乐。她怎么知道我过生日。查了一下，才明白当中加粗的那个单词是复活节的意思。大概是群发的吧。礼尚往来，我回了一句英文的谢谢，不知道合不合适。风水轮流转，听说现在国外严重起来了，梅在逆风时刻跑回来，算是一种复活吗，她在街上碰到的那个老头算得可真准哪。

江江的房门开了，中介赤着上身从里面走出来。他说，桌上那盒蛋糕哪买的，昨天我妹子看到了，说也想尝尝。

别想了，我说，北京才有。

2021 年 9 月

没有寄的信

一

叔叔：

地上好烫啊，烫得脚底板隔着鞋垫都要起泡了。小区里知了叫得还算齐，只是约好了一阵轻一阵响的，响起来不要命，轻又轻得非常虚弱，你知道吗，它们中有几个，叫着叫着就会从树上掉下来。我听到过这种毫无预兆的瞬间，啪嗒，好像嘴里松动了一颗牙，晃过神，它就落到你面前了。凑上去闻，一股隐约的焦臭，或许你会说那是焦香。仰着的，趴着的，侧翻的，翅膀和身体分了家的，凡是我见到了，会把它们踢到路边的草丛里，可是就这么轻轻一碰，知了碎了一地。这种感觉我不懂，你懂吗，或许你已经忘了。我不敢想起你。

好久没下雨了，入了夜，外面还是一丝风也没，谁能想到今年夏天是这副怪样子。起初是一记空梅，接着一连串四十度，翻开日历，头伏还没到呢，柏油马路和自来水管已经晒裂了。小区健身房那边，平时沿着长凳一字排开的老头老太基本回屋了，也有那么两三个不要命的还摇着扇子坐在露天。其中一个是我们楼的，就是那个老魏，他有多不情愿和自家老婆待在一块啊。不过也能理解，前些日子他们夫妇实在是处到厌极了，几乎每天早上我都从两人的热烈对骂中醒来。还有一个是你家楼上的，喜欢把太阳镜倒扣在后脑勺的男人，一身赤膊，从早坐到晚，中午饭都带出来吃，滑稽吗。悄悄说，我觉得他可能是在躲你。

天一热，样样电器都容易坏。楼上楼下的空调挂机成天轰隆隆地响，走在路上，整个小区听起来就像个生产线过于落后的破厂子，进了家门，连冰箱也跟着乱叫。有一天我惊讶地发现冷冻层的速食在变软，只好把制冷档调到最大。第二天醒来，冰箱尿了一地。你知道吗，最近干什么都要排队，群里有人等了半个月才修上空调，也有人至今还没等来。而我在疯狂地吃了三天快要坏掉的食物后，修理师傅竟然上门了。他钻到里面和背面看了看，又拍了拍身上的灰，告诉我两件事，冰箱太老了，东西放得太满了。就这样，我给了他一瓶水和一百块钱，他冲向下一家。我开始训练自己克服囤积食物的陋习。太好笑了，谁能想到几个月前，我还是那种因为一根黄瓜和两个番茄被摊主嫌弃的人。生活的弹性可真大啊，就跟我们的忘性一样大。你呢，你好吗，你家的冰箱好吗？

离我们最近的北门一直没开，通往菜场的那条路就成了死胡同。有部卡车隔三岔五地经过，我不知道它从哪里来，每次卸下一身废铁皮就走，愚公移山，如今铁皮已经铺满整条马路了。路口的菜场也没开，这并不妨碍附近的人默契十足地涌向它，像涌向一团早就熄灭的篝火，跳不进去，只好松松垮垮地围着它取暖。买的、卖的，总还是那些熟面孔，熟面孔们推的车、牵的狗，也还是熟面孔。实在热得不行了，临时摊头就自动分成早晚两拨，我起不来，只能赶晚场。要是不巧走在了城管后头，就白赶一场。我和菜场的关系就是这样，兜一大圈，回到最初的位置上放眼一瞧，马路两边有时热闹得挤不下脚，有时又空空荡荡，我不知道哪一种来自我的幻觉。

记得菜场尽头那家本地点心店吗，“青团上市”几个大毛笔字还贴在卷帘门上。买五送一，我很后悔当时只要了两个，没办法，我是真的拎不动了。那天我在猪肉铺排了很久的队，眼看就要轮到，胖哥忽然把刀放下了。我急着走，后面的人急着等我走，他倒还有工夫喘气。胖哥甩了甩手说，切不动了，真切不动了。那你少切一点，我说，我也拎不动了。后面的人笑起来。那阵子真是不可思议，大家好比着了魔，看见街上任何一个摊头都想捎点走，碰到任何一个摊主都想加他的群。即便如此，还是有很多人空手而归。最后一天上午，我起了个大早，被菜场门口量体温的大叔告知，郊区的卡车过不来了。所有人就这样傻乎乎地挤在出入口望着，像一群伤心的饿狼。保洁拿着黑色垃圾袋收拾地上为数不多的隔夜烂菜，有个老太就在不远处盯着，她说，菜帮子蛮清爽的，扯下来冲一冲水也蛮好的。似乎在期待我的回应，她面朝我说，蒸软了还有点甜的，对吗。我没接话，转身走了。十多天后，我饿着肚子躺在床上想起这件事，心里多出一丝害怕。如果此时老太碗里真的就缺那几片没上前去摘的烂菜叶，这其中有我的错吗。换作是你，你会怎么做，我猜你和老太一样，都是见不得浪费的。

拐出菜场，我看见附近的洗车店在卖鸡蛋和土豆，队伍排了好几十米。临时改行，老板连秤都按不利索，人们只顾拼命往尼龙袋里塞东西。队尾有人发话了，心不要太黑，搞个三五天差不多了，真当打仗啊。哄笑像尘土一样泛起。我知道你这话并不属于真心实意，你只是怕轮到你的时候菜刚好卖完了而已。可我还是觉得有理，偷偷放下了几个土豆。我记得你当时穿一件红棕色的皮夹克，配一顶看起来不太正宗的耐克帽子。我穿的什么我早忘了，反正再次路过洗车店时，我已经连短袖短裤都嫌厚了。那些日子就像被抽水马桶抽走了似的，毫无印记，然后一天比一天热，热得只能继续在家里待着。不过新闻里说，整个北半球都这样，日本啊，美国啊，欧洲啊，人家连空调都买不到呢，我这么说，你心里会不会好受一点。

好消息是，月亮总还在的，天冷，天热，月牙会来，超级满月也会来。有时我觉得这世界上唯一不会骗我们的就是月亮了，但仔细一想，月亮根本不是我们这世界上的啊。那就对了，这个世界它配不上月亮，但月亮又绝不会因为我们配不上而嫌弃我们。这才是它厉害的地方。我老家那边有很多支离破碎的小岛，你知道吗，海边的月亮比城里大得多，而且是天上一个，水里一个。望着它们的时候，我什么都来不及想，也不愿想，只觉得心里很空，又好像很满。而在小区里，你看到的月亮和我看到的只差一栋楼的距离，近大远小理论可以忽略不计。今晚又是好天气，我拉开窗帘，很快想起了你，从阳台走到厨房，你家窗口亮着一盏橘灯，应该是小孙子在写作业吧，这么晚了，他大概写着写着就睡着了。那扇坏掉的纱窗，还有楼下被撞歪的晾衣架，到现在也没人来修，是不打算修了吗。

对了，房东要赶人了，我正在找房子，暂时还没找到比这里更好的能看月亮的阳台。我考虑过搬到你那栋去，反正你家隔壁和楼下的租户都走了，他们也在躲你吗。问了中介，两套都没挂出来租，可能是房东打算卖了。

二

叔叔：

这几天我没有哭，我的生活好像有了点起色。等太阳落山，我会出门两个钟头，穿过一连串红绿灯，走到江边吹风，再走回来。路上时不时有陌生人停下来跟我打招呼，围着我，还问一些我并不太懂的问题，那么我只好回以善意的谎话。这一切来得有点突然对不对，世界是守恒的，一个人毫无征兆地被幸福砸中，起因往往是另一个人毫无征兆地触了霉头。为此，我必须感谢我的邻居。

当时我正在为收拾行李发愁，隐约听到外面有敲敲打打的声响，探头一看，楼下又来了保安。你那栋的人纷纷从阳台张望过来，我这栋的则大喊怎么啦，怎么啦，一时无人应答。二楼的女人接小孩放学回来，在保安对面站了一会，怨天怨地地打了个电话，又离开了。他们母子似乎决定去老人家里过夜。随后垃圾车来了，大喇叭来了，背消毒水桶的人也来了，那些差点就要忘掉的记忆全都回来了。

直到隔壁邻居主动在群里道歉，大家才反应过来发生了什么。没有人生气，和过去的经验相比，两天算什么呢，大家反过来安慰他，祝他接下来七天一切平安。我也自觉加入了祝福的队伍，甚至还怀着一丝感激，真的。这件事暂时挡住了我的去路，可它又确实以简单粗暴的方式斩断了我的犹豫不决。和朋友约好去旅游后，我的兴奋就急转直下，掉进了焦虑的烂泥塘里。你知道的，人一旦很久没踏出某一步，就很难再踏出那一步了。日历上的红圈像一枚钉在我脑门的有毒暗器，离得越近，越叫我难以动弹。现在这些都消失了，我打电话给朋友，她对此表示出巨大的遗憾，而我迅速退了票，把已经放进行李箱的东西一一收回柜子，躺在地板上听歌，发呆，比画手指和窗框的大小，从周围的事物中获得一丝由确定性所引发的平静。唯一的意外是，隔壁突然联系我，说他家的备用钥匙就藏在鞋柜最底下那双紫色篮球鞋的左脚里。麻烦你了——没事。这是我们成为邻居以来的首次对话。我收下了他预付的一百块伙食费，在此之前，我从没想过与自己一墙之隔的房间里除了这个独居男人，还有一只橘猫和一条大型犬——后面这位大得同三十平米的屋子毫不相称，又安静得同它惊人的个头毫不相称。

我看过一部电影，讲一个不负责任的日本妈妈把四个小孩扔在家里自生自灭，小孩只好喝脏水，吃过期罐头什么的。你知道吗，推开隔壁的大门就是这种感觉。当时狗正在卫生间舔着浮满烟头的马桶水，猫就守在狗的脚边，蹭它嘴里漏下来的二手马桶水。它们只略带防备地转身看了我一眼，又低头喝水了。屋里的气味叫人想吐，满地都是被撕碎又相互粘连的纸片、毛发和粪便。这几个月他是怎么过的，它们又是怎么过的，我发现自己从未在意过墙壁另一侧的死活。但当我就站在这一侧，某种奇怪的责任心又驱使我自作主张地给陌生人当起了全屋保洁。你相信吗，单单桌上的外卖盒子就装了三个垃圾袋。喂完饭，修完纱窗和空调遥控板，我倒头躺下，发现才过去了一个钟头而已，这绝对是几个月来最充实的一个钟头了。临走，猫狗追着我到门口，看着它们的眼睛和尾巴，我决定把两扇防盗门对开，让它们在双倍的空间里自由来去。第二天早上，狗趴在床边把我舔醒，猫就睡在过道的鞋架里。我高兴得想哭，很快又想起了你。明明是受困的日子，我却因为每分每秒都有陪伴而感到前所未有的轻松，如果你也有猫狗，你会不会变得快乐起来？当然，你有你的小孙子，我只是觉得，多个小动物或许会更热闹些。

两天后，保安撤离，我带狗出门散步。狗很亲人，路上的人也会凑过来问，几岁啦，叫什么。由于邻居没有告诉过我关于它的任何信息，我的回答只能取决于脱口而出的那一瞬间。有时我会说它叫大黄，有时叫牛牛，两岁，或一岁半。其实我也擅自给它取过名字，在只有我们俩的场合。当时我在路上收到了退票入账的短信，临时决定去宠物店给狗洗个澡。名片卡上，我写了“史努比”三个字。在我有限的知识储备里，史努比是世界上最好的狗。

白天大部分时候，史努比就贴在地板上一动不动，我也是。我们躺在靠近窗户的位置，饿了起来吃几口，困了睡一会，眨巴眨巴眼睛，时间就这么过去了。我们浪费掉白天，像是为了专心等待夜晚降临后的远足。你知道吗，我现在出门多久都不会犯头痛了，史努比带我迈出了总以为迈不出去的那一步，久违的光线、空气和水，我全部适应了。外面不能说没有变化，但也总有人在努力用自己的影子覆盖这些变化，甚至让它看起来更好。我们走过很多地方，菜场沿着自己的轮廓长了一圈生意，街边的饭店支起桌椅，人们在树下和路灯下吃烧烤，吃小龙虾，在地铁站旁边的空地上跳舞，地下的冷气透过卷帘门嗖嗖地冒上来。我看到的这些，不就是你一直想看的吗。真希望你都看到了。

晚上我在小区健身房那里听到大家聊你了。严格来说，他们先聊起了居委的阿桂，当时史努比赖在一只小狗旁边不肯走，我就坐下听了一会。阿桂还有两年才退休，却忽然甩手不干了，跑去给女儿带小孩。他们说这都怪你。阿桂是第一个到的，她离你最近，陪了你半个多钟头，当天回家就做噩梦了。梦里有什么他们没说，只说阿桂碰过你的手开始发痒溃烂，还掉了很多头发。后来老魏提到你家人准备卖房了，老魏从不叫你名字，只说503怎样怎样。等到房子易了主，换了装潢，503变成别人的代号，大家就会把你忘了吧，最好阿桂也是。至于你家楼上那人，他总是模仿你反复说过的那些话，还把它们编成了一套固定的台词。双新路，开门了，双新路，来开开门。真是奇怪，小区里怎么永远有不知道这件事的人，他只好一遍一遍表演给大家看。起初我以为他是被逼无奈，现在越来越相信他乐在其中了。也许只有把自己当作你，他心里才能少一点后怕。

双新路的锁店开了，这次是真的，老板和从前一样，坐在那些乱七八糟的小五金里，只是没再带小孩过来。我猜健身房的口水还没喷灌到他那里，他也没必要知道这些，对不对。还有两天，隔壁邻居就要回来了。说真的，为了史努比，我希望他晚点回来。可我已经在群里送上最虔诚的祝福了，他恐怕不会有事的。

三

叔叔：

我回了趟老家，妈妈打电话来，外婆的墓修好了。沈家湾的船还没通，我只能先乘火车到邻市，再转长途汽车，这条路线就像从我们小区到菜市场一样，非要人亲手画出个疲惫的圆。外婆也是春天里走的，当时我无法离开，多快啊，夏天已经过去一半。但我仔细想了想，可怕的不是时间，而是接受一个不在身边的人永远不能在你身边，远比想象中来得不容易。连妈妈都说，太久去不成养老院，听到消息时她手里还没停下给人杀鱼的活呢。外婆就这样一个人在狭小的床位上躺了几个月，就像后来一个人躺在狭小的木制盒子里，在此之前，她可曾盼过我们去看她，还是说，苦等不来，她以为自己早就在另一个世界了？日子过得断断续续，告别也成了不必要的事情。你知道吗，甚至连做七都挤在一天里做完了。大家急着把死人留下的东西烧走，又急着把新人从母体里拽出来，没有谁像你一样，白天夜晚只执着于一个问题。

出发前我特意经过隔壁，可惜窗户关得很紧，什么也看不到。邻居回来后，我们没有面对面说过一句话，除了拿外卖，他几乎从不下楼。那天起，我没再见过史努比，如果没算错，史努比也没再见过外面新认识的那些小狗。隔着一堵墙，我想象我们躺在各自的地板上，看着同一片天被窗框划分出的不同截图。有时我尽量让耳朵贴着地面，为了捕捉它那懒散起身的脚步。史努比不会叫，它只用脚步的即兴节奏来表达自己的想法，听起来有点压抑。他们三个每天吃什么，做什么，我丝毫觉察不到。或许对邻居来说，去隔离酒店反倒比在家舒服，那么史努比跟着我也会过得更好。但话不能说死，通常动物很快就会把给它喂饭的大傻瓜忘了，就像我如果不回家，又怎么会想起小时候外婆帮我背书包，陪我上下学的事。你的小孙子呢，他还有多久就要记不住你的脸了，透过沉默的阳台和灯光，我猜不出他在想些什么。

离开史努比，我的生活好像又往后退了几步，然而迟到的家祭并没有把我推向更深的黑处，这一点，我心里对不起外婆。安详的死亡无法给我任何切身的感受了。你知道什么是切身的感受吗，吃饭的时候，桌上端来一盆鸭血豆腐。亲戚们聊起鸭血的做法，舅妈说，鸭血一定要新鲜现杀，装进脸盆，等它自然凝固成一大块，再冲洗净，切成丁。我扭头就去洗手间吐了。阿桂蹲在草丛里对电话那头的人大喊，冷了冷了，血都变硬了。她的喉咙太尖太响了，前后两栋楼谁能装作没听见呢，好在我们的视线被绿化带里疯长的树木拦腰截断，不至于太过害怕。坦白说，我当时更多的是吃惊，阿桂怎么可以形容得这样具体，又或者，电话那头的人为什么非要问得这样具体呢。直到我望着洗手池中央的黑洞，好像忽然间复明了，拨开草丛，你和阿桂就在那里，她用手枕着你的头，你们的背后从一片鲜绿渐渐褪成深褐。我把饭菜全部呕出来了，呕得满脸都是痛苦到变形的眼泪。回座后，我尽量不去看旋转餐盘上那碗颇受好评的鸭血豆腐。舅妈走过来拍拍我说，没事的，吐出来就好了，你舍不得外婆，外婆都晓得的。她给我夹了几筷绿叶菜，我点点头，一口也吃不下去。

参加完骨灰落葬式，我在午睡中见到了你。你说奇不奇怪，离你最近的日子里，我从未梦到过你，尽管偶尔也会想，自己是否以及何时将梦到你。现在我回了家，这个念头却不合时宜地成真了。到底是我一直在等你，还是你一直在等我通过一顿呕吐来清洁自己？梦里的你仍然站在自家阳台上，翻来覆去说着那几句。我在窗口做饭，不巧抬头看了你一眼，你就对我说，小姑娘，过来开个门。我摇摇手，你又对楼下的保安说，同志，上来开个门。他摇摇手，你只好冲着马路所在的方向喊，双新路，来开门，来开开门。一切重演了一遍，只不过比原来更模糊，又更紧凑一些。大家在你的呼喊声里淘完中午的米，又淘晚上的米，你的声音就像不断被过滤掉的淘米水，越来越稀薄，直到大家都厌倦了，你也厌倦了。

醒来后，我问妈妈，如果梦到外婆，那意味着什么。妈妈说，一定是外婆刚到对面，人生地不熟，吃得不好，钱也不够花，叫我们多烧点过去。你梦到了？她问。我不知道如何否认。于是妈妈去附近的商店街买了黄纸和锡箔。这天下午，我们折得手都酸了，直到妈妈在头一只纸元宝的底部写上外婆的名字，我才发现我还不知道你叫什么。阿桂似乎在那通电话里提起过，3 号 503 的李什么宝，还是倪什么宝，我想不起了，叔叔，你到底叫什么，我真的想不起了。但我还是悄悄带上了你，火盆烧得旺极，被投掷进去的元宝飞快失去了形状，一只默念外婆，一只默念你，对你的默念只能改为努力在脑中浮现你的样子。在洗车店排队买菜的样子，在自家窗口说话的样子，还有楼下那片疯长的草丛的样子，这样应该足够具体了。

散步途中，我跟妈妈提起了你。因为妈妈问我，前段日子到底是怎么过的。我在回忆我所了解的各种事情时，尽可能以一种差点忘了的口气，顺手带出了你。妈妈说，真的啊。我点点头。妈妈说，太脆弱了，人不能那么脆弱。我只好继续点头。然后妈妈问我，你怎么打算的，人总要做个选择。我们的对话就被风吹走了。我懂她的意思，二月份考研成绩出来后，妈妈就这样说过，重新找份工作，或索性回老家，她希望我尽快行动起来。可我不是开关，做不到切换自如，我需要停下来缓冲自己对外部结果的反应，用睡觉、发呆、玩手机、笑或者哭的方式，唯独不能开口。如果我向妈妈透露出一丝后悔，她会把事情拉回到我的上一个失败的选择里去。不脆弱的人就是这样，看到别人在一百米处傻傻站着，他们只会反过来告诉你，出门十米就走错了，可这有什么用呢。眨眼已是七月，妈妈说，你讲要休息，也该休息够了。可我明明又止步于一个新的路口，四周灰蒙蒙的，所有不脆弱的人正迈着大步子飞快经过，留下更厚的扬尘。叔叔，我只能回头望望你。

坦白说，海边的月亮好像也没那么令人感动。天上那个像被人踩了一脚，留下鞋底的脏印子，水里那个，风一吹就散成了豆腐碎屑。叔叔，我有点想回去，“回”这个说法或许不太恰当，那间小屋很快将不属于我了。但是，如果一只鸟飞在它并不知道有多大的湖面上，任意一次折返都可以称之为“回”，不是吗。所有的鸟都在湖面上反复调整着方向，除了你，冲出窗口的时候，你主动收起了翅膀。

四

叔叔：

地上热得冒烟，谣言在各种群里疯长，台风，节电，关闭通道，真正能产生恐吓的只有最后一个，大家又忙着到处采购了。提着两大袋食物回来的路上，我接到房东电话，她关照我，不要拖拉。这个结果并不意外，一星期内，中介已经带好几拨人来看过房子了。可我还没确定新的去处，倒不是心存侥幸，我只是没有力气去推进一次完整的变动。几个月下来，这间屋子就像一团会拉丝的烂泥，把我的手脚都粘住了。挂掉电话，我想起前日那对二次上门的年轻情侣，女生把厨房到阳台的每个角落都用卷尺量了一遍，我明白，赖不了多久了。

门锁偏偏在这时候坏了。我跑去找双新路的老板，他过来看了看说，开门一百，换锁三百。我打给房东商量，没有回音。老板很快把锁撬开了，中途他问我，你的事是不是就发生在这栋楼。看来还是有人把话传过去了。我摇摇头，指向你的窗口，晾衣架歪得厉害。老板瞟了一眼，没再说什么。事情解决后，姗姗来迟的房东一口咬定我敲她竹杠，我把发票拍过去，她又改口说我被宰了，要从押金里扣除一半。之后半小时，房东没再接我的电话。到底是谁宰谁呢，一段鱼两头吃，总有人活在链条底。我握着被拆卸下来的坏锁和三把新钥匙哭了好久，才想起有袋东西没提上来，当时真的没力气了。冲出去看，一楼的女人又往贴着告示的大树底下乱扔垃圾了，我那袋就挨在旁边，被瓜皮和腐肉的酸臭萦绕。我敲门问，阿姨，你没看到告示吗。和房东一样，她选择不理。我拎起垃圾甩到她家门口，又问了一遍，畜生，你长不长眼睛。叔叔，你相信吗，我好像变了个人。

隔着一扇门，女人在屋里，我在日光直晒的露天，其实我和她一样震惊，为什么自己会揪住这桩与我无关的小事死活不放。她站起来，开口了，前后两栋的人跟着探出头，在凉快的空调房里围观这场新鲜的对骂。直到收垃圾的师傅骑着电三轮赶来，把我拉开，默默将那些垃圾装进自己车里。师傅笑说，没事的，就多跑一趟，费不了几分钟。他离开后，女人关上门，砰的一声，抽走了我全部力气。我感到自己浑身烫得像一部高速运行的旧手机，从额头开始均匀地向下散热，连脚趾都莫名有点酸胀。这些天我总睡不好，妈妈在电话里说，七月半到了，不要走歪路，容易被野头鬼跟回家。万一跟上了呢？我问。怕什么，妈妈说，响过雷就唬跑了。可外面的空气都快燃尽了，还是等不来一场豪雨。中介发消息问，晚上在不在。我没有回，只想原地躺下。

叔叔，我又梦到你了。隔着一栋楼的距离，我们站在各自的窗口。你叫我帮你开门，我说，你家没锁呀。你不信。我说，真的，我们只是暂时不出去。你还是不信。无效的对话隔空飞行过几遍后，我率先失去了耐心。回屋喝了口水，玩了会手机，再出来，你还在窗口，我只好假装看天。天上干干净净的，怎么就忽然下起雨了，雨点子好大好大，把树叶和树枝都裹挟到地上，铺满厚厚的一层。我说，这样就不怕疼了，是不是？你站在对面笑。

睁眼，窗外亮得吓人，血红的闪电一团一团藏在云背后，每隔几秒就印出一幅曲折的地图，叫人过目即忘。电子钟显示零时将至，我已在床上躺了八个钟头，中途入睡几次，又醒来几次，毫无印象了。响过雷了吗，我仔细听了一会，远处隐约有人吵架，有人尖叫，风和闪电却还是静默的。我起身猛灌一杯热水，拉开窗帘，时候差不多到了，也该响雷了。我就这样静静地等着外面起风，等这场雨落下来，把我的体温也一同降下来。

再睁眼是五点，屋外滴着凉快的檐头水，我感觉自己的身体很轻，被子很沉。啪嗒，是哪里的知了掉在地板上，啪嗒，又是一只，那声音连成一串的时候，我想起了史努比软绵绵的脚掌。我在房间里摸索了好几圈，最后轻轻移开墙面那台坏掉的电视机，线圈孔深处，一个被走神的钻头突破的边界。对岸是那人的床底。透过墙洞，我看到半条狗尾巴无聊地甩来甩去，脚掌上沾满了毛发和粪便，一切又恢复到我第一次见时的样子。那人翻了个身，猫从床上跳下来，径直走向我。猫早就发现这个秘密了，还是说，这个洞是它悄悄凿通的？我们就这样隔着一堵墙牢牢盯住对方的眼睛，直到猫厌了，后退了，我都无法确定它是否还认得我。云开了，夏季的日出真早啊，远处楼房的轮廓渐渐从黑影里透出来，一片连着一片。我把后背贴在墙洞上，看阳光一点一点侧照进来，燃烧我的桌子和椅子，还有我故意在地板上打节奏的手指。啪嗒，啪嗒，史努比在身后默契地合着拍子。

我打算出去买点宠物食品，掰碎了从墙洞里塞进去。路过健身房时，老魏已经准点到岗了。他和几个遛狗的人正在讨论昨夜发生的事。原来我听见的动静都是真的，暴雨来临前，有个老太太举着晾衣叉，在大风里钩一块电线上的抹布。那块布我见过，不知从谁家阳台上吹落去，越缠越紧，再也没掉下来。至于老太为什么要挑这个时候出动，有人说她在梦游，劝死劝活都没用，老魏则一口咬定她不是我们小区的。他说他看到了，就在保安打着手电过来拉人时，那是一张陌生面孔。大家不免猜测是隔壁养老院的。闲聊队伍渐渐壮大，你家楼上那人也过来了。他打头扔下一句，说你妈妈就住在那家养老院里。人群沉默，像被一块巨石刚好堵住了洞口。直到有人否认，说你妈妈好几年前就死了，你家楼上那人才狼狈卸下他头顶的光环。

我走过去，那块布像一面投降旗，被老人戳下来一半，剩下的一半仍旧紧紧地缠住电线不放。这里和你家隔着好几栋楼，怎么可能吹得过来呢。总有人努力把你忘了，一旦有说不通的事情出现，又会主动想起你。你知道吗，你成了这片地方所有不解之谜的源头，正如大家从一开始就不明白，一把不存在的锁何以让你变成那样。出于某种强迫心理，我随手捡起一根树枝，试图把这块布彻底戳下来。日光炫得发白，汗一滴一滴从我的毛孔中被榨出来。路过的人纷纷停下，仰头，比起这块可有可无的布，更让他们看不懂的大概是昨夜的老太和今天的我。终于掉下来了，一件白色T恤，截去了袖笼，正面是一只褪色的米老鼠。现在要怎么办，扔掉吗，我望着米老鼠，忽然有点后悔。于是又向正上方抛了几次，将它重新挂回电线。米老鼠垂直对折它的谄笑。人们盯着它，又盯着我，叔叔，人们总是在警惕自己不理解的事情。

五

叔叔：

你家楼下的晾衣架修好了。纱窗也贴上了几张报纸，勉强不再漏风。透过日光灯，头版那行过期的新闻标题总在深夜里发亮。你儿子搬回来住了，老魏猜得挺准，这样的房子没人敢要。我经常看到他赤膊躺在床上看电视，你的小孙子还在写字台前，低头做自己的事。托你家楼上那位的福，现在大家都知道他爸爸是吃好牢饭回来的了。

中介发消息来，那对年轻情侣打算在签约前最后上门检查一遍。我也打算好了，做一个有问必答的讲解员。比如当他们望向天花板，问我隔音好不好，我就见缝插针地告诉他们，楼上的老夫妻总是吵架。昨天的战火发生在新闻联播期间，两个人里有一个把脸盆和桌椅全砸到地上，我听不出是谁，只是明白了那人有意绕开一切易碎的物品。窗户反复打开又关上，老魏的咆哮持续走高，几乎裸露在墙壁之外，与此同时，他老婆的哭声在楼梯间回荡。那几分钟里，我拉紧窗帘，戴上耳机，为了避免听到任何瞬间触发的尖叫。民警来了，他们伺机抽走老魏对准自己胸口的那把剪刀。几分钟后，电视响起，一切重归平静。滴滴答答的湿衣服一竿子撑到窗外，一件、两件，金婚夫妇的印记。你看，不是谁都当得了脆弱易折的人。但如果那对情侣抬头求证时，老魏和他老婆恰好安静得要命，那我最好趁着他们问到楼间距和可视度时，主动提起与我隔空相对的你。叔叔，我是不是太狡猾了。我只是还不想走。

结果我先等来的不是那对年轻情侣，而是隔壁的房东。她敲门问我，那人是什么时候走的。我隐约记得他最后一次出门取外卖的动静，今天、昨天，还是前天，我对其中的差异毫无觉察。房东扶着门框，一副快要站不稳的样子。我请她进屋，倒了杯水，她告诉我，隔壁已经拖欠了五个月的租金。仿佛能帮忙找出人来似的，我第二次推开隔壁的家门，东西都在，一切乱得和印象中无差，只是人没了，猫狗也跟着消失。是他带走的，还是他走前故意把门打开了？我在这团久违的酸臭空气里站了好久，只想通了一件事，真的该离开了。

我开始收拾东西，把用不上的宠物食品分给此前认识的邻居，所有考研资料打包理好，给收垃圾的师傅拨了通电话。上门后他一边称斤，一边夸我有出息，顺便抱怨起老家的儿子不求上进。我陪着笑笑。我们合力把装满纸张的蛇皮袋提到楼下，我说，钱不要了，能不能问你讨一点搬家用的纸箱。师傅说，走，随便拿。于是我坐上他的三轮，一路风驰电掣。我们来到小区垃圾房的背后，卷帘门一拉，废纸、空瓶和泡沫塑料堆满了整个房间。师傅一脸得意，说这些以后都会变成他的养老金。他走进去，为我抽出一叠平整的养老金。

为了增重，纸板都被浇透了水。好在天热，师傅将它们一一铺开，放在空地上晾着，又搬来两只小板凳，叫我歇会。我说不必，他转身走进旁边那间违章加盖的砖瓦房，唤出一个晒得比他还黑的瘦小女人。师傅说，儿子给买了新手机，让我帮忙看看。然后骑上车，潇洒奔赴另一个小区。

师傅的老婆递上手机，抱怨屋里信号不好，下不了东西。她想要微信、拼多多和抖音。我接过，手感有些异样，屏幕上每一个部位都在努力接近标准，又毫不遮掩自己的错位和破绽，该怎么说呢，我从没见过这样敷衍的模仿。

是 iPhone 啊，我说。

她点点头，网上买的。

我尝试着连上热点，打开应用商店，每下一个，进度条走到三分之一就停住了。就是这样，她说，到这就不动了。我点点头。

出什么问题了？

也许是，我想了一会说，型号有点老了。

她嗯了几声。

于是我们共同等着那个早已停滞的绿色圆圈慢慢向前，好像只要看得足够仔细，就能看出百分之一的进步似的。等累了，她掏出旧手机给我看孙女的照片，一张、两张，无论我有没有反应，她都匀速地向后划动。划到底，她开始问我在哪上班，要搬到哪，远不远，又问我老家何处，有没有对象，打算什么时候结婚。为了完成对话，我持续捏造出新的物理地点和生活目标，多么清晰啊，在这份即兴规划里，我和对象所买的郊区期房一年后就能交付了，多么顺利啊。

咋还不动？她终于想起我手中的任务，主动凑过来看了一眼。

我岔开去问，买来多少钱？

她说，给儿子打了八百。

我告诉她，七天内免费退换，能不能联系儿子寄回去。

她摆摆手，说儿子忙，又表示自己认得长着半个苹果的店标，要出去找人修。

型号老的，我拦住她说，可能修不了。

那咋办？

最好还是退了。

她考虑了一会说，旧的也能用，大不了不上网了，还能省点工夫干活。

半个钟头，我们没能解决任何问题，师傅带着一车新的垃圾回来了。起身后，我感到腿有点麻，才意识到这是大半年来第一次和陌生人说这么多话。叔叔，我眼睛发酸，又想起了你，如果当时我们能多说几句，就像和师傅的老婆一样，你问什么，我就真真假假地接上几句，是不是会比家里多只猫狗更能让你觉得放松？我会告诉你，马上就好了，再等一会，再等一天，再等一等，门就要开了，菜场也会开，你看，小区健身房、外面的公园和马路都是我们的。叔叔，我有点后悔，或许脆弱是因为孤独。

师傅帮我把晾干的纸板叠好，我坐进三轮车，一路上空气熏得人直掉眼泪。时节到了，好多人端着火盆往自家门口画一个圈，微弱的光在土地上串联。我听到一个路人激动地说，保佑我，保佑我，还有一个把全家三代人的需求都讲了一遍。叔叔，他们总是这样，让离开的人背负更多。

电三轮在家门口那个发烫的火盆前及时刹车。我跳下来，师傅突然低声问道，搬家是不是因为你的事情。他以极小的幅度指了指身后那片草丛，如今它们已经高过底楼的窗户。我摇摇头。他似乎不信，又说，姑娘，不要想太多。我只好改口称是工作变动的需要。师傅终于笑了起来。临走前他关照，要搬了打个电话，自己能帮忙拉上几车。我猜想，我们临时建立起的亲切大概源于我那天没头没脑地替他出气，但这种亲切，还是让我一时不知如何回应。我局促地摸着口袋，从里面掏出几张白天收拾出来的卡通贴纸。送给你孙女玩，我说。师傅看了看，扯下一张，贴在自己的车把手上，一个帅气的路飞，两副帅气的笑。

叔叔，我希望你也多笑。

走上楼，隔壁响起吸尘器的噪音，一个装备齐全的保洁正在打扫屋子。我走进去，她大约以为我是房东，没有阻拦。我关上里屋的门，趴在还没来得及打扫的床底，那些从墙洞里扔过来的食物，还有一点点碎屑留在地板上。我用手指把它们刮到一块，再从墙洞里塞回去。透过墙洞，我看到自己的房间像一只两头翘的小船，上面整整齐齐地停着我的床、我的拖鞋、我的电风扇，还有那些日子我反复被折断在屋里的手和脚。叔叔，好在我们总能不断长出新的手和脚。窗外的月亮真大啊，接近完美的圆形。以它为墙洞，你是不是也正偷偷看着这个世界，那么我们就算相互望着。夏天快要结束了，气温丝毫没有下降的意思。地球像一根引燃的火柴，熄灭之前，我们都将被困在大火里，除了抵达月亮的你。叔叔，我看到你打开窗户，探出头，没有人能像你一样提前做出决定。叔叔，无论去哪里，我都将望向你。

2022 年夏天

图书在版编目（CIP）数据

正常接触 / 王占黑著. -- 昆明 : 云南人民出版社,
2024. 9. -- ISBN 978-7-222-23007-1
I . I247.7

中国国家版本馆CIP数据核字第20243CJ097号

责任编辑： 柳云龙
特约编辑： 黄平丽　黄盼盼
装帧设计： CP1919
内文制作： 马志方
责任校对： 金学丽
责任印制： 代隆参

正常接触

王占黑 著

出　版　云南人民出版社
发　行　云南人民出版社
社　址　昆明市环城西路609号
邮　编　650034
网　址　www.ynpph.com.cn
E-mail　ynrms@sina.com
开　本　850mm × 1092mm　1/32
印　张　9.375
字　数　180千
版　次　2024年9月第1版第1次印刷
印　刷　山东韵杰文化科技有限公司
书　号　ISBN 978-7-222-23007-1
定　价　65.00元